d

Donna Leon

*In Sachen
Signora Brunetti*

Der achte Fall

Roman
Aus dem Amerikanischen von
Monika Elwenspoek

Diogenes

Titel des Originals:
›Fatal Remedies‹
Das Motto aus: Mozart, *La clemenza di Tito*,
in der Übersetzung von Erna Neunteufel,
Bärenreiter Verlag, Kassel 1980
Umschlagfoto von Michael Ruetz
aus dem Band ›Seasons of Light‹,
erschienen 1988 bei Little, Brown
and Company, Boston, und
Graphic Society, New York
(Ausschnitt)

Für William Douglas

All rights reserved
Alle Rechte vorbehalten
Copyright © 2000
Diogenes Verlag AG Zürich
2000/00/44/1
ISBN 3 257 06262 1

*Di questo tradimento
Chi mai sarà l'autor?*

*Wer wird wohl der Urheber
dieses Verrates sein?*

LA CLEMENZA DI TITO

I

Die Frau ging ruhigen Schrittes auf den leeren *campo*. Zu ihrer Linken gähnten die vergitterten Fenster einer Bank, leer in jenem wohlbehüteten Schlaf, der sich in den frühen Morgenstunden einstellt. Sie ging bis zur Mitte des Platzes und blieb dort neben den durchhängenden Ketten um das Denkmal für Daniele Manin stehen, der sich für die Freiheit der Stadt geopfert hatte. Wie passend, dachte sie.

Von links hörte sie ein Geräusch und drehte sich danach um, aber es war nur ein Wachmann der Guardia di San Marco mit seinem hechelnden Schäferhund, der viel zu jung und gutmütig aussah, um auf Diebe gefährlich zu wirken. Falls der Wachmann es seltsam fand, morgens um Viertel nach drei eine Frau in mittleren Jahren reglos auf dem Campo Manin stehen zu sehen, ließ er sich davon nichts anmerken; er steckte weiter seine orangefarbenen Zettel zwischen die Türrahmen und Schlösser der Geschäfte, Beweise dafür, daß er seine Runde gemacht und den jeweiligen Besitz unangetastet vorgefunden hatte.

Als der Wachmann und sein Hund fort waren, ging die Frau von der Absperrkette weg und stellte sich vor ein großes Schaufenster auf der gegenüberliegenden Seite des Platzes. Im schwachen Licht der Innenbeleuchtung betrachtete sie die Poster, las die Preise der verschiedenen Sonderangebote und sah, daß Mastercard, Visa und American Express akzeptiert wurden. Über ihrer linken Schulter trug sie eine blaue Stofftasche. Mit einer Körperdrehung schwang sie die schwere Tasche nach vorn, stellte sie ab und blickte darauf hinunter, bevor sie mit der rechten Hand hineingriff.

Noch ehe sie etwas herausnehmen konnte, wurde sie durch Schritte von hinten so erschreckt, daß sie die Hand wieder aus der Tasche riß und sich aufrichtete. Aber es waren nur vier Männer und eine Frau, die um drei Uhr vierzehn am Rialto aus einem Boot der Linie 1 gestiegen waren und nun auf dem Weg in einen anderen Stadtteil den *campo* überquerten. Keiner von ihnen beachtete die Frau, und ihre Schritte verhallten, als sie über die Brücke zur Calle della Mandola gingen.

Wieder bückte die Frau sich, griff in ihre Tasche, und diesmal kam ihre Hand mit einem großen Stein heraus, der jahrelang auf ihrem Schreibtisch gelegen hatte, Andenken an einen Strandurlaub in Maine vor gut zehn Jahren. Er hatte die Größe einer Grapefruit und paßte genau in ihre behandschuhte Hand. Sie betrachtete den Stein und warf ihn sogar ein paarmal kurz hoch wie einen Tennisball beim Aufschlag. Dann blickte sie von dem Stein zum Schaufenster und wieder auf den Stein.

Sie trat etwa zwei Meter weit zurück und drehte sich zur Seite, noch immer mit Blick auf die Scheibe. Sie führte die rechte Hand in Kopfhöhe nach hinten und hob den linken Arm als Gegengewicht, wie ihr Sohn es sie in einem Sommer gelehrt hatte, als er ihr beibringen wollte, wie ein Junge zu werfen und nicht wie ein Mädchen. Einen Augenblick ging ihr der Gedanke durch den Kopf, daß ihre nächste Handlung ein immerwährender Einschnitt in ihrem Leben sein könnte, aber sie tat dies sogleich als pathetische Wichtigtuerei ab.

Mit einer fließenden Bewegung brachte sie die Hand mit aller Kraft nach vorn. Erst als der Arm ganz ausgestreckt war, ließ sie den Stein los. Der Schwung der eigenen Bewegung riß sie dabei nach vorn, so daß sie unwillkürlich den Kopf senkte und die Glassplitter, die von der berstenden Scheibe spritzten, in ihren Haaren landeten und sie nicht verletzten.

Der Stein mußte eine Spannungsverwerfung im Glas getroffen haben, denn statt ein kleines Loch von seiner eigenen Größe zu schlagen, öffnete er ein etwa zwei Meter hohes und ebenso breites Dreieck. Sie wartete, bis das Klirren der fallenden Scherben verstummte, doch kaum hatte es aufgehört, begann im hinteren Teil des Büros der schrille Doppelton einer Alarmanlage in den stillen Morgen hineinzuplärren. Die Frau stand aufrecht da und zupfte abwesend die Glassplitter vorn von ihrem Mantel, dann schüttelte sie, als wäre sie soeben aus einer Welle aufgetaucht, energisch den Kopf, um die Splitter wegzuschleudern, die sie in ihrem Haar fühlte. Sie trat zurück, hob ihre Tasche auf und warf sie sich über die Schulter, doch als sie plötzlich merkte, wie weich ihre Knie geworden waren, ging sie zu einem der niedrigen Pfosten, an denen die Ketten hingen, und setzte sich darauf.

Sie hatte sich vorher keine Gedanken darüber gemacht, aber nun überraschte es sie doch, wie groß das Loch war, so groß, daß ein Mensch leicht hindurchgepaßt hätte. Ein Spinnennetz feiner Risse breitete sich bis in alle vier Ecken aus; um das Loch herum war das Glas milchig und undurchsichtig, aber die scharfen, nach innen weisenden Splitter waren darum nicht weniger gefährlich.

Hinter ihr, links neben der Bank, gingen in der obersten Wohnung Lichter an, dann auch in der Wohnung über der immer noch jaulenden Alarmanlage. Minuten vergingen, doch das interessierte sie erstaunlich wenig: Die Dinge würden von jetzt an ihren Lauf nehmen, egal, wie lange die Polizei für ihren Weg hierher brauchte. Nur der Lärm regte sie auf. Dieser schrille Doppelton störte den Frieden der Nacht. Aber schließlich war das der ganze Sinn der Sache, dachte sie dann: Ruhestörung.

Fensterläden wurden aufgestoßen, drei Köpfe erschienen und verschwanden ebenso rasch wieder, weitere Lichter gingen an. Es war nicht an Schlaf zu denken, solange die Alarmanlage in die Welt hinausbrüllte, daß in der Stadt ein Frevel geschah. Nach etwa zehn Minuten kamen zwei Polizisten auf den *campo* gerannt, einer mit der Pistole in der Hand. Er lief zu dem eingeschlagenen Schaufenster und rief: »Polizei. Kommen Sie heraus!«

Nichts rührte sich. Die Sirene jaulte weiter.

Er rief noch einmal, doch als sich noch immer nichts tat, drehte er sich zu seinem Kollegen um, der den Kopf schüttelte und mit den Achseln zuckte. Der erste steckte seine Pistole wieder ein und ging einen Schritt auf die zerbrochene Scheibe zu. Über ihm wurde ein Fenster geöffnet, und jemand rief heraus: »Könnt ihr dieses verdammte Ding nicht abschalten?« Eine weitere wütende Stimme brüllte herunter: »Ich will endlich schlafen!«

Der zweite Polizist stellte sich neben seinen Kollegen, und sie schauten zusammen nach drinnen, dann hob der erste den Fuß und trat gegen die gläsernen Stalagmiten, die gefährlich aus dem unteren Rahmen emporragten. Gemeinsam stiegen sie hinein und verschwanden nach hinten. Dann gingen gleichzeitig die Lichter im Büro und die Alarmanlage aus.

Die beiden kamen wieder nach vorn, wobei der eine ihnen mit einer Taschenlampe leuchtete. Sie sahen um sich, ob etwas ganz offensichtlich gestohlen oder kaputtgemacht worden war, und stiegen durch das Loch wieder auf den *campo* hinaus. Erst jetzt entdeckten sie die Frau auf dem steinernen Pfosten.

Der eine, der vorhin seine Pistole gezogen hatte, ging zu ihr. »Haben Sie gesehen, was hier passiert ist, Signora?«

»Ja.«

»Was? Wer war es?« Der andere Polizist hörte die Fragen und kam hinzu, sichtlich erfreut, daß sie so schnell eine Zeugin gefunden hatten. Das würde die Sache beschleunigen und es ihnen ersparen, von Tür zu Tür gehen und ihre Fragen stellen zu müssen. Sie würden eine Täterbeschreibung erhalten, rasch aus dieser feuchten Herbstkälte zurück in die warme Questura kommen und ihren Bericht schreiben.

»Wer war es?« fragte der erste.

»Jemand hat einen Stein ins Schaufenster geworfen«, sagte die Frau.

»Wie sah er denn aus?«

»Es war kein Mann«, antwortete sie.

»War es eine Frau?« unterbrach der zweite, und sie verkniff sich die Gegenfrage, ob es vielleicht noch eine weitere Alternative gebe, von der sie noch gar nichts wisse. Nein, keine Witze. Keine Witze. Bevor das alles vorbei war, sollte es keine Witze mehr geben.

»Ja, eine Frau.«

Der erste Polizist warf seinem Partner einen raschen Blick zu und fragte weiter: »Wie sah die Frau aus?«

»Etwa Anfang Vierzig, blondes, schulterlanges Haar.«

Die Frau hatte ihr Haar unter einem Kopftuch, so daß der Polizist zunächst nichts begriff. »Und was hatte sie an?« fragte er.

»Einen gelbbraunen Mantel, braune Stiefel.«

Er sah die Farbe ihres Mantels, dann blickte er auf ihre Füße. »Das ist kein Scherz, Signora. Wir wollen wissen, wie diese Frau aussah.«

Sie blickte ihm voll ins Gesicht, und im Schein der Straßenlaterne sah er in ihren Augen so etwas wie eine versteckte Leidenschaft aufblitzen. »Ohne Scherz, *agente*. Ich habe Ihnen gesagt, was die Frau anhatte.«

»Aber Sie beschreiben sich selbst, Signora.« Wieder hielt ihr inneres Alarmsystem sie von einem pathetischen »Ihr habt wahr gesprochen« ab. Statt dessen nickte sie.

»*Sie* waren das?« fragte der erste, ohne sein Erstaunen verbergen zu können.

Sie nickte wieder.

Der andere versuchte klarzustellen: »*Sie* haben einen Stein in das Schaufenster geworfen?«

Noch einmal nickte sie.

In stillschweigendem Einvernehmen traten die beiden ein paar Schritte beiseite, bis sie außer Hörweite waren, ohne dabei jedoch die Frau aus den Augen zu lassen. Sie steckten die Köpfe zusammen und tuschelten kurz miteinander, dann zückte der eine sein Handy und wählte die Nummer der Questura. Über ihnen ging ein Fenster auf, und ein

Kopf erschien, verschwand aber gleich wieder. Das Fenster wurde zugeschlagen.

Der Polizist sprach eine ganze Weile ins Telefon, berichtete, was sich zugetragen hatte, und meldete, daß die verantwortliche Person bereits ergriffen sei. Als der Wachhabende sagte, sie sollten den Mann herbringen, korrigierte der Polizist ihn erst gar nicht. Er klappte sein Handy zusammen und steckte es wieder in die Tasche. »Danieli sagt, ich soll sie in die Questura bringen«, teilte er seinem Kollegen mit.

»Das heißt, ich muß hierbleiben?« fragte der andere, ohne seinen Unmut darüber zu verhehlen, daß er nun verurteilt war, in der Kälte auszuharren.

»Du kannst ja drinnen warten. Danieli ruft den Besitzer an. Ich glaube, er wohnt hier irgendwo in der Nähe.« Er gab seinem Partner das Handy. »Melde dich, wenn er nicht aufkreuzt.«

Mit einem Lächeln machte der zweite Polizist gute Miene zum bösen Spiel und nahm das Handy. »Ich warte, bis er kommt. Aber nächstes Mal bin ich mit der Überstellung in die Questura an der Reihe.«

Sein Partner nickte. Nachdem damit der Frieden wiederhergestellt war, gingen die beiden zu der Frau zurück, die sich während des langen Wortwechsels nicht von der Stelle gerührt hatte und noch auf dem Pfosten saß, den Blick auf das eingeschlagene Fenster und die Glassplitter gerichtet, die in einem glitzernden Bogen verstreut lagen.

»Kommen Sie bitte mit«, sagte der erste Polizist.

Sie erhob sich stumm und ging auf den Eingang einer schmalen *calle* links neben dem kaputten Schaufenster zu.

Keinem der beiden Polizisten fiel dabei auf, daß sie offensichtlich den kürzesten Weg zur Questura kannte.

Sie brauchten zehn Minuten dorthin, und in der ganzen Zeit sprachen die Frau und der Polizist kein Wort. Hätte jemand von den sehr wenigen Leuten, denen sie begegneten, auf die beiden geachtet, wie sie über die schlafende Piazza San Marco und weiter durch die schmale *calle* in Richtung San Lorenzo und Questura gingen, er hätte nur eine attraktive, gutgekleidete Frau in Begleitung eines uniformierten Polizisten gesehen. Ein ungewohnter Anblick um vier Uhr früh, aber vielleicht war in ihrem Haus eingebrochen worden, oder man holte sie, um ein verirrtes Kind zu identifizieren.

Es erwartete sie niemand am Eingang zur Questura, und der Polizist mußte mehrmals klingeln, bevor aus dem Wachraum rechts von der Tür das verschlafene Gesicht eines jungen Kollegen erschien. Als er sie sah, verschwand er und kam kurz darauf in seiner Uniformjacke wieder. Er öffnete die Tür und murmelte eine Entschuldigung. »Keiner hat mir gesagt, daß du kommst, Ruberti«, sagte er. Der andere wischte die Entschuldigung beiseite und bedeutete ihm, er könne sich wieder hinlegen, denn er wußte noch gut, wie es war, wenn man neu bei der Polizei und ganz verschlafen war.

Dann führte er die Frau die Treppe linker Hand hinauf in den ersten Stock. Er öffnete die Tür und hielt sie ihr höflich auf, und als die Frau hineinging, folgte er ihr ins Zimmer und setzte sich an seinen Schreibtisch. Aus der rechten Schublade nahm er einen dicken Block mit Formularen, klatschte ihn vor sich auf den Schreibtisch, sah die Frau an und bedeutete ihr mit einer Handbewegung, daß sie ihm gegenüber Platz nehmen solle.

Während sie sich hinsetzte und ihren Mantel aufknöpfte, füllte er schon einmal den oberen Teil des Formulars aus, wo nach Datum, Uhrzeit und seinem Namen und Dienstgrad gefragt wurde. Als er zur Spalte »Art des Vergehens« kam, zögerte er kurz und schrieb dann »Vandalismus« in das leere Rechteck.

Nun blickte er zu ihr auf und sah sie zum erstenmal richtig. Dabei hatte er einen Eindruck, der ihm widersinnig erschien, denn alles an ihr – Kleidung, Frisur, sogar ihre Art zu sprechen – strahlte ein Selbstbewußtsein aus, das nur Geld einem Menschen gibt, viel Geld. Bitte, laß sie keine Irre sein, betete er stumm.

»Haben Sie Ihren Ausweis dabei, Signora?«

Sie nickte und griff in ihre Tasche. Er kam nicht auf die Idee, daß es gefährlich sein könnte, eine Frau, die er eben erst wegen einer Gewalttat festgenommen hatte, in eine große Tasche greifen und etwas herausnehmen zu lassen.

Ihre Hand kam mit einer ledernen Brieftasche wieder zum Vorschein. Sie klappte sie auf, nahm den beigefarbenen Ausweis heraus, klappte auch diesen auf und legte ihn mit dem Bild nach oben vor ihn auf den Schreibtisch.

Der Beamte sah das Foto an und stellte fest, daß es schon vor einiger Zeit aufgenommen worden sein mußte, als sie noch eine wirkliche Schönheit war. Dann las er den Namen. »Paola Brunetti?« fragte er, ohne sein Erstaunen verbergen zu können.

Sie nickte.

»Gütiger Himmel, dann sind Sie Brunettis Frau!«

2

Als das Telefon klingelte, lag Brunetti gerade am Strand, den Arm über die Augen gelegt, um sie vor dem Sand zu schützen, den die tanzenden Nilpferde aufwirbelten. Das heißt, Brunetti lag in der Welt seines Traumes am Strand, und zweifellos war diese Ortswahl die Folge seiner heftigen Auseinandersetzung mit Paola vor ein paar Tagen, und die Nilpferde waren ein Überbleibsel seiner Flucht aus diesem Streit, denn er war zu Chiara ins Wohnzimmer gegangen und hatte sich mit ihr die zweite Hälfte von *Fantasia* angesehen.

Das Telefon klingelte sechsmal, bevor Brunetti es richtig wahrnahm und an die Bettkante rutschte, um nach dem Hörer zu greifen.

»*Sì?*« sagte er, noch ganz dösig von dem unruhigen Schlaf, den ungelöste Konflikte mit Paola ihm immer bescherten.

»Commissario Brunetti?« fragte eine Männerstimme.

»*Un momento*«, sagte Brunetti. Er legte den Hörer weg und knipste das Licht an. Dann legte er sich zurück und zog sich die Decke über die rechte Schulter. Dabei sah er zu Paola, ob er sie ihr nicht weggezogen hatte. Ihre Bettseite war leer. Sicher war sie im Bad, oder sie war in die Küche gegangen, um einen Schluck Wasser zu trinken, vielleicht auch, falls der Streit ihr ebenso nachging wie ihm, ein Glas heiße Milch mit Honig. Er würde sich entschuldigen, wenn sie wiederkam, sowohl für das, was er gesagt hatte, als auch für diesen Anruf, obwohl der sie gar nicht geweckt hatte.

Er griff hinüber und nahm den Hörer wieder in die Hand. »Ja, was gibt's?« fragte er, wobei er sich ganz tief in die Kissen sinken ließ und hoffte, daß es nicht die Questura war, die ihn aus dem warmen Bett holte und an den Ort irgendeines Verbrechens schickte.

»Wir haben Ihre Frau, Commissario.«

Ihm stand bei den Eröffnungsworten der Verstand still. So fingen doch Entführer immer an.

»Wie bitte?« fragte er, als er wieder denken konnte.

»Wir haben Ihre Frau, Commissario«, wiederholte die Stimme.

»Wer spricht denn da?« fragte er, jetzt schon hörbar verärgert.

»Ruberti, Commissario. Ich bin in der Questura.« Es folgte eine lange Pause, dann fuhr der Mann fort: »Wir haben Nachtdienst, Commissario; Bellini und ich.«

»Was sagen Sie da über meine Frau?« herrschte Brunetti ihn an, nicht im geringsten daran interessiert, wer wo war oder Nachtdienst hatte.

»Wir haben sie hier, das heißt, ich habe sie hier. Bellini ist noch am Campo Manin.«

Brunetti schloß die Augen und lauschte nach Geräuschen in einem anderen Teil der Wohnung. Nichts. »Was macht sie denn da, Ruberti?«

Nach wieder einer langen Pause sagte Ruberti: »Wir haben sie festgenommen, Commissario.« Und als Brunetti darauf nicht reagierte, fügte der andere hinzu: »Ich meine, ich habe sie mit hierhergebracht. Festgenommen ist sie noch nicht.«

»Lassen Sie mich mit ihr sprechen«, befahl Brunetti.

Nach einer erneuten langen Pause hörte er Paolas Stimme.
»*Ciao*, Guido.«
»Du bist in der Questura?« fragte er.
»Ja.«
»Dann hast du es also getan?«
»Ich habe dir doch gesagt, daß ich es tun werde«, antwortete Paola.

Brunetti schloß erneut die Augen und hielt den Telefonhörer auf Armlänge von sich ab. Nach einer Weile nahm er ihn wieder ans Ohr und sagte: »Ich bin in einer Viertelstunde da. Sag inzwischen nichts, und unterschreibe nichts.« Ohne ihre Antwort abzuwarten, legte er auf und schwang sich aus dem Bett.

Er zog sich rasch an, ging in die Küche und schrieb einen Zettel für die Kinder, daß er und Paola fortgemußt hätten, aber bald zurück sein würden. Dann verließ er die Wohnung, zog vorsichtig die Tür hinter sich zu und schlich leise wie ein Dieb die Treppe hinunter.

Draußen wandte er sich nach rechts, schon fast im Laufschritt, getrieben von Wut und Angst. Er eilte über den verlassenen Markt und die Rialto-Brücke, ohne etwas zu sehen oder auf andere Passanten zu achten, den Blick nur nach unten gerichtet und blind für alle Eindrücke. Er erinnerte sich nur noch an ihre Wut, die Hitzigkeit, mit der sie auf den Tisch geschlagen hatte, daß die Teller klirrten und ein Glas Rotwein umfiel. Er sah den Wein noch in der Tischdecke versickern und erinnerte sich, wie er sich darüber gewundert hatte, daß dieses Thema sie so in Rage bringen konnte. Denn er hatte genau wie jetzt – und was immer sie getan hatte, war zweifellos von derselben Wut diktiert – nicht begriffen, wie sie sich über eine so weit entfernte Ungerechtigkeit derart aufregen konnte. In den Jahrzehnten ihrer Ehe waren ihre Zornesausbrüche ihm vertraut geworden, und er hatte gelernt, daß behördliche, politische oder soziale Ungerechtigkeiten sie wahnsinnig machen und in blindwütige Empörung versetzen konnten, aber er hatte nie gelernt, halbwegs zutreffend vorauszusagen, *was* ihr jeweils diesen letzten Anstoß gab, der sie über die Grenze trieb, ab der es kein Halten mehr gab.

Während er über den Campo Santa Maria Formosa ging, fiel ihm einiges von dem wieder ein, was sie gesagt hatte, taub für seinen Einwand, daß die Kinder zuhören konnten, blind für sein Erstaunen über ihre Reaktion. »Das kommt nur daher, daß du ein Mann bist«, hatte sie ihn wütend angezischt. Und später: »Es muß einfach dafür gesorgt werden, daß es sie mehr kostet, es zu tun, als es zu lassen. Vorher wird sich nichts ändern.« Und schließlich: »Es ist mir egal, ob das erlaubt ist. Es ist unrecht, und irgend jemand muß etwas dagegen tun.«

Wie so oft, hatte Brunetti weder ihre Wut ernst genommen noch ihr Versprechen – oder war es eine Drohung gewesen? –, selbst etwas zu unternehmen. Und nun, drei Tage später, befand er sich auf dem Weg zur Questura, wo Paola war, aufgegriffen bei einer Tat, die sie ihm angekündigt hatte.

Derselbe junge Polizist öffnete Brunetti die Tür und salutierte, als er an ihm vorbeiging. Brunetti hatte keinen Blick für ihn, sondern ging schnurstracks zur Treppe und rannte, immer zwei Stufen auf einmal nehmend, ins Zimmer des

Diensthabenden hinauf, wo er Ruberti an seinem Schreibtisch antraf, ihm gegenüber eine schweigende Paola.

Ruberti stand auf und salutierte, als sein Vorgesetzter eintrat.

Brunetti nickte. Er sah zu Paola, die seinen Blick erwiderte, aber er hatte ihr nichts zu sagen.

Er bedeutete Ruberti, wieder Platz zu nehmen, und als der Polizist saß, sagte Brunetti: »Berichten Sie mir, was vorgefallen ist.«

»Wir wurden vor einer Stunde gerufen, Commissario. Am Campo Manin war eine Alarmanlage ausgelöst worden. Bellini und ich sind hingegangen.«

»Zu Fuß?«

»Jawohl, Commissario.«

Als Ruberti nicht weitersprach, nickte Brunetti ihm ermunternd zu, worauf er fortfuhr: »Als wir hinkamen, war das Schaufenster eingeschlagen. Und die Alarmanlage brüllte wie verrückt.«

»Und wo war die Alarmanlage?« fragte Brunetti, obwohl er es schon wußte.

»Im hinteren Büro, Commissario.«

»Ja, aber in welchem Haus?«

»Im Reisebüro, Commissario.«

Ruberti sah Brunettis Gesicht und verstummte wieder, bis sein Vorgesetzter ihn aufforderte: »Weiter!«

»Ich bin hineingegangen, Commissario, und habe den Strom abgeschaltet. Damit die Alarmanlage aufhörte«, erklärte er unnötigerweise. »Als wir dann wieder herauskamen, saß auf dem Campo die Frau, als ob sie auf uns gewartet hätte, und wir haben sie gefragt, ob sie etwas gesehen hatte.« Ruberti blickte auf seinen Schreibtisch, dann zu Brunetti, dann zu Paola, und als beide nichts sagten, fuhr er fort: »Sie sagte, sie hätte gesehen, wer es war, und als ich sie um eine Beschreibung des Mannes bat, sagte sie, daß es eine Frau war.«

Wieder verstummte er und sah sie beide abwechselnd an, und wieder sagte keiner von ihnen etwas. »Als wir sie dann baten, uns die Frau zu beschreiben, hat sie sich selbst beschrieben, und als ich sie darauf aufmerksam machte, hat sie gesagt, sie hätte es getan. Ich meine, das Fenster eingeworfen. So war es.« Er dachte einen Augenblick nach und fügte dann hinzu: »Also, direkt gesagt hat sie es nicht, aber sie hat genickt, als ich fragte, ob sie es war.«

Brunetti setzte sich auf einen Stuhl rechts von Paola und legte die gefalteten Hände auf Rubertis Schreibtisch.

»Wo ist Bellini?« fragte er.

»Noch am Tatort, Commissario. Er wartet auf den Besitzer.«

»Wie lange schon?« wollte Brunetti wissen.

Ruberti warf einen Blick auf seine Uhr. »Seit einer guten halben Stunde.«

»Hat er ein Telefon?«

»Ja, Commissario.«

»Dann rufen Sie ihn an«, sagte Brunetti.

Ruberti zog den Apparat zu sich heran, aber bevor er noch zu wählen anfangen konnte, hörten sie Schritte auf der Treppe, und gleich darauf kam Bellini herein. Als er Brunetti sah, salutierte er, wenngleich er sein Erstaunen darüber, den Commissario zu dieser Stunde hier anzutreffen, kaum verbergen konnte.

»*Buon dì*, Bellini«, sagte Brunetti.

»*Buon dì,* Commissario«, antwortete der junge Polizist und sah zu Ruberti hinüber, ob dieser ihm vielleicht andeuten konnte, was hier vorging.

Ruberti zuckte kaum merklich die Achseln.

Brunetti griff über den Schreibtisch und zog den Stapel Protokolle zu sich. Er sah Rubertis ordentliche Handschrift, las Uhrzeit und Datum, den Namen des Beamten, das Wort, das Ruberti für das Vergehen gewählt hatte. Sonst stand noch nichts auf dem Blatt, kein Name unter »Festgenommen«, nicht einmal unter »Verhört«.

»Was hat meine Frau gesagt?«

»Also, wie ich schon erwähnte, direkt gesagt hat sie eigentlich nichts, nur genickt, als ich sie fragte, ob sie es war«, antwortete Ruberti. Und um das Luftschnappen zu übertönen, das sein Partner unwillkürlich vernehmen ließ, fügte er noch rasch hinzu:»So war es, Commissario.«

»Ich könnte mir vorstellen, daß Sie vielleicht mißverstanden haben, was sie meinte, Ruberti«, sagte Brunetti. Paola beugte sich vor, als wollte sie etwas sagen, aber Brunetti schlug plötzlich mit der Hand auf das Formular und zerknüllte es.

Ruberti dachte erneut an die Zeit zurück, als er noch ein junger Polizist gewesen war, oft übermüdet, einmal sogar mit nassen Hosen vor Angst, und erinnerte sich, wie der Commissario so manches Mal über die Ängste und Fehler der Jugend hinweggesehen hatte. »Ja, gewiß kann ich sie mißverstanden haben, Commissario«, antwortete er, ohne zu zögern. Ruberti sah zu Bellini auf, der nickte, ohne etwas zu begreifen, wohl aber wußte, was er zu tun hatte.

»Gut«, sagte Brunetti und stand auf. Das Protokoll befand sich, zu einem Ball zusammengeknüllt, in seiner Hand. Er stopfte es in seine Manteltasche. »Ich bringe meine Frau jetzt nach Hause.«

Ruberti stand ebenfalls auf und stellte sich neben Bellini, der sagte: »Der Besitzer ist jetzt da, Commissario.«

»Haben Sie irgend etwas zu ihm gesagt?«

»Nein. Nur, daß Ruberti in die Questura gegangen ist.«

Brunetti nickte. Er bückte sich zu Paola hinunter, berührte sie aber nicht. Sie erhob sich, auf die Armlehnen ihres Stuhls gestützt, stellte sich aber nicht neben ihren Mann.

»Also, gute Nacht. Wir sehen uns am Morgen.« Die beiden Beamten salutierten, und Brunetti hob die Hand, dann trat er beiseite, um Paola zur Tür zu lassen. Sie ging als erste hinaus, und Brunetti folgte ihr. Er schloß die Tür, und sie gingen hintereinander die Treppe hinunter. Unten hielt der junge Beamte ihnen die Tür auf. Er nickte Paola zu, obwohl er keine Ahnung hatte, wer sie war. Wie es sich gehörte, salutierte er seinem Vorgesetzten, als dieser an ihm vorbei zur Tür hinaus und in den kühlen venezianischen Morgen trat.

3

Vor der Questura wandte sich Brunetti nach links und ging bis zur nächsten Ecke. Dort blieb er stehen und wartete auf Paola. Immer noch sagten beide kein Wort. Seite an Seite gingen sie durch die verlassenen *calli* weiter, ließen sich von ihren Füßen wie von selbst nach Hause tragen.

Als sie in die Salizzada di San Lio einbogen, konnte Brunetti sich endlich überwinden, etwas zu sagen, aber nichts von Bedeutung. »Ich habe den Kindern einen Zettel hingelegt. Für den Fall, daß sie aufwachen.«

Paola nickte, aber er vermied es angelegentlich, sie anzusehen, so daß er es nicht mitbekam. »Ich wollte nicht, daß Chiara sich ängstigt«, sagte er, und als ihm klar wurde, wie sehr das nach dem Versuch klang, ihr ein schlechtes Gewissen zu machen, stellte er zugleich fest, daß ihm das ziemlich egal war.

»Das hatte ich vergessen«, sagte Paola.

Sie gingen durch die Unterführung und waren bald auf dem Campo San Bartolomeo, wo ihnen das heitere Lächeln im Gesicht der Goldoni-Statue reichlich deplaziert vorkam. Brunetti warf einen Blick zur Uhr hinauf. Als Venezianer wußte er, daß er eine Stunde dazuzählen mußte: fast fünf also, nicht mehr so früh, daß es sich gelohnt hätte, noch einmal ins Bett zu gehen, aber wie sollte er die Stunden von jetzt bis zu dem Zeitpunkt ausfüllen, an dem er sich mit Fug und Recht auf den Weg zur Arbeit machen konnte? Er blickte nach links, doch von den Bars hatte noch keine geöffnet. Er brauchte einen Kaffee, aber noch viel dringender: Er brauchte die damit verbundene Ablenkung.

Hinter der Rialto-Brücke wandten sie sich beide nach links, dann rechts in den Durchgang an der Ruga degli Orefici. Ein Stückchen weiter vorn machte gerade eine Bar auf, und in stiller Übereinkunft gingen sie beide hinein. Ein großer Stapel mit frischen Brioches lag auf dem Tresen, noch im weißen Papier der *pasticceria*. Brunetti bestellte zweimal Espresso, ignorierte jedoch das Gebäck. Paola bemerkte es nicht einmal.

Als der Barmann ihnen den Kaffee hinstellte, löffelte Brunetti Zucker in beide Tassen und schob Paola die ihre hin. Der Barmann ging ans Ende des Tresens und begann die Brioches einzeln in einen Glaskasten zu räumen.

»Nun?« fragte Brunetti.

Paola nippte an ihrem Kaffee, tat noch einen halben Löffel Zucker hinein und sagte: »Ich habe dir doch gesagt, daß ich es tun würde.«

»Für mich klang das aber nicht so.«

»Wie klang es denn für dich?«

»Als ob du sagen wolltest, *alle* sollten das tun.«

»Es sollten auch alle tun«, sagte Paola, aber aus ihrem Ton war nicht mehr diese Wut herauszuhören, die beim erstenmal in ihren Worten gelegen hatte.

»Ich hätte nicht gedacht, daß du *das* damit gemeint hast.« Brunettis Geste bezog sich nicht auf die Bar, sondern auf alles, was passiert war, bevor sie hierherkamen.

Paola stellte ihre Tasse ab und sah ihm zum erstenmal voll ins Gesicht. »Können wir reden, Guido?«

Er war nahe daran, zu sagen, das täten sie doch schon,

aber er kannte sie gut genug, um zu wissen, was sie meinte, und nickte statt dessen.

»Ich habe dir vor drei Tagen gesagt, was die machen.« Bevor er etwas einwerfen konnte, sprach sie weiter: »Und du hast mir erklärt, es sei nichts Verbotenes dabei, sie hätten als Reiseunternehmer dieses Recht.«

Brunetti nickte, und als der Barmann sich näherte, gab er ihm ein Zeichen, noch einmal Kaffee zu bringen. Nachdem der Mann wieder zu seiner Maschine gegangen war, fuhr Paola fort: »Aber es ist unrecht. Das weißt du, das weiß ich. Es ist widerwärtig, Sexreisen zu organisieren, damit reiche – und weniger reiche – Männer nach Thailand und auf die Philippinen fliegen und Zehnjährige vergewaltigen können.« Bevor er etwas einwenden konnte, hob sie abwehrend die Hand. »Ich weiß, daß es inzwischen verboten ist. Aber wurde schon jemand verhaftet? Verurteilt? Du weißt so gut wie ich, daß sie nur die Wortwahl in ihren Anzeigen ändern müssen, und alles geht weiter seinen Gang. ›Tolerante Hotelrezeption. Freundliche einheimische Begleitung.‹ Erzähl mir nicht, du wüßtest nicht, was das heißt. Das Geschäft geht ganz normal weiter, Guido. Und es widert mich an.«

Brunetti sagte immer noch nichts. Der Barmann brachte ihnen zwei frische Tassen Kaffee und nahm die alten mit. Die Tür ging auf, und zwei vierschrötige Männer kamen mit einer Wolke feuchter Luft in die Bar. Der Barmann ging zu ihnen.

»Ich habe dir gesagt«, nahm Paola ihre Rede wieder auf, »daß es unrecht ist und man ihnen das Handwerk legen muß.«

»Und du glaubst, du kannst das?« fragte er.

»Ja«, antwortete sie, und ehe er nachfragen oder ihr widersprechen konnte, fuhr sie fort: »Nicht ich allein, nicht hier in Venedig, indem ich einem Reisebüro auf dem Campo Manin das Schaufenster einwerfe. Aber wenn alle Frauen Italiens nachts mit Steinen auf die Straße gingen, um allen Reisebüros, die Sexreisen anbieten, die Schaufenster einzuwerfen, dann würden sehr bald in Italien keine Sexreisen mehr organisiert, oder?«

»Ist das eine rhetorische oder eine ernstgemeinte Frage?« erkundigte er sich.

»Ich glaube, sie ist ernst gemeint«, sagte sie. Diesmal tat Paola den Zucker in ihre Tassen.

Brunetti trank seinen Kaffee, bevor er etwas sagte. »Du kannst das nicht machen, Paola. Du kannst nicht hingehen und allen Büros oder Läden die Fenster einwerfen, die etwas tun, was sie deiner Meinung nach nicht tun sollten, oder etwas verkaufen, was sie deiner Ansicht nach nicht verkaufen sollten.« Bevor sie etwas erwidern konnte, fragte er: »Weißt du noch, wie die Kirche den Verkauf von Verhütungsmitteln verbieten wollte? Und wie du da reagiert hast? Falls nicht, *ich* weiß es noch sehr gut. Es war genau das gleiche: auf zum Kreuzzug gegen etwas, das du als böse erkannt hattest. Nur warst du damals auf der anderen Seite, gegen die Leute, die genau das taten, wozu jetzt du ein Recht zu haben glaubst, nämlich andere von etwas abzuhalten, was ihrer Meinung nach unrecht war. Nicht nur das Recht, sondern sogar die moralische Pflicht.« Er merkte, wie er immer mehr der Wut freien Lauf ließ, die ihn erfüllte, seit er aus dem Bett gestiegen war, die ihn durch die Straßen begleitet hatte und jetzt in dieser morgendlich stillen Bar neben ihm stand.

»Es ist dasselbe«, fuhr er fort. »Du entscheidest nach eigenem Gutdünken und ganz allein für dich, daß etwas unrecht ist, und dann hältst du dich für so wichtig, daß nur du etwas dagegen tun kannst, nur du die ganze Wahrheit erkennst.«

Er dachte, sie würde an dieser Stelle etwas sagen, aber als sie schwieg, redete er wie unter Zwang weiter: »Das war heute nacht ein perfektes Beispiel. Was willst du erreichen? Daß du mit Bild auf die Titelseite des *Gazzettino* kommst, du, die große Beschützerin kleiner Kinder?« Er mußte sich zwingen, hier abzubrechen. Er griff in seine Tasche, ging zum Barmann und bezahlte den Kaffee. Dann öffnete er die Tür und hielt sie ihr auf.

Draußen wandte Paola sich nach links, ging ein paar Schritte weit und blieb dann stehen, bis er sie eingeholt hatte. »Siehst du das wirklich so? Ich meine, daß ich nur Aufmerksamkeit erregen und von den Leuten als wichtig angesehen werden will?«

Er ging an ihr vorbei und ignorierte ihre Frage.

Hinter sich hörte er ihre Stimme, zum erstenmal laut: »Siehst du das so, Guido?«

Er blieb stehen und drehte sich nach ihr um. Von hinten kam ein Mann mit einem Karren voller Zeitungs- und Illustriertenbündel. Er wartete, bis der Mann vorbei war, und antwortete: »Ja. Zum Teil.«

»Zu einem wie großen Teil?« schoß sie zurück.

»Weiß ich nicht. Man kann das nicht so aufteilen.«

»Du glaubst, das sei der Grund, warum ich das tue?«

Seine Entrüstung legte ihm die Erwiderung in den Mund: »Warum muß für dich alles so ein *Anliegen* sein, Paola? Warum muß alles, was du tust oder liest oder sagst – oder anziehst und ißt, um Himmels willen –, warum muß das alles immer so bedeutungsschwer sein?«

Sie sah ihn lange an, ohne etwas zu sagen, dann senkte sie den Kopf und ging an ihm vorbei, weiter nach Hause.

Er holte sie ein. »Was sollte das heißen?«

»Was sollte was heißen?«

»Dieser Blick.«

Sie blieb stehen und sah zu ihm auf. »Manchmal frage ich mich, wo der Mann geblieben ist, den ich einmal geheiratet habe.«

»Und was soll das nun wieder heißen?«

»Es heißt, Guido, daß du damals, als wir heirateten, an alle diese Dinge geglaubt hast, über die du dich jetzt lustig machst.« Noch ehe er fragen konnte, was das für Dinge seien, antwortete sie. »Dinge wie Gerechtigkeit und Recht, und daß man sich immer für das Rechte entscheiden soll.«

»Daran glaube ich immer noch«, beharrte er.

»Du glaubst jetzt an das Gesetz, Guido«, sagte sie, aber in sanftem Ton, als spräche sie mit einem Kind.

»Genau das meine ich«, entgegnete er mit lauter Stimme, taub und blind für die Leute, die jetzt in immer größerer Zahl an ihnen vorbeigingen, denn demnächst würden schon die ersten Stände aufmachen. »Wenn man dich hört, ist das, was ich tue, dumm oder schmutzig. Herrgott noch mal, ich bin Polizist. Was würdest du denn anderes von mir wollen, als daß ich dem Gesetz gehorche? Und ihm Geltung verschaffe?« Er fühlte seinen ganzen Körper vor Wut glühen, als er sah oder zu sehen glaubte, daß sie die ganzen Jahre alles, was er tat, belächelt oder verachtet hatte.

»Und warum hast du dann Ruberti angelogen?« fragte sie.

Sein Zorn verflog. »Ich habe nicht gelogen.«

»Du hast gesagt, es sei ein Mißverständnis gewesen, er habe nicht richtig verstanden, was ich meinte. Aber er weiß so genau wie du und ich oder auch wie dieser andere Polizist, was ich gemeint und was ich getan habe.« Als er schwieg, kam sie einen Schritt auf ihn zu. »Ich habe gegen Gesetze verstoßen, Guido. Ich habe dieses Schaufenster eingeschlagen und würde es jederzeit wieder tun. Und ich werde es so lange tun, bis dein Gesetz, dieses kostbare Gesetz, auf das du so stolz bist, sich endlich gegen sie oder gegen mich wendet. Weil ich nicht zulasse, daß sie einfach so weitermachen wie bisher.«

Bevor er wußte, was er tat, hatte er die Arme ausgestreckt und sie bei den Ellbogen gefaßt. Aber er zog sie nicht an sich. Vielmehr machte er einen Schritt auf sie zu, legte die Arme um ihren Rücken und drückte ihr Gesicht gegen seinen Halsansatz. Er küßte sie auf den Kopf und grub sein Gesicht in ihr Haar. Plötzlich fuhr er zurück und faßte sich mit der Hand an den Mund.

»Was ist?« fragte sie, zum erstenmal erschrocken.

Brunetti nahm die Hand vom Mund und sah, daß Blut daran war. Er fuhr sich mit dem Finger über die Lippe und fühlte etwas Hartes, Scharfes.

»Nein, laß mich das machen«, sagte Paola, wobei sie ihre rechte Hand an seine Wange legte und sein Gesicht zu sich drehte. Dann streifte sie ihren Handschuh ab und berührte mit zwei Fingern seine Lippe.

»Was ist es?« fragte er.

»Ein Glassplitter.«

Ein kurzer stechender Schmerz, dann küßte sie ihn auf die Unterlippe, aber ganz sanft.

4

Auf dem Heimweg gingen sie in eine *pasticceria* und kauften ein großes Tablett voller Brioches, für die Kinder, wie sie einander versicherten, aber beide wußten, daß es so etwas wie eine Feier für ihren Friedensschluß war, mochte der auch noch so wacklig sein. Zu Hause angekommen, nahm Brunetti als erstes den Zettel vom Küchentisch und stopfte ihn tief in die Mülltüte unter der Spüle. Dann ging er leise, weil die Kinder noch schliefen, ins Bad, wo er lange heiß duschte, um die Sorgen wegzuspülen, die heute morgen so früh und unerwartet über ihn gekommen waren.

Als er rasiert und angezogen in die Küche kam, war Paola inzwischen wieder in Schlafanzug und Morgenmantel, einem alten karierten Ding aus Flanell, so alt, daß beide schon nicht mehr wußten, wo sie es einmal erstanden hatte. Sie saß am Tisch, vor sich eine Zeitschrift, und tunkte eine Brioche in eine große Tasse Milchkaffee, als wäre sie soeben nach einer langen, erholsamen Nacht aufgestanden.

»Soll ich jetzt hereinkommen, dich auf die Wange küssen und sagen: ›*Buon giorno, cara,* hast du gut geschlafen?‹«, fragte er, als er sie sah, aber es lag keine Ironie darin, weder in seinem Ton noch in seiner Absicht. Wenn er überhaupt etwas beabsichtigte, dann höchstens, Abstand zu schaffen von den Ereignissen der Nacht, obwohl er wußte, wie unmöglich das war. Dann also wenigstens die unausweichlichen Konsequenzen von Paolas Tun hinauszögern, auch wenn diese Konsequenzen nichts weiter sein würden als erneute verbale Auseinandersetzungen, in denen beide die Haltung des anderen nicht akzeptieren konnten.

Sie sah auf, dachte über seine Worte nach und lächelte, was hieß, daß auch sie sich mit Abwarten zu begnügen gedachte. »Kommst du heute zum Mittagessen nach Hause?« fragte sie, indem sie aufstand und zum Herd ging, um Kaffee in eine große Tasse zu gießen. Dann tat sie noch heiße Milch hinein und stellte sie ihm an den gewohnten Platz.

Beim Hinsetzen dachte Brunetti über diese merkwürdige Situation und den noch merkwürdigeren Umstand nach, daß beide sie so bereitwillig hinnahmen. Er hatte einmal etwas von dem spontanen weihnachtlichen Waffenstillstand an der Westfront im Ersten Weltkrieg gelesen; da waren Deutsche über die Kampflinie gegangen, um den Tommies die Zigaretten anzuzünden, die sie ihnen gerade geschenkt hatten; und die Briten hatten den Hunnen zugelächelt und gewinkt. Schweres Artilleriefeuer hatte dem bald ein Ende gemacht. Besser schätzte Brunetti die Chancen für einen längeren Waffenstillstand mit seiner Frau auch nicht ein. Aber er wollte ihn genießen, solange er währte, und so tat er Zucker in seinen Kaffee, nahm sich eine Brioche und antwortete: »Nein, ich muß nach Treviso und mir einen Zeugen des Banküberfalls vornehmen, den wir letzte Woche am Campo San Luca hatten.«

Da Banküberfälle in Venedig so etwas Sensationelles waren, konnte das gut als Ablenkung herhalten, und Brunetti erzählte Paola – obwohl jeder in der Stadt bestimmt schon in der Zeitung davon gelesen hatte – das wenige, was er selbst wußte: Vor drei Tagen war ein junger Mann mit einer

Pistole in eine Bank gekommen, hatte Geld verlangt und sich dann, das Geld in der einen Hand, die Waffe in der anderen, seelenruhig in Richtung Rialto davongemacht. Die in der Decke des Schalterraums versteckte Kamera hatte der Polizei ein verwaschenes Bild geliefert, aber immerhin hatten sie danach den Bruder eines Einheimischen vorläufig identifizieren können, dem enge Beziehungen zur Mafia nachgesagt wurden. Der Räuber hatte beim Betreten der Bank einen Schal über Mund und Nase gehabt, diesen aber beim Hinausgehen abgenommen, so daß ein Mann, der gerade in die Bank kam, sein Gesicht deutlich hatte sehen können.

Der Zeuge, ein Pizzabäcker aus Treviso, der in die Bank gekommen war, um seine Hypothekenrate zu bezahlen, hatte sich den Räuber genau ansehen können, und Brunetti hoffte, daß er ihn anhand der Fotos von Verdächtigen, die sie bei der Polizei zusammengestellt hatten, wiedererkennen würde. Das würde für eine Verhaftung und vielleicht auch für eine Verurteilung reichen. Dies war also Brunettis Vorhaben für den Vormittag.

Irgendwo in der Wohnung ging eine Tür auf, und sie hörten Raffis unverkennbar schwere, schlaftrunkene Schritte in Richtung Bad.

Brunetti nahm sich noch eine Brioche, überrascht, daß er um diese Zeit schon hungrig war. Normalerweise hatte er für Frühstück wenig Verständnis und noch weniger Sympathie. Während sie beide auf weitere Lebenszeichen aus dem hinteren Teil der Wohnung warteten, beschäftigten sie sich angelegentlich mit ihrem Kaffee und ihren Brioches.

Brunetti war gerade fertig, als eine andere Tür aufging. Kurz darauf kam Chiara in die Küche getorkelt, eine Hand an den Augen, als müsse sie ihnen beim komplizierten Vorgang des Öffnens helfen. Wortlos schlurfte sie barfuß durch die Küche und setzte sich auf Brunettis Schoß, schlang einen Arm um seinen Hals und legte den Kopf an seine Schulter.

Brunetti legte beide Arme um sie und küßte sie aufs Haar. »Gehst du heute so in die Schule?« fragte er in völlig normalem Ton, wobei er das Muster auf ihrem Pyjama eingehend studierte. »Hübsch. Deine Klassenkameradinnen werden begeistert sein. Lufballons. Sehr geschmackvolle Ballons. Ich würde sogar fast sagen, schick. Der neueste Schrei, um den dich alle Zwölfjährigen beneiden werden.«

Paola senkte den Kopf und widmete sich wieder ihrer Zeitschrift.

Chiara drehte sich ein bißchen von ihm weg, um ihren Pyjama anzusehen. Bevor sie etwas sagen konnte, kam Raffi in die Küche, bückte sich, um seiner Mutter einen Kuß zu geben, und ging zum Herd, um sich aus der großen Moka Express eine Tasse Kaffee einzuschenken. Er tat heiße Milch dazu, kam an den Tisch, setzte sich und sagte: »Du hast doch hoffentlich nichts dagegen, daß ich deinen Rasierapparat benutzt habe, *papà*?«

»Wozu denn? Um dir die Fingernägel zu schneiden?« fragte Chiara. »In deinem Gesicht wächst jedenfalls nichts, wofür man einen Rasierapparat braucht.« Nach diesen Worten zog sie sich schnell aus Raffis Reichweite zurück und kuschelte sich fester an Brunetti, der sie durch den dicken Flanellstoff ihres Pyjamas tadelnd zwickte.

Raffi beugte sich zwar drohend über den Tisch, aber er war nicht richtig bei der Sache, und seine Hand hielt über den Brioches inne und nahm dann eine. »Wo kommen die denn her?« fragte er, und als niemand antwortete, erkundigte er sich bei Brunetti: »Warst du schon fort?«

Brunetti nickte und ließ Chiara los, schlüpfte unter ihr weg und stand auf.

»Hast du auch die Zeitungen mitgebracht?« fragte Raffi mit vollem Mund.

»Nein«, antwortete Brunetti, schon auf dem Weg zur Tür.

»Wie denn das?«

»Vergessen«, log Brunetti seinen einzigen Sohn an, ging in den Flur, zog seinen Mantel über und verließ die Wohnung.

Draußen schlug er die Richtung zum Rialto ein und ging den seit Jahren vertrauten Weg zur Questura. An den meisten Morgen sah er auf diesem Weg irgend etwas, woran sich sein Herz erfreute: eine besonders absurde Schlagzeile auf einer der Zeitungen des Landes, einen neuen Rechtschreibfehler auf den billigen Sweatshirts, die man in den Buden auf beiden Seiten des Marktes feilbot, das erste Erscheinen einer lang vermißten Gemüse- oder Obstsorte. Aber heute morgen sah er wenig und bemerkte gar nichts, während er über den Markt und über die Brücke ging und in die erste der vielen schmalen Gassen einbog, die ihn zur Questura und zu seiner Arbeit führen würden.

Die meiste Zeit, die er für diesen Gang brauchte, war er mit den Gedanken bei Ruberti und Bellini und fragte sich, ob ihre Loyalität gegenüber einem Vorgesetzten, der sie stets mit einer gewissen Menschlichkeit behandelt hatte, ein ausreichendes Motiv für sie war, um ihren Treueid gegenüber dem Staat zu vergessen. Wahrscheinlich ja, aber als ihm aufging, wie verdächtig nah er sich bei der Werteskala bewegte, die Paola zu ihrem Tun veranlaßt hatte, zwang er seine Gedanken in eine andere Richtung und wandte sie der Heimsuchung zu, die ihm heute als erstes bevorstand, nämlich der neunten dieser ›*convocations du personnel*‹, die sein unmittelbarer Vorgesetzter, Vice-Questore Giuseppe Patta, in der Questura eingeführt hatte, nachdem er vor kurzem auf einem Lehrgang bei Interpol in Lyon gewesen war.

Dort in Lyon hatte Patta sich den Elementen der verschiedenen Nationen ausgesetzt, die jetzt das vereinte Europa bildeten: Champagner und Trüffel aus Frankreich, Schinken aus Dänemark, Bier aus England und sehr altem Brandy aus Spanien. Bei dieser Gelegenheit hatte er sich auch über die verschiedenen Führungsstile kundig gemacht, die den Bürokraten der jeweiligen Länder eingefallen waren. So war er am Ende dieses Lehrgangs nach Italien zurückgekehrt, die Koffer voll Räucherlachs und irischer Butter, den Kopf voll progressiver Ideen, wie man mit den Leuten umzugehen habe, die für einen arbeiteten. Deren erste – und bisher einzige, von der die Mitarbeiter der Questura etwas zu spüren bekamen – waren diese wöchentlichen ›*convocations du personnel*‹, endlose Sitzungen, auf denen die ganze Belegschaft über Fragen von unübertroffener Banalität zu diskutieren und sie von allen Seiten zu beleuchten hatte, um alles anschließend gleich wieder zu vergessen.

Als das vor zwei Monaten angefangen hatte, war Brunetti noch mit den meisten anderen der Meinung gewesen, es würde nach höchstens zwei Wochen wieder vorbei sein, aber nun war nach acht Wochen noch immer kein Ende abzusehen. Nach der zweiten Sitzung hatte Brunetti begonnen, seine Zeitung mitzunehmen, doch das hatte Tenente Scarpa, Pattas persönlicher Assistent, schnell unterbunden, indem er Brunetti wiederholt gefragt hatte, ob die Vorgänge in der Stadt ihn wirklich so wenig interessierten, daß er während der Sitzungen die Zeitung lese. Er hatte es daraufhin mit einem Buch versucht, aber nie eines gefunden, das klein genug war, um es mit den Händen verdecken zu können.

Die Erlösung war, wie schon so oft in den letzten Jahren, von Signorina Elettra gekommen. Am Morgen der fünften Sitzung war sie zehn Minuten vorher in seinem Zimmer erschienen und hatte ihn ohne weitere Erklärung um zehntausend Lire gebeten.

Er hatte sie ihr gegeben und dafür von ihr zwanzig Fünfhundertliremünzen bekommen. Auf seinen fragenden Blick hin hatte sie ihm noch ein kleines Kärtchen gegeben, kaum größer als eine CD-Hülle.

Die Karte war in fünfundzwanzig gleich große Quadrate unterteilt, und in jedem stand in winziger Schrift ein Wort oder ein Satz. Einige konnte Brunetti nur lesen, wenn er sie sich ganz dicht vor die Augen hielt: »Maximieren«, las er, oder »Prioritäten«, »Auslagerung«, »Vernetzung«, »Schnittstelle«, »Anliegen« und was es sonst noch an Worthülsen gab, die sich in den letzten Jahren in die Sprache eingeschlichen hatten.

»Was ist das?« fragte er.

»Bingo«, lautete Signorina Elettras schlichte Antwort. Bevor er nachfragen konnte, erklärte sie es ihm schon: »Meine Mutter hat das immer gespielt. Man wartet, bis jemand eines der Wörter auf dieser Karte benutzt – alle Karten sind verschieden –, und sowie man es hört, legt man eine Münze darauf. Wer als erster fünf Wörter in einer Reihe hat, gewinnt.«

»Gewinnt was?«

»Die Einsätze aller anderen Mitspieler.«

»Welcher anderen?«

»Das werden Sie sehen«, hatte sie gerade noch antworten können, bevor sie zur Sitzung gerufen wurden.

Und von diesem Tag an waren die Sitzungen erträglich gewesen, wenigstens für die Besitzer dieser Kärtchen. Am ersten Tag waren das nur Brunetti, Signorina Elettra und eine Kommissarin gewesen, die gerade aus dem Mutterschaftsurlaub zurückgekommen war. Inzwischen war aber die Zahl derer, die so ein Kärtchen auf dem Schoß oder in ihrem Notizblock hatten, ständig gestiegen, und Woche für Woche fand Brunetti die Frage, wer alles mitspielte, ebenso spannend wie das Spiel selbst. Außerdem änderten sich jede Woche die Wörter, und zwar in Übereinstimmung mit den wechselnden Vorlieben in Pattas Sprachgebrauch. Manchmal spiegelten sie die Versuche des Vice-Questore wider, sich weltmännisch oder multikulturell zu gebärden – ein Wort, das ebenfalls schon vorgekommen war –, oder seine Bemühungen, sich des Vokabulars von Sprachen zu bedienen, die er nicht beherrschte, wie ›*voodoo economics*‹, ›*performance*‹ oder ›*Wirtschaftsaufschwung*‹.

Brunetti war eine halbe Stunde vor dem angesetzten Beginn der Veranstaltung in der Questura. Weder Ruberti noch Bellini hatten noch Dienst, als er ankam, und ein anderer gab ihm die Protokolle der vergangenen Nacht, als er danach fragte. Scheinbar unbeteiligt blätterte er sie durch: Einbruch in Dorsoduro, während die Bewohner in Urlaub waren; Schlägerei zwischen Seeleuten eines türkischen Frachters und eines griechischen Kreuzfahrtschiffes in einer Bar in Santa Marta; drei der Beteiligten waren in der Ambulanz des Ospedale Giustinian gelandet, einer mit gebrochenem Arm, aber da beide Schiffe am Nachmittag wieder ausliefen, war keine Strafanzeige gestellt worden; am Campo Manin hatte jemand das Schaufenster eines Reisebüros mit einem Stein eingeschlagen, aber niemand war festgenommen worden, und Zeugen gab es nicht; außerdem war an einer Apotheke in Cannaregio der Kondomautomat geknackt worden, wahrscheinlich mit einem Schraubenzieher, und nach den Berechnungen des Apothekers waren siebzehntausend Lire und sechzehn Päckchen Kondome abhanden gekommen.

Als die Sitzung dann endlich stattfand, brachte sie keine Überraschungen. Zu Beginn der zweiten Stunde verkündete Vice-Questore Patta, daß man die gemeinnützigen Organisationen in der Stadt, um auszuschließen, daß sie zur Geldwäsche mißbraucht würden, auffordern müsse, ihre Bücher für die Polizeicomputer zu »*accessen*«. An dieser Stelle hob Signorina Elettra kurz die Hand, lächelte, sah zu Vianello hinüber und sagte, allerdings sehr leise: »Bingo.«

»Ja, bitte, Signorina?« Vice-Questore Patta hatte schon seit einiger Zeit den Eindruck, daß irgend etwas vorging, aber er wußte nicht, was.

Sie sah den Vice-Questore an, lächelte erneut und sagte: »Dingo, Signore.«

»Dingo?« Er sah über den Rand der Lesebrille, die er bei diesen Sitzungen gern trug, fragend zu ihr hinüber.

»Die Tierschützer, Vice-Questore, die ihre Sammelbüchsen in die Geschäfte stellen und sich um entlaufene Tiere kümmern. Das ist so eine gemeinnützige Organisation. Die sollten wir also auch ansprechen.«

»Ach ja?« fragte Patta, nicht ganz sicher, ob er richtig gehört oder diese Antwort erwartet hatte.

»Man sollte sie auf keinen Fall vergessen«, erklärte Signorina Elettra.

Patta wandte sich wieder den vor ihm liegenden Papieren zu, und die Sitzung ging weiter. Brunetti, das Kinn auf die Hand gestützt, beobachtete, wie sechs andere Leute kleine Münzstapel vor sich aufbauten. Auch Tenente Scarpa beobachtete sie aufmerksam, aber die zuvor durch Hände, Notizblöcke und Kaffeetassen verdeckten Kärtchen waren allesamt verschwunden. Es blieben nur die Münzen – und die Sitzung, die sich lahm noch eine weitere halbe Stunde dahinschleppte.

Genau im letzten Moment vor Ausbruch einer Meuterei – und die meisten Anwesenden trugen Waffen – nahm Patta seine Brille ab und legte sie müde auf den Stapel Papiere vor sich. »Hat noch jemand etwas zu sagen?« fragte er.

Wer noch etwas zu sagen gehabt haben mochte, verzichtete lieber darauf – zweifellos eingedenk der vielen Waffen –, und die Sitzung war beendet. Patta ging, gefolgt von Scarpa. Kleine Münzhäufchen wurden auf beiden Seiten über den Tisch geschoben, bis sie vor oder gegenüber Signorina Elettra lagen. Mit der Eleganz eines Croupiers fegte sie die Stapel in ihre hohle Hand und stand auf, das Zeichen, daß die Sitzung nun wirklich beendet war.

Brunetti ging mit ihr zusammen nach oben, seltsam erheitert vom Klang der Münzen, die in der Tasche ihres grauen Seidenjacketts klimperten. »*Accessen?*« wiederholte er Pattas Wort, nur daß er es englisch aussprach.

»Computerspeak, Commissario«, sagte sie.

»*Accessen?*« fragte er. »Kann man *access* jetzt als Verb benutzen?«

»Ich glaube, ja.«

»Das ist mir neu«, sagte Brunetti, der das Wort als Substantiv in Erinnerung hatte.

»Die Amerikaner können so etwas mit ihren Wörtern machen, Commissario.«

»Aus Substantiven Verben, aus Verben Adjektive, ganz wie es ihnen beliebt. Aber wir?«

»Auch, seit neuestem.«

»Aha«, sagte Brunetti.

Auf dem ersten Treppenabsatz nickte er ihr zu, und sie ging zu ihrem Vorzimmer, das an der Vorderseite des Gebäudes lag, gleich neben Pattas Dienstzimmer. Er selbst ging weiter hinauf in sein eigenes Zimmer, mit den Gedanken bei den Freiheiten, die manche Leute sich mit der Sprache herauszunehmen zu dürfen glaubten. Genau wie die Freiheiten, die Paola sich gegenüber dem Gesetz herauszunehmen zu dürfen glaubte.

Brunetti ging in sein Zimmer und schloß die Tür. Während er die Papiere auf seinem Schreibtisch zu lesen versuchte, merkte er, wie alles, was er tat, ihn immer wieder auf

Paola und die Ereignisse der vergangenen Nacht zurückbrachte. Es gab keine Lösung, und sie würden sich nie davon freimachen können, bevor sie darüber geredet hätten, aber der bloße Gedanke an das, was sie sich da herausgenommen hatte, machte ihn so wütend, daß er sich noch immer außerstande sah, sich in Ruhe mit ihr darüber zu unterhalten.

Er schaute aus dem Fenster, ohne etwas zu sehen, und versuchte hinter den wahren Grund für seine Wut zu kommen. Wenn er die Spuren nicht verwischt hätte, wäre durch ihr Tun seine Stelle, seine Karriere in Gefahr geraten. Ohne Rubertis und Bellinis stillschweigende Komplizenschaft würde die Geschichte bald in allen Zeitungen stehen. Und es gab so manchen Journalisten – Brunetti beschäftigte sich einige Minuten damit, im Geiste eine Liste von ihnen aufzustellen –, dem es ein Fest sein würde, über die kriminelle Ehefrau des Commissario zu berichten. Die Worte standen ihm schon als fette Schlagzeile vor Augen.

Aber jetzt war ihr das Handwerk gelegt, vorerst zumindest. Er erinnerte sich, wie er sie in die Arme genommen und die pure Angst in ihr gespürt hatte. Vielleicht genügte ihr diese Begegnung mit wirklicher Gewalt, auch wenn es nur Gewalt gegen eine Sache war, als Geste gegen das Unrecht. Und vielleicht hatte sie inzwischen Zeit gehabt, zu begreifen, daß ihr Tun Brunettis Karriere in Gefahr gebracht hatte. Ein Blick auf die Uhr sagte ihm, daß er gerade noch Zeit hatte, zum Bahnhof zu kommen und den Zug nach Treviso zu erreichen. Bei der Aussicht, sich wieder mit so etwas Eindeutigem wie einem Banküberfall befassen zu dürfen, überkam ihn eine große Erleichterung.

5

Als Brunetti am Spätnachmittag von Treviso wieder nach Hause fuhr, hatte er kein besonderes Erfolgsgefühl, obwohl der Zeuge den Mann, von dem die Polizei glaubte, daß es der vom Videoband war, auf einem Foto wiedererkannt hatte und bereit war, gegen ihn auszusagen. Brunetti hatte sich verpflichtet gefühlt, ihm zu sagen, wer der Verdächtige war und daß es gefährlich sein könne, ihn zu identifizieren und vor Gericht zu belasten. Zu seiner Überraschung hatte Signor Iacovantuono, der als Koch in einer Pizzeria arbeitete, sich daran gar nicht gestört, nicht einmal Interesse daran gezeigt. Er hatte ein Verbrechen beobachtet. Er hatte den Täter auf Fotos erkannt. Also war es seine Bürgerpflicht, gegen diesen Verbrecher auszusagen, ungeachtet der Gefahr für ihn und seine Familie. Über Brunettis wiederholte Versicherung, man werde ihnen Polizeischutz geben, hatte er sich allenfalls ein bißchen gewundert.

Noch unheimlicher war, daß Signor Iacovantuono aus Salerno stammte und somit zu diesen kriminell veranlagten Südländern gehörte, deren Anwesenheit hier im Norden angeblich das soziale Gefüge der Nation zerstörte. »Aber Commissario«, hatte er mit seinem starken Akzent betont, »wenn wir gegen diese Leute nichts tun, was werden unsere Kinder dann für ein Leben haben?«

Brunetti bekam diese Worte gar nicht mehr aus den Ohren und fürchtete allmählich, für den Rest seiner Tage vom Gekläff der moralischen Hunde verfolgt zu werden, die durch Paolas Tat von letzter Nacht in seinem Gewissen losgelassen worden waren. Für diesen dunkelhaarigen Pizzabäcker aus Salerno war das alles so einfach gewesen: Ein Unrecht war geschehen, und es war seine Pflicht, dafür zu sorgen, daß es gesühnt wurde. Selbst angesichts der Warnung vor der möglichen Gefahr war er unerschütterlich bei seinem Vorsatz geblieben, zu tun, was er für das richtige hielt.

Während die schlummernden Äcker am Rande Venedigs an den Zugfenstern vorbeiglitten, fragte sich Brunetti, wie es wohl kam, daß dies für Signor Iacovantuono so einfach und für ihn so kompliziert war. Vielleicht wurde es ihm ja dadurch erleichtert, daß Banküberfälle ungesetzlich waren. Darüber war man sich in der Gesellschaft einig. Und kein Gesetz erklärte es für unrecht, Flugtickets nach Thailand oder den Philippinen zu verkaufen; oder eines zu kaufen. Auch kümmerte sich kein Gesetz darum, was einer zu tun beliebte, wenn er erst dort war, kein Gesetz jedenfalls, das in Italien jemals angewandt worden wäre. Solche Gesetze existierten, ähnlich wie die gegen Blasphemie, in einer Art juridischer Rumpelkammer, für deren Vorhandensein noch niemand je einen wirklichen Beweis gesehen hatte.

Seit einigen Monaten, sogar schon länger, erschienen in den Zeitungen und Zeitschriften des Landes immer wieder Artikel, in denen alle möglichen Experten den internationalen Sextourismus statistisch, psychologisch und soziologisch beleuchteten – in der Weise eben, wie die Presse gerne heiße Themen durchkaute. Brunetti erinnerte sich an einige davon, sogar noch an das Foto von vorpubertären Mädchen, die angeblich in einem kambodschanischen Bordell arbeiteten. Ihre knospenden Brüste hatten seine Augen beleidigt, und ihre kleinen Gesichter waren durch irgendwelche Computermanipulationen unkenntlich gemacht worden.

Er hatte die Interpol-Berichte zu diesem Thema gelesen und gesehen, daß die geschätzten Zahlen der Beteiligten, sowohl der Kunden wie der Opfer – ein anderes Wort fiel ihm dafür nicht ein –, um etwa eine halbe Million schwankten. Er hatte diese Zahlen gelesen, und etwas in ihm hatte sich immer für die niedrigsten entschieden; an die höchsten zu glauben hätte sein Menschsein zu sehr beschmutzt.

Der jüngste dieser Artikel – soviel Brunetti wußte, hatte er in *Panorama* gestanden – war der Auslöser für Paolas flammende Wut gewesen. Die erste Salve hatte er vor zwei Wochen vernommen, als Paola plötzlich von hinten aus der Wohnung »*Bastardi!*« geschrien und unvermittelt den Sonntagsfrieden zerstört hatte; mehr als den Sonntagsfrieden, wie Brunetti jetzt fürchtete.

Er hatte sich nicht erst in ihr Arbeitszimmer begeben müssen, denn sie war ins Wohnzimmer gerannt gekommen, die zusammengerollte Zeitschrift in der rechten Hand. Ohne Einleitung hatte sie gerufen: »Hör dir das an, Guido!«

Paola hatte die Zeitschrift auseinandergefaltet, das Blatt auf ihrem Knie glattgestrichen, sich wieder aufgerichtet und vorgelesen: »›Ein Pädophiler ist, wie schon das Wort sagt, zweifelsohne jemand, der Kinder liebt.‹« Hier hatte sie innegehalten und ihn angesehen.

»Und ein Vergewaltiger ist dann wohl jemand, der Frauen liebt?« hatte Brunetti gefragt.

»Kannst du das glauben?« hatte Paola sich ereifert, ohne auf seine Zwischenbemerkung einzugehen. »Eine der bekanntesten Zeitschriften des Landes – und weiß der Himmel, wie das zugeht – verbreitet solchen Mist!« Sie warf einen kurzen Blick auf das Blatt und fuhr fort: »Und dieser Mensch lehrt Soziologie. Mein Gott, haben diese Leute überhaupt kein Gewissen? Wann wird in diesem widerwärtigen Land endlich einmal jemand sagen, daß wir für unser Tun selbst verantwortlich sind, statt immer alles auf die Gesellschaft zu schieben oder auf das Opfer, zum Donnerwetter?«

Da Brunetti solche Fragen nie beantworten konnte, hatte er erst gar keine Anstalten gemacht. Statt dessen hatte er sich erkundigt, was sonst noch in dem Artikel stand.

Sie hatte es ihm gesagt, und daß sie dazu ihren Verstand zusammennehmen mußte, hatte ihren Zorn nicht im mindesten gedämpft. Wie bei jeder guten Reiseführung wurden in dem Artikel alle die berühmten Orte gestreift: Phnom Penh, Bangkok, Manila, und um dann der Heimat etwas näher zu kommen, wurden noch die kürzlich bekanntgewordenen Fälle in Belgien und Italien hervorgewürgt. Aber der Ton war es, der sie erzürnt und ihn, wie er zugeben mußte, angewidert hatte: Ausgehend von der ungeheuerlichen Prämisse, daß Pädophile Kinderfreunde seien, hatte der hauseigene Soziologe dieser Zeitschrift weiterhin erklärt, wie eine permissive Gesellschaft Männer zu solchen Dingen verleite. Ein Grund seien, so der Gelehrte, auch die ungeheuer verführerischen Reize von Kindern. Paola hatte vor Wut nicht mehr weiterlesen können.

»Sextourismus«, hatte sie gezischt und die Zähne dabei so fest zusammengepreßt, daß Brunetti die Sehnen an ihrem Hals vortreten sah. »Mein Gott, die bloße Vorstellung, daß die das einfach so machen können – sich ein Flugticket kaufen, eine Tour buchen und dann Zehnjährige vergewaltigen!« Sie hatte die Zeitschrift aufs Sofa geschleudert und war wieder in ihr Zimmer gegangen, aber am selben Abend hatte sie nach dem Essen zum erstenmal davon gesprochen, dieser Industrie das Handwerk zu legen.

Brunetti hatte zuerst an einen Scherz geglaubt, und jetzt im nachhinein fürchtete er, daß er mit seiner Weigerung, das ernst zu nehmen, sie womöglich erst zu diesem verhängnisvollen Schritt von der Empörung zur Tat getrieben hatte. Er erinnerte sich noch, wie er sie gefragt hatte – und zwar in ziemlich herablassendem Ton, soviel er wußte –, ob sie denn auf eigene Faust gegen dieses Geschäft vorgehen wolle.

»Und wenn es ungesetzlich ist?«

»Was ist ungesetzlich?«

»Steine in Schaufenster zu werfen, Paola.«

»Und zehnjährige Kinder zu vergewaltigen ist nicht ungesetzlich?«

Brunetti hatte das Gespräch an dieser Stelle abgebrochen, vor allem weil er, wie er im Rückblick zugeben mußte, keine Antwort für sie hatte. Nein, wie es aussah, war es in manchen Ländern der Erde nicht ungesetzlich, Zehnjährige zu vergewaltigen. Aber es war hier in Venedig, in Italien ungesetzlich, Steine in Schaufenster zu werfen, und sein Beruf war es, dafür zu sorgen, daß die Leute so etwas nicht taten oder, wenn doch, dafür bestraft wurden.

Der Zug fuhr in den Bahnhof ein und kam langsam zum Stehen. Viele der Aussteigenden hatten eingewickelte Blumengestecke bei sich, was Brunetti daran erinnerte, daß heute der 2. November war, Allerseelentag, an dem die meisten Leute auf die Friedhöfe gingen und Blumen auf die Gräber ihrer Angehörigen legten. Es war ein Zeichen seiner Niedergeschlagenheit, daß er den Gedanken an tote Angehörige als tröstliche Ablenkung empfand. Er selbst würde nicht hingehen; das tat er nur sehr selten.

Brunetti beschloß, gleich nach Hause und nicht noch einmal in die Questura zu gehen. Augen, die nicht sehen, Ohren, die nicht hören: Er ging durch die Stadt, blind und taub für ihren Zauber, und ließ sich wieder und wieder alle die Gespräche und Auseinandersetzungen mit Paola durch den Kopf gehen, die durch ihren ersten großen Wutausbruch ausgelöst worden waren.

Zu Paolas vielen Wunderlichkeiten gehörte die Angewohnheit, beim Zähneputzen, das sie sehr ausgiebig besorgte, in der Wohnung herumzulaufen. So war es ihm völlig normal vorgekommen, als sie vor drei Tagen abends mit der Zahnbürste in der Hand an der Schlafzimmertür erschienen war und ohne jede Einleitung gesagt hatte: »Ich tu's.«

Brunetti hatte gewußt, was sie meinte, ihr aber nicht geglaubt und darum nur ganz kurz zu ihr aufgesehen und genickt. Damit war die Sache erledigt gewesen, wenigstens so lange, bis Rubertis Anruf ihm zuerst seinen Schlaf geraubt hatte und nun seinen Frieden störte.

Er ging noch rasch in die *pasticceria* unweit seiner Wohnung und kaufte ein Tütchen *fave,* jene kleinen runden Mandelkekse, die es nur zu dieser Jahreszeit gab. Chiara war ganz versessen darauf. Dem Gedanken folgte rasch die

Erkenntnis, daß dies für praktisch alles Eßbare galt, und damit die erste Erlösung von der Anspannung, unter der Brunetti seit letzter Nacht stand.

In der Wohnung war es still, aber bei dem derzeit herrschenden Klima bedeutete das nicht viel. Paolas Mantel hing neben der Tür, daneben Chiaras, und auf dem Fußboden darunter lag Chiaras roter Wollschal. Brunetti hob ihn auf und legte ihn über den Mantel, zog dann den eigenen Mantel aus und hängte ihn rechts neben Chiaras. Wie die drei Bären, dachte er: Mama, Papa und der kleine Bär.

Er öffnete die Papiertüte und schüttelte sich ein paar *fave* auf die Hand. Er steckte eine in den Mund, dann noch eine und schließlich noch zwei. Wie aus heiterem Himmel fiel ihm plötzlich ein, daß er sie vor Urzeiten auch für Paola gekauft hatte, als sie noch studierten und frisch verliebt waren.

»Hast du es nicht langsam satt, daß die Leute jedesmal von Proust reden, wenn sie in einen Kuchen beißen?« hatte er sie gefragt, als wäre ihm ein offenes Fenster zu ihren Gedanken gewährt worden.

Eine Stimme von hinten erschreckte ihn und riß ihn aus diesem Erinnerungstraum. »Krieg ich auch eine, *papà*?«

»Sie sind ja für dich, Engelchen«, antwortete er und gab Chiara die Tüte.

»Stört es dich, wenn ich nur die mit Schokolade esse?«

Er schüttelte den Kopf. »Ist deine Mutter in ihrem Arbeitszimmer?«

»Willst du mit ihr streiten?« fragte sie zurück, die Hand über der offenen Tüte.

»Wie kommst du darauf?« wollte er wissen.

»Weil du immer ›deine Mutter‹ sagst, wenn du mit ihr streiten willst.«

»Hm, wahrscheinlich hast du recht«, räumte er ein.

»Also, ist sie da?«

»Mhm«, antwortete sie. »Wird es ein großer Krach?«

Brunetti zuckte die Achseln. Er hatte keine Ahnung.

»Dann esse ich sie nämlich besser alle auf. Falls es ein großer Krach wird.«

»Warum?«

»Weil es dann erst spät Essen gibt. Das ist immer so.«

Er griff in die Tüte und nahm sich noch ein paar *fave,* überließ ihr aber gewissenhaft die mit Schokolade. »Ich will versuchen, gar keinen Streit daraus zu machen.«

»Gut.« Sie drehte sich um und ging zu ihrem Zimmer, die Kekstüte in der Hand. Brunetti folgte ihr kurz darauf den Flur entlang und blieb vor Paolas Arbeitszimmer stehen. Er klopfte.

»*Avanti*«, rief sie.

Als er eintrat, saß sie, wie gewöhnlich, wenn er von der Arbeit kam, an ihrem Schreibtisch vor einem Stapel Papiere, die sie durch ihre tief unten auf der Nase sitzende Brille las. Sie sah zu ihm auf und fragte lächelnd: »Wie ist es in Treviso gelaufen?«

»Genau, wie ich es nicht erwartet hatte. Oder nicht erwarten konnte«, sagte Brunetti, während er zu seinem angestammten Platz ging, einem alten Sofa rechts an der Wand.

»Er will also aussagen?« fragte Paola.

»Er ist ganz versessen darauf. Er hat den Mann sofort auf dem Foto erkannt und kommt morgen her, um ihn sich anzusehen. Aber ich würde sagen, er ist sich seiner Sache sicher.« Und auf ihre sichtliche Überraschung hin fügte er hinzu: »Dabei ist er aus Salerno.«

»Und er ist tatsächlich bereit?« Sie versuchte aus ihrer Verwunderung erst gar kein Hehl zu machen. Als Brunetti nickte, sagte sie: »Erzähl mir etwas über ihn.«

»Ein kleiner Mann, um die Vierzig, der seine Frau und zwei Kinder ernährt, indem er in Treviso in einer Pizzeria arbeitet. Er wohnt seit zwanzig Jahren hier, fährt aber noch immer jedes Jahr nach da unten in Urlaub. Wenn es geht.«

»Arbeitet seine Frau?« fragte Paola.

»Ja, als Putzfrau in einer Schule.«

»Was hatte er in Venedig in einer Bank zu tun?«

»Er wollte die Hypothekenrate für seine Wohnung in Treviso bezahlen. Die Bank, die ihm ursprünglich das Darlehen gegeben hatte, wurde von einer hiesigen Bank übernommen, und nun kommt er einmal im Jahr her, um die Rate persönlich einzuzahlen. Wenn er das über seine Bank in Treviso macht, berechnen die ihm jedesmal zweihunderttausend Lire, darum ist er an seinem freien Tag nach Venedig gekommen, um das Geld zu bringen.«

»Und dabei ist er gleich in einen Banküberfall geraten?«

Brunetti nickte.

Paola schüttelte den Kopf. »Wirklich erstaunlich, daß er zur Aussage bereit ist. Du sagst, der Mann, den sie festgenommen haben, steht mit der Mafia in Verbindung?«

»Sein Bruder.« Brunetti behielt seine Überzeugung für sich, daß die Feststellung damit vermutlich für beide Männer galt.

»Weiß das der Mann aus Treviso?«

»Ja. Ich habe es ihm gesagt.«

»Und trotzdem will er aussagen?« Als Brunetti erneut nickte, sagte Paola: »Dann gibt es für uns alle vielleicht doch noch Hoffnung.«

Brunetti zuckte die Achseln in dem Bewußtsein, daß es nicht ganz aufrichtig, vielleicht sogar sehr unaufrichtig von ihm war, Paola nicht zu berichten, was Iacovantuono noch gesagt hatte, nämlich daß man seinen Kindern zuliebe mutig zu handeln habe. Er ließ sich tiefer in die Sofapolster sinken, streckte die Beine aus und schlug die Füße übereinander.

»Bist du jetzt fertig damit?« fragte er. Sie würde schon wissen, was er meinte.

»Ich glaube nicht, Guido«, antwortete sie, und in ihrem Ton lag sowohl Zögern als auch ein gewisses Bedauern.

»Warum nicht?«

»Weil die Zeitungen, wenn sie darüber schreiben, einen willkürlichen Akt von Vandalismus daraus machen werden, so, als hätte jemand eine Mülltonne umgeworfen oder die Sitze im Zug aufgeschlitzt.«

Brunetti antwortete nicht darauf, wiewohl er versucht war, und wartete, was sie weiter sagen würde.

»Es war aber keine Willkür, Guido, und es war auch kein Vandalismus.« Sie legte ihr Gesicht in die Hände und schob diese langsam höher, bis auf den Kopf hinauf. Von unten tönte ihre Stimme zu ihm herüber: »Die Öffentlichkeit muß begreifen, warum das getan wurde – daß diese Leute Dinge tun, die nicht nur widerwärtig, sondern auch unmoralisch sind, und daß man sie zwingen muß, es zu unterlassen.«

»Hast du auch die Folgen bedacht?« fragte Brunetti ruhig.

Sie sah zu ihm auf. »Wie könnte ich zwanzig Jahre mit einem Polizisten verheiratet sein und die Folgen nicht bedenken?«

»Die Folgen für dich?«

»Natürlich.«

»Und für mich?«

»Ja.«

»Und das tut dir nicht leid?«

»Natürlich tut es mir leid. Ich möchte weder meine Arbeit verlieren noch deine Karriere in Mitleidenschaft ziehen.«

»Aber...?«

»Guido, ich weiß, daß du meinst, ich spielte mich mächtig auf«, begann sie. Und noch ehe er etwas einwenden konnte, sprach sie schon weiter: »Das stimmt ja auch, aber nur manchmal. Diesmal ist es etwas ganz, ganz anderes. Ich tue das nicht, um in die Zeitung zu kommen. Ich kann dir sogar ehrlich sagen, daß ich Angst vor dem Ärger habe, den wir alle dadurch bekommen werden. Aber ich muß das tun.« Als sie sah, daß er sie unterbrechen wollte, korrigierte sie sich rasch: »Ich meine, jemand muß es tun, oder um eine Floskel zu gebrauchen, die du gar nicht magst«, sagte sie mit einem sanften Lächeln, »es muß sein.« Immer noch lächelnd fuhr sie fort: »Ich will mir gern anhören, was du zu sagen hast, aber ich glaube nicht, daß ich anders handeln kann, als ich es mir vorgenommen habe.«

Brunetti schlug die Füße andersherum übereinander und drehte sich ein wenig nach rechts. »In Deutschland hat man die Gesetze geändert. Danach können jetzt Deutsche für etwas belangt werden, was sie in anderen Ländern tun.«

»Ich weiß. Ich habe den Artikel gelesen«, erwiderte sie scharf.

»Und?«

»Und *ein* Mann hat ein paar Jahre Gefängnis bekommen. Toll, kann ich da nur sagen. Hunderttausende von Männern fliegen dort jedes Jahr hin. Einen davon ins Gefängnis zu stecken – ein wohlbeleuchtetes deutsches Gefängnis mit Fernsehen in der Zelle und wöchentlichen Besuchen der Ehefrau –, das wird nicht einen Mann davon abhalten, als Sextourist nach Thailand zu fliegen.«

»Aber was du vorhast, das wird sie abhalten?«

»Wenn da keine Flugzeuge mehr hinfliegen, wenn keiner mehr das Risiko eingehen will, solche Touren zu organisieren, mit Hotelzimmer und Vollpension und kundiger Führung zu den Bordellen, dann werden weniger es machen. Das bringt nicht viel, ich weiß, aber doch immerhin etwas.«

»Die Leute werden auf eigene Faust hinreisen.«

»Aber weniger.«

»Immer noch so einige. Immer noch sehr viele.«

»Wahrscheinlich.«

»Und warum machst du es dann?«

Sie schüttelte unwirsch den Kopf. »Vielleicht kannst du das nur nicht begreifen, weil du ein Mann bist.«

Zum erstenmal, seit er in ihr Arbeitszimmer gekommen war, begann Brunetti sich zu ärgern. »Was soll das bitte heißen?«

»Es soll heißen, daß Männer und Frauen eine verschiedene Sicht auf so etwas haben. Und immer haben werden.«

»Wieso?« Sein Ton war ruhig, aber beiden war klar, daß

Zorn ins Zimmer geschlichen war und sich zwischen sie gestellt hatte.

»Weil ihr euch noch so bemühen könnt, euch vorzustellen, wie das ist, es wird immer nur eine theoretische Vorstellung sein. Dir kann so etwas nicht passieren, Guido. Du bist groß und stark, und Gewalt in irgendeiner Form ist dir von Kindesbeinen an vertraut: durch Fußball, Rangeleien mit anderen Jungen, in deinem Fall auch noch durch die Polizeiausbildung.«

Sie sah, wie seine Aufmerksamkeit ihr entglitt. Er hatte das schon so oft zu hören bekommen und nie geglaubt. Sie war überzeugt, daß er es nur nicht glauben wollte, doch das hatte sie nie laut gesagt. »Für uns Frauen verhält es sich anders«, fuhr sie fort. »Uns wird ein Leben lang beigebracht, uns vor Gewalt zu fürchten, ihr nach Möglichkeit aus dem Weg zu gehen. Und dennoch weiß jede Frau, daß alles, was diesen jungen Dingern in Kambodscha oder Thailand oder auf den Philippinen widerfährt, ebensogut ihr hätte widerfahren können oder immer noch widerfahren könnte. So einfach ist das, Guido: Ihr seid groß, wir sind klein.«

Er antwortete nicht, und sie fuhr fort: »Guido, wir reden über dieses Thema schon seit Jahren und waren nie wirklich einer Meinung. Das sind wir auch jetzt nicht.« Sie hielt kurz inne und fragte dann: »Bist du bereit, dir noch zweierlei anzuhören, bevor ich dir zuhöre?«

Brunetti hätte sich gern freundlich und aufgeschlossen gegeben und »Ja, natürlich« gesagt, aber er brachte nur ein gepreßtes »Ja« heraus.

»Denk an diesen widerlichen Artikel, den in der Zeitschrift. Das Blatt gilt als eine der Hauptinformationsquellen des Landes, und darin darf ein Soziologe – ich weiß nicht, an welcher Universität er lehrt, aber bestimmt an einer bedeutenden, also gilt er als Autorität, und die Leute glauben, was er schreibt –, er darf also darin schreiben, Pädophile seien Kinderfreunde. Und er darf das schreiben, weil es für Männer so praktisch ist, wenn alle das glauben. Und Männer regieren dieses Land.«

Nach einer kleinen Pause fuhr sie fort: »Ich bin mir nicht sicher, ob das etwas mit dem zu tun hat, worüber wir sprechen, aber ich glaube, ein anderer Grund für die Kluft, die uns trennt – nicht nur dich und mich, Guido, sondern alle Männer und alle Frauen –, ist der, daß die Vorstellung, Sex könne manchmal auch etwas Unangenehmes sein, für die meisten Männer undenkbar, für alle Frauen aber sehr real ist.« Als sie sah, daß er aufbegehren wollte, sagte sie: »Guido, es gibt keine Frau, die auch nur eine Sekunde lang glaubt, Pädophile liebten Kinder. Sie begehren sie oder wollen sie beherrschen, aber das hat beides nichts mit Liebe zu tun.«

Er hielt den Blick gesenkt; sie sah es, als sie zu ihm hinüberschaute. »Das war also das zweite, was ich dir sagen wollte, mein lieber Guido, den ich von ganzem Herzen liebe. So sehen wir Frauen es, die meisten Frauen: daß Liebe niemals etwas mit bloßer Begierde und mit Beherrschen zu tun hat.« Sie schwieg, blickte auf ihre rechte Hand und zupfte abwesend an der Nagelhaut ihres Daumens. »Das wäre alles, glaube ich. Ende der Predigt.«

Das Schweigen zwischen ihnen wurde immer länger, bis Brunetti es schließlich, wenn auch nur zögernd, brach.

»Meinst du, daß alle Männer so denken, oder nur einige?« fragte er.

»Nur einige, nehme ich an. Die Guten, gute Männer wie du, natürlich nicht.« Aber bevor er dazu etwas sagen konnte, fuhr sie wieder fort: »Sie denken aber auch nicht so wie wir, wie wir Frauen. Ich glaube nicht, daß die Vorstellung von Liebe als bloßer Begierde und Gewalt und Machtausübung ihnen so vollkommen fremd ist wie uns.«

»Allen Frauen? Ist das allen Frauen fremd?«

»Ich wünschte es mir. Nein, leider nicht allen.«

Er sah zu ihr auf. »Haben wir also jetzt irgend etwas gelöst?«

»Ich weiß es nicht. Aber ich möchte, daß du weißt, wie ernst mir die Sache ist.«

»Und wenn ich dich nun bitte, damit aufzuhören, nichts weiter zu unternehmen?«

Sie preßte die Lippen ganz fest zusammen, ein Gesichtsausdruck, den er schon seit Jahrzehnten an ihr beobachtete. Sie schüttelte nur den Kopf, sagte aber nichts.

»Heißt das, du willst nicht damit aufhören, oder du willst nicht, daß ich dich darum bitte?«

»Beides.«

»Ich bitte dich aber und werde dich weiter darum bitten.« Und bevor sie antworten konnte, hob er abwehrend die Hand und sagte: »Nein, Paola, sag jetzt nichts, denn ich weiß schon, was du sagen willst, und möchte es nicht hören. Aber vergiß bitte nicht, daß ich dich gebeten habe, es zu unterlassen. Nicht meinetwegen oder meiner Karriere zuliebe, was immer das heißt. Sondern weil ich das, was du tust und wovon du glaubst, es müsse getan werden, für unrecht halte.«

»Ich weiß«, sagte Paola und stand auf.

Bevor sie von ihrem Schreibtisch fortging, fügte er noch hinzu: »Ich liebe dich auch von ganzem Herzen. Und das werde ich immer tun.«

»Ah, das ist gut zu hören und zu wissen.« Er hörte die Erleichterung in ihrer Stimme und wußte aus langer Erfahrung, daß jetzt noch eine scherzhafte Schlußbemerkung folgen würde. Und wie in all den entscheidenden Jahren seines Lebens enttäuschte sie ihn auch diesmal nicht. »Dann können wir zum Abendessen also beruhigt Messer auf den Tisch legen.«

6

Am nächsten Morgen nahm Brunetti nicht den üblichen Weg zur Questura, sondern wandte sich hinter der Rialto-Brücke nach rechts. Rosa Salva galt als eine der besten Bars in der Stadt; Brunetti mochte besonders die kleinen Kuchen mit Ricotta. Also ging er dort auf einen Espresso und ein Stück Gebäck hinein, tauschte mit einigen Leuten Höflichkeiten aus und nickte ein paar anderen zu, die er nur vom Sehen kannte.

Danach machte er sich auf den Weg durch die Calle della Mandola in Richtung Campo San Stefano und schließlich zur Piazza San Marco. Der erste *campo*, den er überquerte, war der Campo Manin, wo vier Arbeiter gerade eine große Glasscheibe aus einem Boot auf einen hölzernen Rollwagen wuchteten, um sie zu dem Reisebüro zu bringen, wo sie eingesetzt werden sollte.

Brunetti stellte sich zu den anderen Zuschauern, die sich eingefunden hatten, um dem Transport der großen Scheibe über den *campo* zuzusehen. Die Arbeiter hatten Handtücher zwischen das Glas und den Holzrahmen gesteckt. Nun rollten sie, zwei an jeder Seite, ihre Last zu dem wartenden Loch.

Während die Männer den *campo* überquerten, wurden hinter ihnen die unterschiedlichsten Meinungen laut. »Das waren Zigeuner.« – »Nein, es war ein früherer Angestellter mit einem Gewehr.« – »Ich habe gehört, es war der Besitzer, der die Versicherung kassieren will.« – »Ach, Quatsch, da hat der Blitz eingeschlagen.« Wie immer in solchen Fällen war jeder überzeugt, die einzig richtige Version zu kennen, und hatte für alles andere nur Verachtung übrig.

Als der Rollwagen sein Ziel erreicht hatte, löste Brunetti sich aus der kleinen Versammlung und setzte seinen Weg fort.

In der Questura ging er zuerst in den großen Raum, wo die Uniformierten ihre Schreibtische hatten, und bat um die Berichte der letzten Nacht. Es war wenig passiert, und nichts davon interessierte ihn. Oben in seinem Zimmer verbrachte er den größten Teil des Vormittags mit der scheinbar endlosen Aufgabe, Papiere von der einen Seite seines Schreibtischs auf die andere umzuschichten. Bei seiner Bank hatte man ihm vor Jahren einmal gesagt, daß die Belege aller Transaktionen, auch der unbedeutendsten, zehn Jahre lang im Archiv aufbewahrt werden müßten, bevor sie vernichtet werden dürften.

Sein Blick wandte sich, wie zuvor schon seine Gedanken, von den Papieren ab, und er sah im Geiste ein Italien, das überall knöchelhoch mit Papier zugedeckt war: Berichte, Fotokopien, Durchschläge, kleine Quittungen aus den Bars, Geschäften und Apotheken. Und in diesem Papiermeer brauchte ein Brief noch immer zwei Wochen von Venedig nach Rom.

Er wurde von diesen Überlegungen abgelenkt, als Sergente Vianello kam, um Brunetti mitzuteilen, daß er ein Treffen mit einem dieser kleinen Ganoven hatte arrangieren können, die der Polizei gelegentlich Informationen zukommen ließen. Der Mann hatte zu Vianello gesagt, er habe etwas Interessantes anzubieten; da er aber Bedenken habe, in Gesellschaft eines Polizisten gesehen zu werden, müsse Brunetti sich in einer Bar in Mestre mit ihm treffen. Das hieß, daß er nach dem Mittagessen den Zug nach Mestre nehmen und dort mit dem Bus zu der Bar fahren mußte. Dorthin fuhr man nicht mit dem Taxi.

Es kam nichts dabei heraus, wie Brunetti insgeheim schon befürchtet hatte. Angeregt durch Zeitungsberichte über die Millionen, die der Staat denen zahlte, die sich von der Mafia lossagten und als Zeugen gegen sie auftraten, wollte dieser junge Mann von Brunetti fünf Millionen im voraus. Der Gedanke war absurd und der Nachmittag vergeudet, aber wenigstens war er dadurch bis weit nach vier Uhr unterwegs. Als er wieder in sein Dienstzimmer trat, erwartete ihn ein aufgeregter Vianello.

»Was gibt's?« fragte Brunetti, als er Vianellos Gesicht sah.
»Dieser Mann in Treviso.«
»Iacovantuono?«
»Ja.«
»Was ist mit ihm? Hat er beschlossen, doch nicht zu kommen?«
»Seine Frau ist tot.«
»Wie das?«
»Sie ist in ihrem Wohnhaus die Treppe hinuntergefallen und hat sich das Genick gebrochen.«
»Wie alt war sie?« fragte Brunetti.
»Fünfunddreißig.«
»Irgendwelche Krankheiten?«
»Keine.«
»Zeugen?«

Vianello schüttelte den Kopf.

»Wer hat sie gefunden?«

»Ein Nachbar, der gerade zum Essen nach Hause kam.«

»Hat er irgend etwas gesehen?«

Wieder schüttelte Vianello stumm den Kopf.

»Wann ist das passiert?«

»Der Mann meinte, es könnte sein, daß sie noch lebte, als er sie kurz vor eins fand. Aber sicher ist er sich nicht.«

»Hat sie noch etwas gesagt?«

»Er hat 113 angerufen, aber als der Krankenwagen kam, war sie schon tot.«

»Haben die mit den Nachbarn gesprochen?«

»Wer?« fragte Vianello.

»Die Kollegen in Treviso.«

»Die haben mit niemandem gesprochen. Und ich glaube auch nicht, daß sie noch mit jemandem sprechen werden.«

»Warum denn nicht, zum Donnerwetter?«

»Sie betrachten es als Unfall.«

»Ist doch klar, daß es wie ein Unfall aussieht!« explodierte Brunetti, und als Vianello darauf nichts sagte, fragte er: »Hat denn wenigstens schon jemand mit dem Mann gesprochen?«

»Er war bei der Arbeit, als es passierte.«

»Ja, aber hat jemand mit ihm gesprochen?«

»Ich glaube nicht, Commissario. Man hat ihm nur gesagt, was passiert ist.«

»Können wir ein Auto bekommen?« fragte Brunetti.

Vianello nahm den Telefonhörer ab, wählte eine Nummer und sprach kurz. Als er aufgelegt hatte, sagte er: »Um halb sechs wartet eines am Piazzale Roma auf uns.«

»Ich sage noch schnell meiner Frau Bescheid«, sagte Brunetti. Paola war nicht zu Hause, und er trug Chiara auf, ihr zu sagen, er müsse nach Treviso und komme wahrscheinlich spät nach Hause.

In seinen über zwei Jahrzehnten bei der Polizei hatte Brunetti einen Instinkt entwickelt, der ihn Mißerfolge schon voraussehen ließ, und oft erwies er sich als richtig. Noch ehe er und Vianello einen Fuß vor die Questura gesetzt hatten, wußte er, daß diese Fahrt nach Treviso umsonst sein würde und jede Chance, Iacovantuono zur Aussage zu bewegen, mit seiner Frau gestorben war.

Es war schon sieben, als sie ankamen, acht, bevor sie Iacovantuono dazu bringen konnten, überhaupt mit ihnen zu sprechen, und zehn, als sie sich endlich damit abfanden, daß er nichts mehr mit der Polizei zu tun haben wollte. Das einzige, was Brunetti von diesem Abend als eine gewisse Erleichterung oder Befriedigung mitnahm, war, den Mann nicht mit der Frage konfrontiert zu haben, was aus ihrer aller Kinder werden solle, wenn er die Aussage verweigere. Es lag, zumindest nach Brunettis Einschätzung der Dinge, allzu offensichtlich auf der Hand, was in diesem Fall passieren würde: Iacovantuono und seine Kinder würden am Leben bleiben. Als er dem *pizzaiolo* mit den rotgeweinten Augen seine Karte gab, bevor er und Vianello wieder zum Auto gingen, war ihm jämmerlich zumute.

Der Fahrer hatte schlechte Laune, weil er so lange hatte herumsitzen müssen, weshalb Brunetti vorschlug, daß sie auf der Rückfahrt eine Rast einlegen und etwas essen könnten, obwohl er wußte, daß ihre Heimkehr sich dadurch bis weit nach Mitternacht hinauszögern würde. Es war schließlich schon kurz vor eins, als der Chauffeur ihn und Vianello am Piazzale Roma absetzte, und Brunetti, zu erschöpft, um zu Fuß nach Hause zu gehen, beschloß, ebenfalls das Vaporetto zu nehmen. Während sie beide auf das Boot warteten, und auch danach in der Kabine, als sie majestätisch auf der schönsten Wasserstraße der Welt dahinglitten, unterhielten sie sich nur über Belanglosigkeiten.

Brunetti stieg bei San Silvestro aus, blind für die Schönheit der Mondnacht. Er wollte nur noch zu seiner Frau und in sein Bett und endlich die Erinnerung an Iacovantuonos traurige, wissende Augen abschütteln. In der Wohnung angekommen, hängte er seinen Mantel weg und ging zum Schlafzimmer. Kein Lichtschein fiel aus den Zimmern der Kinder, trotzdem öffnete er kurz die Türen, um sich zu vergewissern, daß beide schliefen.

Dann machte er leise die Schlafzimmertür auf. Wenn er sich in dem schwachen Licht auszog, das vom Flur hereinfiel, hoffte er Paola nicht zu stören. Aber die Rücksichtnahme war umsonst: Das Bett war leer. Obwohl auch unter ihrer Arbeitszimmertür kein Licht hervorschien, ging er hin, um seine Gewißheit bestätigt zu bekommen, daß es leer war. Nirgendwo sonst in der Wohnung brannte Licht, trotzdem ging er auch noch ins Wohnzimmer, aber eigentlich kaum noch in der Hoffnung, sie dort auf dem Sofa schlafend vorzufinden.

Das einzige Licht in diesem Teil der Wohnung war das rote Lämpchen des Anrufbeantworters. Drei Anrufe. Der erste war sein eigener, mit dem er Paola gegen zehn Uhr aus Treviso hatte mitteilen wollen, daß es noch später werde.

Der zweite war ein Schweiger, der dritte kam, wie Brunetti schon geahnt und befürchtet hatte, von der Questura. Agente Pucetti bat den Commissario um Rückruf, sobald er wieder zu Hause sei.

Brunetti wählte die Durchwahl zum Dienstraum der Schutzpolizei. Beim zweiten Klingeln wurde abgenommen.

»Pucetti, hier Commissario Brunetti. Was ist los?«

»Ich glaube, Sie kommen am besten hierher, Commissario.«

»Was ist denn los, Pucetti?« wiederholte Brunetti, aber seine Stimme klang nur müde, nicht unwirsch oder gebieterisch.

»Ihre Frau, Commissario.«

»Was ist mit ihr?«

»Wir haben sie festgenommen.«

»Aha. Können Sie mir mehr dazu sagen?«

»Ich halte es für besser, wenn Sie herkommen, Commissario.«

»Kann ich sie sprechen?« fragte Brunetti.

»Natürlich«, antwortete Pucetti, hörbar erleichtert.

Kurz darauf sagte Paola: »Ja?«

Plötzlich packte ihn die Wut. Erst läßt sie sich verhaften, dann fällt ihr nichts Besseres ein, als die Primadonna zu spielen. »Ich bin schon unterwegs, Paola. Hast du es wieder getan?«

»Ja.« Sonst nichts.

Er legte auf und ging in die Küche, um den Kindern einen Zettel zu schreiben, und ließ das Licht brennen. Dann machte er sich auf den Weg zur Questura, das Herz schwerer als die Füße.

Es hatte zu regnen angefangen, ganz leicht nur, mehr angefeuchtete Luft als richtiger Regen. Dennoch schlug er im Gehen automatisch den Kragen hoch.

Nach einer Viertelstunde kam er zur Questura. Ein sehr verwirrt dreinblickender Uniformierter stand an der Tür und öffnete sie mit einem zackigen Gruß, der um diese Uhrzeit reichlich unangebracht wirkte. Brunetti nickte dem jungen Mann zu, dessen Name ihm im Moment nicht einfiel, obwohl er wußte, daß er ihn kannte, und ging in den ersten Stock hinauf.

Pucetti erhob sich bei Brunettis Eintreten von seinem Platz hinter dem Schreibtisch. Paola, die ihm gegenübersaß, sah auf, lächelte aber nicht.

Brunetti setzte sich neben Paola und zog das Festnahmeprotokoll zu sich herüber, das sein Untergebener vor sich auf dem Schreibtisch liegen hatte. Er las es langsam durch.

»Sie haben sie also auf dem Campo Manin festgenommen?« fragte Brunetti den jungen Mann.

»Ja, Commissario«, antwortete Pucetti, noch immer stehend.

Brunetti bedeutete ihm mit einer Geste, sich zu setzen, was der andere mit offensichtlicher Scheu tat. »War noch jemand bei Ihnen?«

»Ja, Commissario. Landi war dabei.«

Das wär's dann, dachte Brunetti und schob das Formular zurück. »Was haben Sie unternommen?«

»Wir sind hierher zurückgekommen und haben sie – Ihre Frau – gebeten, uns ihre *carta d'identità* zu zeigen. Daran haben wir dann gesehen, wer sie war, und Landi hat gleich Tenente Scarpa angerufen.«

Das sieht Landi ähnlich, dachte Brunetti. »Warum sind Sie beide hierher zurückgekommen? Warum ist nicht einer am Tatort geblieben?«

»Einer von der Guardia di San Marco hatte die Alarmanlage gehört und war gekommen, da haben wir ihm gesagt, er soll dableiben und auf den Besitzer warten.«

»Aha«, sagte Brunetti, und dann: »Ist Tenente Scarpa hergekommen?«

»Nein, Commissario. Er hat eine Weile mit Landi gesprochen, uns aber keine Anweisungen gegeben. Wir sollten nur wie üblich vorgehen.«

Brunetti wollte schon sagen, es gebe wahrscheinlich kein übliches Vorgehen bei der Festnahme der Frau eines Commissario der Polizei, aber er ließ es, stand auf, sah Paola an und richtete zum erstenmal das Wort an sie. »Ich glaube, wir können jetzt gehen, Paola.«

Sie antwortete nicht, stand aber sofort auf.

»Ich bringe sie nach Hause, Pucetti. Wir kommen morgen früh beide wieder. Wenn Tenente Scarpa nachfragt, sagen Sie ihm das bitte.«

»Jawohl, Commissario«, antwortete Pucetti. Er wollte noch etwas sagen, aber Brunetti hob die Hand und schnitt ihm das Wort ab.

»Schon gut, Pucetti. Sie hatten ja keine andere Wahl.« Er warf einen Blick zu Paola und fügte hinzu: »Außerdem wäre das früher oder später sowieso passiert.« Er rang sich ein Lächeln ab.

Als sie die Treppe hinunter waren, stand der junge Polizist schon an der Tür und öffnete sie. Brunetti ließ Paola vorgehen, hob die Hand, ohne den Mann direkt anzusehen, und trat in die Nacht hinaus. Die feuchte Luft umfing sie und verwandelte ihren Atem in flauschige Wölkchen. Sie gingen nebeneinanderher, das Schwert der Zwietracht fast so fühlbar zwischen sich, wie ihr Atem in der Luft sichtbar war.

7

Beide sprachen auf dem Heimweg kein Wort, und beide schliefen den Rest der Nacht nicht, sanken höchstens hin und wieder in einen wirren, unruhigen Traum. Ein paarmal drehten sich zwischen Wachsein und Vergessen ihre Körper einander zu, aber nichts von der Selbstverständlichkeit jahrelanger Vertrautheit lag in der Berührung. Im Gegenteil, es hätte jeweils der Körper eines Fremden sein können, und beide reagierten darauf mit Rückzug. Sie besaßen dabei noch den Anstand, keine ruckartige Bewegung daraus zu machen, nicht entsetzt und voll Abscheu zurückzuweichen vor diesem Fremden, der sich in ihr Ehebett gedrängt hatte. Vielleicht wäre es ja ehrlicher von ihnen gewesen, ihre Seelen durch die Stimmen ihrer Körper sprechen zu lassen, aber beide konnten sich beherrschen und unterdrückten diesen Impuls aus einem Gefühl der Loyalität heraus, das aus der Erinnerung an die Liebe erwuchs, von der sie beide fürchteten, daß sie Schaden genommen oder sich irgendwie verändert hatte.

Brunetti zwang sich, das Siebenuhrläuten von San Polo abzuwarten und nicht schon vorher aufzustehen. Aber die Glockentöne waren noch nicht verhallt, da war er schon aus dem Bett und im Bad, wo er lange unter der Dusche stand, um die Nacht und den Gedanken an Landi und Scarpa und all das fortzuspülen, was ihn mit Sicherheit erwartete, wenn er heute zum Dienst ging.

Während er unter dem Wasserstrahl stand, überlegte er,

daß er wohl etwas zu Paola sagen müsse, bevor er ging, aber er wußte beim besten Willen nicht, was. Er beschloß, es davon abhängig zu machen, wie sie sich verhielt, wenn er ins Schlafzimmer zurückkam, aber dort war sie dann schon gar nicht mehr. Er hörte sie in der Küche hantieren, vernahm die vertrauten Geräusche von Wasserhahn und Kaffeekanne, das Scharren eines Stuhls auf dem Boden. Er band sich noch auf dem Flur die Krawatte um, und dann sah er sie an ihrem gewohnten Platz sitzen und nahm zur Kenntnis, daß auf dem Tisch zwei große Tassen ebenfalls an ihren gewohnten Plätzen standen. Er zog die Krawatte fest, bückte sich und küßte sie auf den Kopf.

»Warum tust du das?« fragte sie, wobei sie mit dem rechten Arm nach hinten griff und ihn um seinen Schenkel legte. Sie zog ihn näher zu sich.

Er ließ es geschehen, berührte sie aber nicht mit der Hand. »Aus Gewohnheit, nehme ich an.«

»Gewohnheit?« wiederholte sie, schon fast gekränkt.

»Aus der Gewohnheit, dich zu lieben.«

»Aha«, sagte sie, aber alles Weitere wurde durch das Zischen der Kaffeemaschine abgeschnitten. Paola schenkte ihnen Kaffee ein, goß dampfende Milch dazu und rührte Zucker in beide Tassen. Er setzte sich nicht, sondern trank seinen Kaffee im Stehen.

»Wie geht es nun weiter?« fragte sie nach dem ersten Schluck.

»Da es deine erste Straftat ist, gibt es wahrscheinlich eine Geldstrafe.«

»Ist das alles?«

»Es genügt ja«, sagte Brunetti.

»Und was ist mit dir?«

»Hängt davon ab, was die Zeitungen daraus machen. Ich wüßte ein paar Journalisten, die auf so etwas schon Jahre warten.«

Bevor er die denkbaren Schlagzeilen zitieren konnte, sagte sie: »Ich weiß, ich weiß«, und er konnte es ihnen beiden ersparen.

»Aber es könnte auch sein, daß sie dich zur Heldin stempeln, zur Rosa Luxemburg der Sexindustrie.«

Sie lächelten beide, enthielten sich aber jeder Ironie.

»Das ist es nicht, worauf es mir ankommt, Guido. Das weißt du ja.« Aber bevor er fragen konnte, worauf es ihr denn ankomme, sagte sie schon: »Ich will erreichen, daß die damit Schluß machen. Sie sollen sich für ihr Tun so schämen, daß sie damit aufhören.«

»Wer, die Reisebüros?«

»Ja, genau die«, sagte sie und widmete sich für ein paar Augenblicke ihrem Kaffee. Dann stellte sie ihre fast leere Tasse hin und sagte: »Aber ich will, daß sich alle für ihr Tun schämen.«

»Die Männer, die als Sextouristen reisen?«

»Ja, die auch. Alle.«

»Daraus wird nichts, Paola, da kannst du machen, was du willst.«

»Ich weiß.« Sie trank ihre Tasse vollends leer und stand auf, um neuen Kaffee zu machen.

»Laß nur«, sagte Brunetti. »Ich trinke unterwegs noch einen.«

»Es ist noch früh.«

»Irgendeine Bar hat immer offen«, sagte er.

»Stimmt.«

Und richtig, er fand eine Bar und ging auf einen Kaffee hinein, wobei er sich Zeit ließ, um seine Ankunft in der Questura hinauszuzögern. Er kaufte den *Gazzettino*, obwohl er wußte, daß da frühestens morgen etwas drinstehen konnte. Trotzdem studierte er die erste Seite des ersten Teils, dann des zweiten, der den lokalen Ereignissen gewidmet war, aber er fand nichts.

Am Eingang zur Questura stand jetzt ein anderer Polizist. Da es noch nicht acht war, mußte er für Brunetti die Tür aufschließen und salutierte, als dieser vorbeiging.

»Ist Vianello schon da?« fragte Brunetti.

»Nein, Commissario, ich habe ihn noch nicht gesehen.«

»Wenn er kommt, sagen Sie ihm bitte, er soll zu mir heraufkommen.«

»Jawohl, Commissario«, sagte der Mann und salutierte noch einmal.

Brunetti nahm die Hintertreppe. Dort begegnete ihm Marinoni, die frisch aus dem Mutterschaftsurlaub zurückgekehrte Kollegin, aber sie sagte nur, sie habe das von dem Mann in Treviso gehört und bedaure es sehr.

In seinem Zimmer hängte Brunetti den Mantel fort, setzte sich an den Schreibtisch und nahm sich noch einmal die Zeitung vor. Das Übliche: Behördenvertreter ermittelten gegen andere Behördenvertreter, ehemalige Minister beschuldigten andere ehemalige Minister, in der albanischen Hauptstadt gab es Aufruhr, und der Gesundheitsminister forderte Untersuchungen gegen die illegale Herstellung gefälschter Pharmaprodukte für die dritte Welt.

Er blätterte im zweiten Teil und fand dort auf Seite drei

den Bericht über den Tod der Signora Iacovantuono. »*Casalinga muore cadendo per le scale*« (Hausfrau tödlich die Treppe hinuntergestürzt). Aber ja doch.

Das hatte er alles schon gestern gehört: Sie war gestürzt, der Nachbar hatte sie am Fuß der Treppe gefunden, die Sanitäter hatten sie für tot erklärt. Die Beerdigung war für morgen angesetzt.

Er war gerade mit dem Artikel fertig, als Vianello anklopfte und eintrat. Brunetti brauchte nur schon sein Gesicht zu sehen. »Was erzählt man sich?« fragte er.

»Landi hat gleich zu reden angefangen, aber Ruberti und Bellini haben kein Wort gesagt. Und die Zeitungen haben noch nicht angerufen.«

»Scarpa?« fragte Brunetti.

»Der ist noch nicht da.«

»Was erzählt Landi denn?«

»Daß er Ihre Frau letzte Nacht hierhergebracht hat, nachdem sie auf dem Campo Manin das Schaufenster eines Reisebüros eingeworfen hatte. Und daß dann Sie gekommen sind und sie mit nach Hause genommen haben, ohne die entsprechenden Formulare auszufüllen. Er bläst sich zum Rechtsgelehrten auf und behauptet, eigentlich sei sie als flüchtig anzusehen.«

Brunetti faltete die Zeitung einmal zusammen, dann noch einmal. Er erinnerte sich, daß er zu Pucetti gesagt hatte, er werde seine Frau heute vormittag mitbringen, aber er glaubte kaum, daß ihre Abwesenheit schon genügte, um sie als »flüchtig« einzustufen. »Aha«, sagte er. Dann schwieg er lange und fragte endlich: »Wie viele Leute wissen über das letzte Mal Bescheid?«

Vianello antwortete nach kurzem Überlegen: »Offiziell überhaupt niemand. Offiziell ist gar nichts passiert.«

»Das war nicht meine Frage.«

»Ich glaube nicht, daß jemand davon weiß, den es nichts angeht«, sagte Vianello, offenbar nicht zu genaueren Auskünften gewillt.

Brunetti wußte nicht, ob er seinem Sergente oder Ruberti und Bellini danken sollte. Er fragte statt dessen: »Haben wir heute schon etwas von den Kollegen in Treviso gehört?«

»Iacovantuono war bei ihnen und hat gesagt, er sei sich wegen der Identifizierung, die er letzte Woche gegeben hat, doch nicht ganz sicher. Er glaubt jetzt, sich geirrt zu haben. Weil er solche Angst hatte. Und nun ist er plötzlich sicher, daß der Bankräuber rote Haare hatte. Offenbar hat er sich daran schon vor einigen Tagen erinnert, ist aber nicht dazu gekommen, es der Polizei zu sagen.«

»Bis seine Frau tot war?« fragte Brunetti.

Vianello antwortete nicht sofort. Nach einer Weile fragte er zurück: »Was würden Sie denn tun, Commissario?«

»In welchem Fall?«

»Wenn Sie an seiner Stelle wären.«

»Ich würde mich wahrscheinlich auch an rote Haare erinnern.«

Vianello steckte die Hände in die Taschen seiner Uniformjacke und nickte. »Das würden wir wohl alle, besonders wenn wir Familie haben.«

Brunettis Sprechanlage schnarrte. »Ja«, sagte er, nachdem er abgenommen hatte. Er hörte kurz zu, legte den Hörer zurück und stand auf. »Der Vice-Questore. Er will mich sprechen.«

Vianello schob den Ärmel zurück und sah auf die Uhr. »Viertel nach neun. Dann wissen wir ja, was Scarpa inzwischen gemacht hat.«

Brunetti legte penibel die Zeitung auf seinen Schreibtisch, genau in die Mitte, bevor er sein Zimmer verließ. In Pattas Vorzimmer saß Signorina Elettra an ihrem Computer, aber der Bildschirm war leer. Sie sah bei Brunettis Eintreten auf, nahm die Unterlippe zwischen die Zähne und zog die Augenbrauen hoch. Es konnte Überraschung sein, ebensogut aber auch eine Aufmunterung von der Art, wie Schüler sie einander zukommen lassen, wenn einer zum Direktor zitiert wird.

Brunetti schloß kurz die Augen, kniff unwillkürlich die Lippen zusammen. Er sagte nichts zu Signorina Elettra, klopfte an die Tür zu Pattas Zimmer und öffnete sie auf das gebrüllte »*Avanti*« hin, das von drinnen kam.

Er hatte erwartet, nur den Vice-Questore anzutreffen, und so konnte er kaum seine Überraschung verbergen, als er gleich vier Leute sah: den Vice-Questore, Tenente Scarpa, der links von seinem Vorgesetzten saß, genau auf dem Platz, den auf Gemälden vom Abendmahl immer Judas innehat, und noch zwei Männer, der eine etwa Ende Fünfzig, der andere vielleicht zehn Jahre jünger. Brunetti hatte keine Zeit, sie sich genauer anzusehen, er hatte nur den Eindruck, daß der Ältere das Sagen hatte, obwohl der Jüngere aufmerksamer wirkte.

Patta begann ohne Einleitung: »Commissario Brunetti, das ist Dottor Paolo Mitri.« Er wies mit einer eleganten Geste auf den älteren der beiden Männer. »Und sein Anwalt, Avvocato Giuliano Zambino. Ich habe Sie kommen lassen, um mit Ihnen über die Ereignisse der vergangenen Nacht zu sprechen.«

Links neben dem Anwalt stand ein fünfter Stuhl, aber niemand bot ihn Brunetti an. Er nickte den Männern zu.

»Vielleicht sollte der Commissario sich zu uns setzen«, schlug Dottor Mitri vor, wobei er auf den freien Stuhl zeigte.

Patta nickte, und Brunetti nahm Platz.

»Sie wissen wahrscheinlich, warum Sie hier sind«, sagte Patta.

»Ich würde es gern ausdrücklich zu hören bekommen«, antwortete Brunetti.

Patta gab dem Tenente ein Zeichen, der anfing: »Letzte Nacht, so gegen Mitternacht, rief mich einer meiner Leute an und meldete, daß die Schaufensterscheibe des Reisebüros auf dem Campo Manin – es gehört Dottor Mitri«, erklärte er mit einer kleinen Kopfbewegung in dessen Richtung – »erneut von Vandalen eingeworfen worden sei. Er sagte mir, eine Verdächtige sei festgenommen und in die Questura gebracht worden, und diese Verdächtige sei die Frau von Commissario Brunetti.«

»Stimmt das?« unterbrach ihn Patta, an Brunetti gewandt.

»Ich habe keine Ahnung, was Landi letzte Nacht zu Tenente Scarpa gesagt hat«, antwortete Brunetti ruhig.

»Das meine ich nicht«, sprach Patta erneut dazwischen, bevor Scarpa etwas sagen konnte. »War es Ihre Frau?«

»In dem Protokoll, das ich heute nacht gelesen habe«, begann Brunetti, noch immer ganz ruhig, »hat Agente Landi ihren Namen und ihre Adresse angegeben, und daß sie zugegeben habe, die Scheibe zertrümmert zu haben.«

»Und das andere Mal?« wollte Scarpa wissen.

Brunetti fragte gar nicht erst, welches andere Mal er meinte. »Was soll damit sein?«

»War das Ihre Frau?«

»Das werden Sie meine Frau schon selbst fragen müssen, Tenente.«

»Das werde ich auch«, erwiderte letzterer. »Verlassen Sie sich darauf.«

Dottor Mitri hustete einmal kurz hinter vorgehaltener Hand. »Vielleicht darf ich hier einmal unterbrechen, Pippo«, sagte er zu Patta. Der Vice-Questore nickte, offenbar geschmeichelt durch die vertrauliche Anrede.

Mitri wandte sich an Brunetti. »Commissario, ich glaube, es wäre hilfreich, wenn wir uns in dieser Sache verständigen könnten.« Brunetti sah ihn an, sagte aber nichts. »Der Schaden für mein Büro war beträchtlich; die erste Scheibe hat mich fast vier Millionen Lire gekostet, und diesmal wird es wohl wieder genausoviel sein. Hinzu kommen die entgangenen Geschäfte in der Zeit, die das Büro wegen der Reparaturarbeiten schließen mußte.«

Mitri hielt inne, als wartete er, ob Brunetti etwas sagen wollte; als dieser aber keine Anstalten machte, fuhr er fort: »Da beim ersten Mal niemand ermittelt wurde, nehme ich an, daß meine Versicherung diesen Schaden übernehmen wird, vielleicht auch einen Teil des Verdienstausfalls. Das wird sich natürlich lange hinziehen, aber ich bin sicher, daß wir da eine Regelung finden werden. Ich habe schon mit meinem Versicherungsagenten gesprochen, und er hat mich in dieser Auffassung bestärkt.«

Brunetti beobachtete den anderen beim Sprechen, vernahm die Sicherheit in seiner Stimme. Dieser Mann war es gewöhnt, daß die Leute, mit denen er zu tun hatte, ihm zuhörten; er strömte eine Selbstsicherheit und ein Selbstbewußtsein aus, die man fast fühlen konnte. Alles an ihm vermittelte diesen Eindruck: der Messerhaarschnitt, kürzer als nach der momentanen Mode, eine leichte Sonnenbräune, Haut und Fingernägel, die eindeutig von fremder Hand gepflegt wurden. Er hatte hellbraune, fast bernsteinfarbene Augen und eine sehr angenehme, beinahe schon verführerische Stimme. Da er saß, konnte Brunetti seine Größe nicht einschätzen, aber er wirkte so, als ob er groß wäre und die langen Gliedmaßen eines Läufers hätte.

Der Anwalt saß die ganze Zeit über ruhig und aufmerksam dabei und hörte seinem Klienten zu, sagte aber nichts.

»Bin ich im Genuß Ihrer Aufmerksamkeit, Commissario?« fragte Mitri, der Brunettis abschätzenden Blick bemerkt hatte und vielleicht nicht davon erbaut war.

»Ja.«

»Im zweiten Fall liegt die Sache anders. Da Ihre Frau ja offenbar zugegeben hat, die Scheibe zerbrochen zu haben, erscheint es nur gerecht, wenn sie den Schaden bezahlt. Deswegen wollte ich mit Ihnen reden.«

»Ja?« meinte Brunetti.

»Ich dachte, Sie und ich könnten da eine Einigung erzielen.«

»Verzeihung, aber das verstehe ich nicht«, sagte Brunetti, während er sich fragte, wie weit er bei diesem Mann wohl gehen konnte und was passierten würde, wenn er zu weit ging.

»Was verstehen Sie nicht, Commissario?«

»Worüber Sie mit mir reden wollen.«

Mitris Ton wurde etwas verkniffener, blieb aber freundlich. »Ich möchte diese Sache regeln. Unter Kavalieren.« Er nickte Patta zu. »Ich habe die Ehre, ein Freund des Vice-Questore zu sein, und würde es darum vorziehen, der Polizei in dieser Angelegenheit jede Peinlichkeit zu ersparen.«

Das also, dachte Brunetti, könnte das Schweigen der Presse erklären.

»Und so dachte ich, wir könnten uns vielleicht in aller Stille und ohne unnötige Komplikationen einigen.«

Brunetti wandte sich an Scarpa. »Hat meine Frau heute nacht zu Landi etwas darüber gesagt, warum sie das getan hat?«

Scarpa wurde von der Frage überrumpelt und warf einen raschen Blick zu Mitri, der vor ihm antwortete: »Ich bin sicher, das spielt im Augenblick keine Rolle. Entscheidend ist, daß sie die Tat zugegeben hat.« Er wandte sich Patta zu. »Ich glaube, es ist in unser aller Interesse, die Sache beizulegen, solange wir es noch können. Dieser Meinung bist du doch sicher auch, Pippo?«

Patta erlaubte sich ein forsches »Selbstverständlich«.

Mitri wandte sich wieder Brunetti zu. »Wenn Sie mit mir dieser Meinung sind, können wir fortfahren. Wenn nicht, dann vergeude ich hier leider meine Zeit.«

»Ich weiß immer noch nicht genau, worüber ich mit Ihnen einer Meinung sein soll, Dottor Mitri.«

»Ich möchte Ihre Zustimmung dazu haben, daß Ihre Frau mir den Schaden an der Fensterscheibe und den Verdienstausfall während der Reparaturarbeiten ersetzt.«

»Dem kann ich nicht zustimmen«, sagte Brunetti.

»Und warum nicht?« erkundigte sich Mitri recht ungehalten.

»Weil es nicht meine Sache ist. Wenn Sie mit meiner Frau darüber reden wollen, steht Ihnen das gewiß frei. Aber ich kann keine Entscheidung, schon gar nicht eine solche, für sie treffen.« Brunetti fand, daß sein Ton so vernünftig war wie das, was er sagte.

»Was sind Sie denn für ein Mann?« fragte Mitri ärgerlich.

Brunetti wandte sich an Patta. »Kann ich Ihnen sonst noch in irgendeiner Weise behilflich sein, Vice-Questore?« Patta schien zu überrascht oder zu wütend, um zu antworten, also stand Brunetti auf und verließ rasch das Zimmer.

8

Auf Signorina Elettras fragend hochgezogene Augenbrauen und ihren gespitzten Mund hin schüttelte Brunetti nur kurz den Kopf, was heißen sollte, daß er es ihr später erklären werde. Er ging wieder in sein Zimmer hinauf und machte sich dabei Gedanken über die wahre Bedeutung dessen, was sich da eben abgespielt hatte.

Mitri, der sich seiner Freundschaft zu Patta rühmte, hatte zweifellos ausreichenden Einfluß, um eine Meldung von solch potentieller Brisanz aus den Zeitungen herauszuhalten. Die Geschichte enthielt einfach alles, was ein Reporter sich nur wünschen konnte: Sex, Gewalt, Verstrickung der Polizei. Und wenn sie auch noch dahinterkämen, wie Paolas erster Anschlag vertuscht worden war, würde das ihren Lesern noch mehr Vergnügen bereiten – Korruption und Amtsmißbrauch bei der Polizei.

Welcher Redakteur würde sich so etwas entgehen lassen? Welche Zeitung konnte sich den Spaß versagen, so eine Geschichte zu drucken? Obendrein war Paola die Tochter des Conte Orazio Falier, eines der bekanntesten und wohlhabendsten Männer der Stadt. Das Ganze war für die Presse ein derart gefundenes Fressen, daß es die Zeitung, die sich das entgehen lassen würde, einfach nicht gab.

Das hieß, es mußte für den Redakteur oder die Redakteure, die keinen Gebrauch davon machten, höherer Lohn winken. Oder, ergänzte er nach kurzem Nachdenken, für die Behördenvertreter, denen es gelang, die Sache aus den

Zeitungen herauszuhalten. Es bestand auch noch die Möglichkeit, daß eine Nachrichtensperre verhängt worden war, bemäntelt mit Staatsraison, so daß die Presse gar nicht erst herankam. Brunetti hatte nicht den Eindruck, daß Mitri derart große Macht besaß, aber er mußte sich entgegenhalten, daß man so etwas nicht immer sah. Er dachte an einen ehemaligen Politiker, dem zur Zeit wegen seiner Beziehungen zur Mafia der Prozeß gemacht wurde, ein Mann, dessen Erscheinung jahrzehntelang Zielscheibe der Karikaturisten gewesen war. Normalerweise brachte man einen Mann von solch biederem Äußeren nicht mit großer Macht in Verbindung, aber Brunetti zweifelte keine Sekunde daran, daß ein Blick dieser hellgrünen Augen jeden vernichten konnte, der ihm auch nur im mindesten in die Quere kam.

Brunettis Behauptung, er könne nicht an Paolas Stelle entscheiden, war aus dem Mut der Verzweiflung geboren gewesen, aber bei nüchternem Nachdenken sah er mehr und mehr, daß es ihm auch Ernst damit war.

Mitri war mit einem Anwalt bei Patta erschienen, den Brunetti zumindest seinem Ruf nach kannte. Er erinnerte sich dunkel, daß Zambino sich normalerweise mit Handelsrecht befaßte und vorwiegend für große Firmen auf dem Festland tätig war. Der Mann wohnte vielleicht in Venedig, aber es gab hier so wenige Unternehmen, daß Zambino zumindest beruflich gezwungen war, der Arbeit aufs Festland zu folgen.

Wieso brachte einer einen Wirtschaftsanwalt mit zur Polizei? Warum befaßte man ihn mit einer Sache, die eher strafrechtlicher Natur war oder werden konnte? Zambino stand, soviel Brunetti wußte, in dem Ruf, ein einflußreicher Mann zu sein, nicht ohne Feinde, und dennoch hatte er die ganze Zeit, die Brunetti in Pattas Zimmer gewesen war, kein einziges Wort gesprochen.

Er rief unten an und bat Vianello zu sich herauf. Als der Sergente einige Minuten später hereinkam, winkte Brunetti ihn zu einem Stuhl. »Was wissen Sie über einen gewissen Dottor Paolo Mitri und Avvocato Giuliano Zambino?«

Vianello mußte die Namen schon aus anderem Zusammenhang kennen, denn seine Antwort kam wie aus der Pistole geschossen: »Zambino wohnt in Dorsoduro, nicht weit von der Salute. Großes Haus, schätzungsweise dreihundert Quadratmeter. Hat sich auf Unternehmens- und Handelsrecht spezialisiert. Die meisten seiner Klienten sitzen auf dem Festland: Chemie, Petrochemie und ein Hersteller für Tiefbaumaschinen. Eine der Chemiefirmen, für die er arbeitet, wurde vor drei Jahren dabei erwischt, wie sie Arsen in der Lagune deponierte; er hat erreicht, daß die mit drei Millionen Lire Geldstrafe und dem Versprechen davonkam, es nicht wieder zu tun.«

Brunetti hörte seinem Sergente bis zu Ende zu und fragte sich, ob wohl Signorina Elettra die Quelle dieser Informationen gewesen war. »Und Mitri?«

Brunetti merkte, daß Vianello seinen Stolz darauf, das alles so rasch in Erfahrung gebracht zu haben, nur mit Mühe verbergen konnte. Der Sergente fuhr eifrig fort: »Er hat gleich nach dem Studium bei einem der Pharmabetriebe angefangen. Eigentlich ist er Pharmazeut, aber diese Tätigkeit übt er nicht mehr aus, seitdem er zuerst eine Firma und später noch zwei weitere übernommen hat. Er hat sich in den letzten Jahren sehr vergrößert und besitzt jetzt außer einigen Fabriken auch noch dieses Reisebüro und zwei Immobilienbüros, und Gerüchten zufolge soll er der Hauptaktionär dieser Schnellimbißkette sein, die letztes Jahr den Betrieb aufgenommen hat.«

»Ist einer der beiden schon irgendwie aufgefallen?«

»Nein«, sagte Vianello. »Weder der eine noch der andere.«

»Könnte da ein Versäumnis vorliegen?«

»Auf welcher Seite?«

»Auf unserer.«

Der Sergente überlegte kurz. »Kann schon sein. Das kommt ja öfter vor.«

»Vielleicht sollten wir da einmal etwas genauer hinsehen.«

»Signorina Elettra spricht schon mit ihren Banken.«

»Spricht?«

Statt zu antworten, legte Vianello die Hände flach auf Brunettis Schreibtisch und klimperte auf einer nicht vorhandenen Computertastatur.

»Wie lange gehört ihm dieses Reisebüro schon?« fragte Brunetti.

»Seit fünf oder sechs Jahren, glaube ich.«

»Möchte wissen, wie lange die schon diese Touren anbieten«, meinte Brunetti.

»Ich erinnere mich, die Poster schon vor ein paar Jahren gesehen zu haben, in dem Reisebüro bei uns in Castello«, sagte Vianello. »Ich habe mich noch gewundert, wieso eine Woche Thailand so billig sein kann. Ich habe Nadia gefragt, und sie hat es mir erklärt. Seitdem habe ich gewissermaßen ein Auge auf die Schaufenster der Reisebüros.« Vianello erklärte das Motiv für seine Neugier nicht, und Brunetti fragte nicht nach.

»Wohin gehen die sonst noch?«

»Die Touren?«

»Ja.«

»Die meisten nach Thailand, soviel ich weiß, aber viele auch auf die Philippinen. Und nach Kuba. Und seit einigen Jahren werden welche nach Birma und Kambodscha angeboten.«

»Wie sehen diese Reklamen denn aus?« fragte Brunetti, der sich nie dafür interessiert hatte.

»Früher waren sie ziemlich unverblümt: ›Mitten im Rotlichtviertel, freundliche Begleitung, alle Träume werden wahr‹ und so ähnlich. Aber seitdem das Gesetz geändert wurde, benutzen sie eine Art Code: ›Aufgeschlossenes Hotelpersonal, Nachtleben gleich nebenan, freundliche Hostessen.‹ Es bedeutet aber immer noch dasselbe: jede Menge Nutten für Männer, die zu faul sind, auf die Straße zu gehen und sich eine zu suchen.«

Brunetti hatte keine Ahnung, wie Paola das alles erfahren hatte oder was sie im Hinblick auf Mitris Reiseagentur wußte. »Wirbt Mitri auch mit solchen Anzeigen?«

Vianello zuckte die Achseln. »Ich nehme es an. Alle, die das machen, benutzen offenbar eine ähnlich verschlüsselte Sprache. Man versteht sie nach einer Weile. Aber die meisten haben auch viele legale Angebote: auf die Malediven, die Seychellen, überallhin, wo man billig seinen Spaß haben kann und viel die Sonne scheint.«

Einen Augenblick fürchtete Brunetti schon, daß Vianello,

der sich vor einigen Jahren ein Melanom vom Rücken hatte entfernen lassen und seitdem ein militanter Sonnengegner war, jetzt auf sein Lieblingsthema kommen würde, aber der Sergente sagte nur: »Ich habe mich nach ihm erkundigt. Unten. Nur um zu sehen, ob die Kollegen etwas wissen.«

»Und?«

Vianello schüttelte den Kopf. »Nichts. Als wenn es ihn gar nicht gäbe.«

»Was er macht, ist schließlich nicht ungesetzlich«, sagte Brunetti.

»Ich weiß, daß es nicht ungesetzlich ist«, meinte Vianello nach kurzer Pause. »Sollte es aber sein.« Und bevor Brunetti antworten konnte, fügte er hinzu: »Ich weiß, daß es nicht an uns ist, die Gesetze zu machen. Wahrscheinlich nicht einmal, sie in Frage zu stellen. Aber es dürfte wirklich nicht erlaubt sein, ausgewachsene Männer auf die Reise zu schicken, damit sie Sex mit Kindern haben können.«

So ausgedrückt, war wenig dagegen einzuwenden, fand Brunetti. Aber die Reisebüros taten, soweit es das Gesetz betraf, nichts weiter, als den Leuten Flugtickets zu verkaufen, damit sie an andere Orte reisen konnten, und ihnen an diesen anderen Orten Hotels zu vermitteln. Was die Leute dann dort taten, war deren eigene Sache. Brunetti fühlte sich plötzlich an sein Logikseminar an der Universität erinnert, und wie begeistert er von der beinah mathematischen Einfachheit des Ganzen gewesen war. Alle Menschen sind sterblich. Giovanni ist ein Mensch. Also ist Giovanni sterblich. Es hatte Regeln gegeben, nach denen die Gültigkeit eines Syllogismus zu überprüfen war, irgend etwas mit einem Mittelbegriff und Außenbegriffen, die eine bestimmte

Stellung im Satz haben mußten, und nicht zu viele von ihnen durften verneinend sein.

Die Einzelheiten hatten sich verflüchtigt und zu all den anderen Fakten, Statistiken und Axiomen gesellt, die ihm im Lauf der Jahrzehnte entfallen waren, seit er sein Studium abgeschlossen und sich unter die *doctores jurisprudentiae* hatte einreihen dürfen. Doch er erinnerte sich selbst nach so langer Zeit noch, welche Sicherheit es ihm gegeben hatte, zu wissen, daß gewisse Gesetze über die Gültigkeit eines Schlusses entschieden und man sie dazu anwenden konnte, zu beweisen, ob ein Schluß richtig oder wenigstens auf die richtige Weise abgeleitet worden war.

In den darauffolgenden Jahren hatte sich diese Sicherheit verschlissen. Die Wahrheit schien inzwischen im Besitz derer zu sein, die am lautesten schreien oder die besten Anwälte anheuern konnten. Und es gab keinen Syllogismus, der es mit einer Pistole oder einem Messer oder all den anderen Formen der Argumentation aufnehmen konnte, mit denen sein Berufsleben gespickt war.

Er riß sich von diesen Gedanken los und wandte seine Aufmerksamkeit wieder Vianello zu, der gerade mitten in einem Satz war: »...einen Anwalt zu nehmen?«

»Wie bitte?« fragte Brunetti. »Entschuldigung, ich war gerade mit den Gedanken woanders.«

»Ich hatte gefragt, ob Sie daran denken, sich in dieser Sache einen Anwalt zu nehmen?«

Seit er aus Pattas Zimmer heraus war, hatte Brunetti diesen Gedanken weit von sich geschoben. So entschieden, wie er sich geweigert hatte, diesen Leuten im Namen seiner Frau zu antworten, hatte er es sich selbst verboten, über eine Strategie nachzudenken, wie man mit den rechtlichen Konsequenzen aus Paolas Handeln umgehen könnte. Obwohl er die meisten Strafverteidiger in der Stadt kannte und mit vielen von ihnen auf halbwegs gutem Fuß stand, waren diese Bekanntschaften doch streng beruflicher Natur. Jetzt ertappte er sich dabei, wie er im Geiste ihre Namen durchging und sich an den einen zu erinnern versuchte, der vor zwei Jahren in einem Mordfall so erfolgreich agiert hatte. Er riß sich auch davon los. »Darum wird meine Frau sich selbst kümmern müssen, denke ich.«

Vianello nickte und stand auf. Ohne noch etwas zu sagen, verließ er Brunettis Dienstzimmer.

Sowie er fort war, stand Brunetti auf und begann zwischen Schrank und Fenster hin und her zu gehen. Signorina Elettra war also schon dabei, die Geldangelegenheiten zweier Männer zu überprüfen, die nichts weiter getan hatten, als eine Straftat anzuzeigen und vorzuschlagen, daß man die Sache doch lieber in einer Weise regeln solle, die der Person, die sich geradezu damit brüstete, die Tat begangen zu haben, das wenigste Ungemach bereiten würde. Sie hatten sich dazu eigens in die Questura bemüht und einen Kompromiß angeboten, der die Schuldige vor den rechtlichen Folgen ihres Tuns bewahren würde. Und Brunetti sah untätig zu, wie nun *ihre* Finanzen auf eine Weise durchleuchtet wurden, die wahrscheinlich ebenso ungesetzlich war wie die Tat, deren Opfer der eine von ihnen geworden war.

Brunetti hegte nicht den mindesten Zweifel an der Ungesetzlichkeit dessen, was Paola getan hatte. Er blieb stehen. Nein, sie selbst hatte das auch nie bestritten. Es war ihr schlicht egal. Er verbrachte seine Tage, sein Leben damit, das Recht als solches zu schützen, und sie konnte darauf einfach spucken, als wäre es nur irgendeine dumme Übereinkunft, die für sie keinerlei bindende Wirkung hatte, nur weil sie nicht damit einverstanden war. Er fühlte, wie sein Herzschlag schneller wurde, während er sich in seiner Empörung mehr und mehr in den Zorn hineinsteigerte, den er schon seit Tagen mit sich herumschleppte. Sie handelte aus einer Laune heraus, indem sie einer selbstgestrickten Definition richtigen Verhaltens folgte, und er sollte tatenlos dabeistehen und ehrfürchtig ihr edles Tun bestaunen, während seine Karriere dabei in die Binsen ging.

Brunetti merkte, wie er immer tiefer in diese Stimmung hineingeriet, und gebot sich selbst Einhalt, bevor er noch darüber zu lamentieren anfing, wie sich das auf seine Stellung unter seinesgleichen in der Questura auswirken und seine Selbstachtung beschädigen würde. Er sah sich gezwungen, sich selbst hier dieselbe Antwort zu geben wie vorhin Mitri: daß er für die Taten seiner Frau nicht verantwortlich war.

Allerdings konnte diese Erkenntnis seinen Ärger auch nicht sehr dämpfen. Er begann wieder auf und ab zu gehen, und als auch das nichts nützte, ging er zu Signorina Elettra hinunter.

Sie lächelte, als er eintrat. »Der Vice-Questore ist zum Essen gegangen«, sagte sie, weiter noch nichts, um erst einmal zu sehen, in welcher Stimmung Brunetti war.

»Sind die anderen mitgegangen?«

Sie nickte.

»Signorina«, begann er, dann mußte er schon innehalten

und überlegen, wie er es am besten sagen sollte. »Ich glaube, es ist nicht nötig, weitere Erkundigungen über diese Männer einzuholen.«

Er sah, daß sie protestieren wollte, und sprach schnell weiter, bevor sie einen Einwand machen konnte. »Keiner von ihnen steht in dem Verdacht, eine Straftat begangen zu haben, und ich hielte es für unklug, irgendwelche Ermittlungen gegen sie anzustellen. Besonders unter den gegebenen Umständen.« Er überließ es ihrer Phantasie, die Art dieser Umstände zu ergänzen.

Sie nickte. »Ich verstehe, Commissario.«

»Ich habe nicht gefragt, ob Sie das verstehen, Signorina. Ich sage, daß Sie von einer Durchleuchtung ihrer Finanzen Abstand nehmen sollen.«

»Ja, Commissario«, sagte sie, dann wandte sie sich von ihm ab und schaltete ihren Computer ein.

»Signorina«, wiederholte er ganz ruhig, und als sie von ihrem Bildschirm aufblickte, sagte er: »Ich meine das ernst, Signorina. Ich möchte nicht, daß Sie irgendwelche Nachforschungen über sie anstellen.«

»Dann werden keine angestellt, Commissario«, sagte sie mit strahlend falschem Lächeln. Wie eine Soubrette in einer billigen Filmkomödie stützte sie die Ellbogen auf den Tisch, verschränkte die Finger und legte ihr Kinn darauf. »Ist das alles, Commissario, oder haben Sie auch noch etwas für mich zu tun, nicht nur zu lassen?«

Er drehte sich schweigend um und ging zur Treppe, machte dann aber kehrt und verließ die Questura. Er ging am Kanalufer entlang auf San Giorgio dei Greci zu, dann über die Brücke und in die Bar gegenüber.

»*Buon giorno,* Commissario«, begrüßte ihn der Barmann. »*Cosa desidera?*«

Bevor er überhaupt wußte, was er bestellen sollte, sah Brunetti auf die Uhr. Er hatte jedes Zeitgefühl verloren und war überrascht, daß es fast Mittag war. »*Un'ombra*«, antwortete er, dann leerte er das kleine Glas Weißwein in einem Zug, ohne vorher auch nur zu kosten. Es half nichts, und er hatte Verstand genug, um zu wissen, daß ein zweites ihm noch weniger helfen würde. Er legte einen Tausendlireschein auf den Tresen und ging in die Questura zurück. Dort sprach er mit niemandem, ging nur in sein Zimmer hinauf, nahm seinen Mantel und machte sich auf den Heimweg.

Beim Mittagessen wurde deutlich, daß Paola den Kindern erzählt hatte, was geschehen war. Chiara betrachtete ihre Mutter mit offensichtlicher Ratlosigkeit, während Raffi sie eher interessiert beäugte, schon fast neugierig. Niemand brachte das Thema zur Sprache, so daß ihre Mahlzeit relativ ruhig verlief. Normalerweise hätte Brunetti die frischen *tagliatelle* mit *porcini* genossen, aber heute schmeckte er beides kaum. Auch von den darauf folgenden *spezzatini* mit gebratenen *melanzane* hatte er nicht viel. Als sie fertig waren, ging Chiara zu ihrer Klavierstunde und Raffi zu einem Freund, um Mathematik zu pauken.

Paola und Brunetti saßen allein am Tisch, auf dem noch die leer gegessenen Teller und Schüsseln standen, und tranken ihren Kaffee, er den seinen mit einem Schuß Grappa, sie den ihren schwarz und süß. »Hast du vor, dir einen Anwalt zu nehmen?« fragte er.

»Ich habe heute vormittag mit meinem Vater gesprochen«, antwortete sie.

»Und, was hat er gesagt?«

»Meinst du, bevor oder nachdem er mich angebrüllt hatte?«

Brunetti mußte wohl oder übel lächeln. »Brüllen« war ein Wort, das er in seinen wildesten Phantasien nicht mit seinem Schwiegervater in Verbindung gebracht hätte. Der Widerspruch amüsierte ihn. »Danach, denke ich.«

»Er hat gemeint, ich hätte wohl den Verstand verloren.«

Brunetti erinnerte sich, daß genau dies die Worte des Conte gewesen waren, als Paola ihm vor zwanzig Jahren eröffnet hatte, sie wolle einen Polizisten heiraten. »Und dann?«

»Dann hat er gesagt, ich soll Senno nehmen.«

Brunetti nickte. Senno war der beste Strafverteidiger in der Stadt. »Vielleicht ein bißchen übertrieben.«

»Warum?«

»Senno versteht sich gut auf die Verteidigung von Vergewaltigern und Mördern, reichen Jünglingen, die ihre Freundinnen verprügeln, oder ebendiesen Freundinnen, wenn sie mit Heroin handeln, um ihr Laster zu finanzieren. Ich glaube kaum, daß du in diese Liga gehörst.«

»Ich bin mir nicht sicher, ob das ein Kompliment sein soll.«

Brunetti zuckte die Achseln. Er wußte es auch nicht.

Als Paola nichts weiter dazu sagte, fragte er: »Nimmst du ihn?«

»So einen würde ich nicht nehmen.«

Brunetti zog die Grappaflasche zu sich her und goß sich

einen Schluck in die leere Kaffeetasse. Er schwenkte die Flüssigkeit darin herum und trank sie dann auf einen Satz aus. Ohne auf ihre letzte Bemerkung näher einzugehen, fragte er: »Wen willst du denn nehmen?«

Sie hob die Schultern. »Ich warte erst einmal ab, wie die Anklage lautet. Dann entscheide ich mich.«

Er überlegte kurz, ob er noch einen Grappa trinken sollte, merkte aber, daß er gar keinen mehr wollte. Ohne seine Hilfe beim Abwaschen oder wenigstens beim Abräumen anzubieten, stand er auf und schob seinen Stuhl unter den Tisch. Er sah auf die Uhr und war diesmal überrascht, daß es noch so früh war, noch nicht einmal zwei. »Ich glaube, ich lege mich ein bißchen hin, bevor ich wieder zum Dienst gehe«, sagte er.

Sie nickte, stand ebenfalls auf und begann das Geschirr zusammenzustellen.

Er ging ins Schlafzimmer, zog die Schuhe aus, setzte sich auf die Bettkante und merkte plötzlich, wie müde er war. Er legte sich hin, verschränkte die Hände hinter dem Kopf und schloß die Augen. Aus der Küche hörte er das Rauschen von Wasser, das Klappern von Geschirr, das Scheppern von Töpfen und Pfannen. Er zog einen Arm unter dem Kopf fort und legte ihn sich über die Augen. Dabei dachte er an seine Schulzeit, wie er sich immer, wenn er eine schlechte Note mit nach Hause brachte, in sein Zimmer verkrochen und sich aus Angst vor Vaters Zorn und Mutters Enttäuschung ins Bett gelegt hatte.

Die Erinnerung schlug ihre Zähne tief in sein Gemüt und trug ihn fort. Irgendwann fühlte er Bewegung neben sich im Bett und gleichzeitig einen warmen, weichen Druck auf seiner Brust. Er roch zuerst und fühlte dann ihr Haar auf seinem Gesicht, diese Mischung aus Seife und Gesundheit, die sich ihm in Jahrzehnten eingeprägt hatte. Er nahm den Arm von den Augen, ohne sie zu öffnen. Während er ihn um ihre Schultern legte, zog er den anderen Arm unter dem Kopf hervor und verschränkte die Hände auf ihrem Rücken.

Nach einer Weile schliefen beide ein, und als sie wieder aufwachten, hatte sich nichts geändert.

9

Der nächste Tag verlief ruhig, in der Questura ging alles seinen gewohnten Gang. Patta befahl, Iacovantuono nach Venedig zu holen und wegen seiner Aussageverweigerung ins Gebet zu nehmen, was auch geschah. Brunetti begegnete ihm an der Treppe, wie er gerade von zwei mit Maschinenpistolen bewaffneten Polizisten zu Pattas Zimmer hinaufgeführt wurde. Der Pizzabäcker sah Brunetti kurz an, ließ sich aber nicht anmerken, ob er ihn wiedererkannte. Sein Gesicht war zu dieser Maske der Unwissenheit erstarrt, die Italiener beim Umgang mit der Obrigkeit aufzusetzen gelernt haben.

Als Brunetti die traurigen Augen des Mannes sah, fragte er sich, ob es wirklich etwas ändern würde, wenn man wüßte, was sich in Wahrheit zugetragen hatte. Ob die Mafia seine Frau ermordet hatte oder Iacovantuono das nur glaubte, so oder so würde er den Staat und seine Organe für unfähig halten, ihn vor der Bedrohung durch eine weit größere Macht zu schützen.

Das alles ging Brunetti gleichzeitig durch den Kopf, als er den kleinen Mann auf der Treppe sah, aber diese Gedanken waren zu konfus, als daß er sie hätte in Worte fassen können, nicht einmal für sich selbst, und so nickte er Iacovantuono, der zwischen den beiden viel größeren Polizisten noch kleiner wirkte, nur kurz im Vorbeigehen zu.

Im Weitergehen dachte Brunetti an die Sage von Orpheus und Eurydike, dem Mann, der seine Frau verlor, weil er hinter sich blickte, um sich zu vergewissern, daß sie noch da war, womit er dem Befehl der Götter zuwiderhandelte und sie dazu verdammte, auf ewig im Hades zu bleiben. Die Götter, die Italien regierten, hatten Iacovantuono befohlen, etwas nicht anzusehen, und als er nicht gehorchte, wurde ihm seine Frau für immer genommen.

Es war gut, daß Vianello ihn auf dem Treppenabsatz erwartete, was ihn von diesen Überlegungen ablenkte.

»Commissario«, sagte der Sergente, als Brunetti näher kam, »eben hat eine Frau aus Treviso angerufen, aus der Nachbarschaft von Iacovantuono; so wie sie sprach, hatte ich den Eindruck, daß sie im selben Haus wohnt.«

Brunetti ging an Vianello vorbei und bedeutete ihm mit einer Kopfbewegung, ihm zu seinem Zimmer zu folgen. Während er seinen Mantel in den *armadio* hängte, fragte er: »Was hat sie denn gesagt?«

»Daß sie sich gestritten hätten.«

Brunetti dachte an seine eigene Ehe und antwortete: »Viele Eheleute streiten sich.«

»Er hätte sie geschlagen.«

»Und woher weiß die Frau das?« fragte Brunetti, sofort neugierig.

»Sie sagt, Signora Iacovantuono sei oft zu ihr heruntergekommen, um sich bei ihr auszuweinen.«

»Hat sie einmal die Polizei gerufen?«

»Wer?«

»Signora Iacovantuono.«

»Keine Ahnung. Ich habe nur mit dieser Frau gesprochen«, sagte Vianello und warf einen Blick auf den Zettel, den er in der Hand hielt. »Signora Grassi. Vor zehn Minuten. Ich hatte gerade erst aufgelegt, als Sie kamen. Sie sagt, er ist im ganzen Viertel bekannt.«

»Wofür?«

»Dafür, daß er Krach mit den Nachbarn anfängt. Mit ihren Kindern herumbrüllt.«

»Und die Sache mit seiner Frau?« fragte Brunetti, während er hinter seinem Schreibtisch Platz nahm und sich einen Stapel Briefe und Papiere heranzog, ohne sie jedoch durchzusehen.

»Das weiß ich nicht. Noch nicht. Ich hatte ja noch keine Zeit, mit jemandem zu sprechen.«

»Wir sind dort nicht zuständig«, sagte Brunetti.

»Ich weiß, aber Pucetti sagt, man bringt ihn heute vormittag hierher, weil der Vice-Questore wegen des Banküberfalls mit ihm reden will.«

»Ja. Ich habe ihn gesehen.« Brunetti blickte auf den Briefumschlag, der zuoberst auf dem Stapel lag, den Blick zwar fest auf die Briefmarke geheftet, aber so abgelenkt von dem, was Vianello ihm sagte, daß er nur ein blaßgrünes Viereck wahrnahm. Ganz langsam wurde ein Bild daraus: ein gallischer Krieger, seine sterbende Frau zu Füßen und ein Schwert tief in die eigene Brust gebohrt. »*Roma, Museo Nazionale Romano*« stand auf der einen Seite, »*Galatea Suicida*« auf der anderen. Darunter die Zahl »750«.

»Versicherung?« fragte Brunetti endlich.

»Ich weiß es nicht, Commissario. Ich habe ja eben erst diesen Anruf bekommen.«

Brunetti stand auf. »Ich gehe mal hin und frage ihn«, sagte er und verließ allein das Zimmer. Er ging die Treppe zu Vice-Questore Pattas Dienstzimmer hinunter.

Das Vorzimmer war leer, und kleine Toaster segelten auf Signorina Elettras Computerbildschirm dahin. Brunetti klopfte an Pattas Tür und wurde zum Eintreten aufgefordert.

Drinnen bot sich ihm das vertraute Bild: Patta hinter seinem Schreibtisch thronend, dessen Platte so leer geräumt war, daß sie schon dadurch einschüchternd wirkte. Ihm gegenüber saß Iacovantuono auf einer Stuhlkante, die Hände an den Sitz geklammert und die Ellbogen durchgestreckt, um sich zu stützen.

Patta sah mit teilnahmsloser Miene zu Brunetti auf. »Ja?« fragte er. »Was gibt's?«

»Ich möchte Signor Iacovantuono etwas fragen«, antwortete Brunetti.

»Ich fürchte, da vergeuden Sie Ihre Zeit, Commissario«, sagte Patta, um mit erhobener Stimme fortzufahren: »So wie ich meine Zeit vergeudet habe. Signor Iacovantuono scheint vergessen zu haben, was sich in der Bank abgespielt hat.« Patta beugte sich – dräuend, könnte man sagen – über seinen Schreibtisch und hieb mit der Faust darauf, nicht einmal schwer, aber kraftvoll genug, daß die Faust aufsprang und vier Finger auf Iacovantuono zeigten.

Als der Pizzabäcker nicht reagierte, sah Patta wieder zu Brunetti. »Was wollten Sie ihn denn fragen, Commissario? Ob er sich erinnert, Stefano Gentile in der Bank gesehen zu haben? Ob er sich an die erste Beschreibung erinnert, die er uns gegeben hat? Oder ob er Gentile auf dem Foto erkannt hat?« Patta lehnte sich wieder zurück, die Hand noch in der Luft, die Finger noch immer auf Iacovantuono gerichtet. »Nein, ich glaube nicht, daß er sich an irgend etwas von alledem erinnert. Sie sollten also lieber keine Zeit mit Fragen verschwenden.«

»Danach wollte ich gar nicht fragen, Vice-Questore«, sagte Brunetti, seine sanfte Stimme ein seltsamer Gegensatz zu Pattas theatralischem Zorn.

Iacovantuono drehte sich zu Brunetti um.

»Also, was denn?« forschte Patta.

»Ich wollte fragen«, begann Brunetti, an Iacovantuono gewandt, ohne Patta zu beachten, »ob Ihre Frau versichert war?«

Iacovantuono riß in ungespielter Überraschung die Augen auf. »Versichert?« fragte er.

Brunetti nickte. »Lebensversicherung.«

Iacovantuono blickte zu Patta zurück, doch als von dort keine Hilfe kam, wandte er seine Aufmerksamkeit wieder Brunetti zu. »Ich weiß es nicht«, sagte er.

»Danke.« Brunetti wandte sich zum Gehen.

»War das alles?« rief Patta ihm ärgerlich nach.

»Ja, Vice-Questore«, sagte Brunetti, zu Patta gewandt, aber den Blick auf Iacovantuono gerichtet. Der Mann hockte immer noch auf der Stuhlkante, aber jetzt hatte er die Hände im Schoß zusammengekrampft. Er hielt den Kopf gesenkt und schien angelegentlich seine Hände zu studieren.

Brunetti drehte sich wieder zur Tür um und ging hinaus. Die Toaster segelten immer noch auf ewiger Wanderschaft vorbei, elektronische Lemminge auf ihrem unbeirrten Zug in die eigene Vernichtung.

Er ging in sein Zimmer zurück und traf Vianello am Fenster wartend an, von wo er in den Garten auf der anderen

Seite des Kanals und zur Kirche San Lorenzo blickte. Der Sergente drehte sich um, als er die Tür aufgehen hörte. »Und?« fragte er bei Brunettis Eintreten.

»Ich habe ihn nach einer Versicherung gefragt.«

»Und?« wiederholte Vianello.

»Er wußte es nicht.« Vianello gab dazu keinen Kommentar, weshalb Brunetti fragte: »Hat Nadia eine Versicherung?«

»Nein«, sagte Vianello, um nach kurzem Nachdenken anzufügen: »Ich glaube es zumindest nicht.« Beide dachten darüber nach, dann fragte Vianello: »Was haben Sie jetzt vor?«

»Ich kann nichts anderes tun als es denen in Treviso weitersagen.« Dabei kam ihm plötzlich der Gedanke: »Warum hat sie eigentlich bei *uns* angerufen?« fragte er, eine Hand halb zum Mund erhoben.

»Was meinen Sie damit?«

»Warum ruft eine Nachbarin die Polizei in Venedig an? Die Frau ist in Treviso gestorben.« Brunetti merkte auf einmal, daß er rot wurde. Natürlich, natürlich. Iacovantuono mußte nur in Venedig angeschwärzt werden, denn wenn er sich doch noch zur Aussage entschloß, dann dort. Beobachteten sie ihn so genau, daß sie wußten, wann die Polizei ihn hierher brachte? Oder schlimmer noch: Wußten sie das sogar schon im voraus? »*Gesù bambino*«, flüsterte er. »Welchen Namen hat sie noch angegeben?«

»Grassi«, antwortete Vianello.

Brunetti nahm den Hörer vom Telefon und ließ sich mit der Polizei in Treviso verbinden. Nachdem das Gespräch durchgestellt war, meldete er sich und verlangte den für den

Fall Iacovantuono zuständigen Kollegen. Es dauerte einige Minuten, bis der Mann, mit dem er sprach, ihm sagte, die Sache sei als Unfalltod zu den Akten gelegt.

»Haben Sie den Namen des Mannes, der Ihnen den Fund der Toten gemeldet hat?«

Der Hörer wurde für eine Weile fortgelegt, dann meldete der Beamte sich wieder. »Zanetti«, sagte er. »Walter Zanetti.«

»Wer wohnt noch in diesem Haus?« wollte Brunetti wissen.

»Nur zwei Familien, Commissario. Die Iacovantuonos oben und die Zanettis unten.«

»Wohnt dort nicht auch noch jemand namens Grassi?«

»Nein, nur diese beiden Familien. Warum fragen Sie?«

»Nicht so wichtig. Wir hatten hier ein kleines Durcheinander in den Akten und konnten Zanettis Namen nicht finden. Nur den brauchen wir. Vielen Dank für Ihre Hilfe.«

»Gern geschehen, Commissario«, sagte der andere und legte auf.

Bevor Brunetti etwas erklären konnte, sagte Vianello schon: »Die gibt es gar nicht, wie?«

»Wenn doch, dann wohnt sie jedenfalls nicht im selben Haus.«

Vianello dachte ein Weilchen nach, dann fragte er: »Und was machen wir jetzt?«

»In Treviso Bescheid sagen.«

»Sie meinen, da ist es passiert?«

»Daß etwas durchgesickert ist?« fragte Brunetti zurück, obwohl er wußte, daß Vianello gar nichts anderes meinen konnte.

Vianello nickte.

»Dort oder hier. Das spielt keine Rolle. Es reicht, daß es überhaupt passiert ist.«

»Es muß nicht heißen, daß die wußten, daß er heute hierherkam.«

»Wozu dann der Anruf?« wollte Brunetti wissen.

»Um für alle Fälle schon einmal das Gerücht zu streuen.«

Brunetti schüttelte den Kopf. »Nein. Dafür paßte das zeitlich zu gut. Mein Gott, der Mann kam gerade hier ins Haus, als Sie den Anruf bekamen.« Brunetti überlegte kurz, dann fragte er: »Wen hat diese Frau eigentlich verlangt?«

»Die Vermittlung sagte, sie wolle den sprechen, der in Treviso war und mit ihm geredet hat. Ich glaube, man hat zuerst zu Ihnen verbunden, und als Sie nicht da waren, kam das Gespräch bei uns an. Pucetti hat es an mich weitergegeben, weil ich mit Ihnen in Treviso war.«

»Wie klang denn die Stimme?«

Vianello rief sich das Gespräch in Erinnerung. »Irgendwie verlegen. Als wollte sie ihm keinen Ärger machen. Sie hat sogar ein paarmal gesagt, er hätte ja eigentlich schon genug gelitten, aber sie müsse uns sagen, was sie wisse.«

»Sehr pflichtbewußt.«

»Eben.«

Brunetti ging ans Fenster und blickte auf den Kanal und die Polizeibarkassen hinunter, die sich an den Anlegesteg vor der Questura kuschelten. Er sah noch immer den Ausdruck in Iacovantuonos Gesicht vor sich, als er ihn auf die Versicherung ansprach, und wieder fühlte er, wie er rot wurde. Er hatte sich benommen wie ein Kind mit einem neuen Spielzeug, war sofort losgerannt, ohne erst einmal nachzudenken oder nachzuprüfen, was sie schon an Informationen besaßen. Er wußte zwar, daß es inzwischen gängige Praxis war, bei zweifelhaften Todesfällen zuerst den Ehepartner zu verdächtigen, aber er hätte bei Iacovantuono seinem Instinkt vertrauen, sein Gedächtnis bemühen und sich an die zögernde Stimme des Mannes erinnern sollen, seine spürbare Angst um seine Kinder. Darauf hätte er vertrauen sollen, statt gleich auf die erste Beschuldigung anzuspringen, die ihm aus heiterem Himmel vor die Füße geflattert kam.

Er konnte sich nicht einmal bei dem Pizzabäcker entschuldigen, denn jede Erklärung würde sein eigenes Schuldgefühl und seine Scham nur noch schlimmer machen. »Könnte man das Gespräch eventuell zurückverfolgen?« fragte er.

»Es waren Hintergrundgeräusche zu hören. Etwa wie Straßenlärm. Ich nehme an, der Anruf kam aus einer Zelle«, sagte Vianello.

Wenn sie schlau genug waren, diesen Anruf zu machen, dachte Brunetti – oder gut genug informiert, wie eine kalte innere Stimme hinzufügte –, dann wären sie wohl auch so vorsichtig gewesen, aus einer Zelle anzurufen. »Das war dann wohl alles.« Er sank auf seinen Stuhl und fühlte sich plötzlich sehr müde.

Ohne noch etwas zu sagen, verließ Vianello das Zimmer, und Brunetti widmete sich den Papieren auf seinem Schreibtisch.

Er las als erstes ein Fax von einem Kollegen aus Amsterdam, der sich erkundigte, ob Brunetti vielleicht etwas tun könne, um die Bearbeitung einer Anfrage der niederländischen Polizei wegen eines Italieners zu beschleunigen, der wegen Mordes an einer Prostituierten verhaftet worden war. Da im Paß des Mannes Venedig als ständiger Wohnsitz angegeben war, hatten die Holländer bei der Polizei dieser Stadt nachgefragt, ob er vorbestraft sei. Die Anfrage war schon vor über einem Monat abgeschickt worden, und bisher lag noch keine Antwort vor.

Brunetti wollte gerade unten anrufen, ob dieser Mann ein Strafregister habe, da klingelte sein Telefon – und es ging los.

Er hatte im Grunde gewußt, daß es kommen würde, hatte sich sogar darauf vorzubereiten versucht, sich eine Strategie für den Umgang mit der Presse zurechtgelegt. Trotzdem erwischte es ihn jetzt auf dem falschen Fuß, als es soweit war.

Zuerst sagte der Journalist – Brunetti kannte ihn, er arbeitete für *Il Gazzettino* –, er rufe an, um einer Meldung nachzugehen, nach der Commissario Brunetti aus dem Polizeidienst ausgeschieden sei. Als Brunetti antwortete, das sei ihm völlig neu und er habe nie an einen Abschied gedacht, wollte der Reporter, Piero Lembo, wissen, wie er denn mit der Festnahme seiner Frau und den Konflikten umzugehen gedenke, die sich aus ihrer Situation und seiner Stellung ergäben.

Brunetti antwortete, er sei mit dem Fall in keiner Weise befaßt und sehe nicht, wo sich da ein Konflikt ergeben könne.

»Aber Sie haben sicher Freunde in der Questura«, meinte Lembo, wenngleich er es schaffte, auch dies so klingen zu lassen, als hätte er da seine Zweifel. »Und Freunde in der *magistratura*. Würde das nicht deren Urteil oder Entscheidungen beeinflussen?«

»Das halte ich für unwahrscheinlich«, log Brunetti. »Außerdem gibt es keinen Grund zu der Annahme, daß es zu einem Prozeß kommen wird.«

»Warum nicht?« wollte Lembo wissen.

»In einem Prozeß geht es gewöhnlich um die Feststellung von Schuld oder Unschuld. Das ist hier nicht die Frage. Ich denke, es wird eine richterliche Vernehmung und daraufhin eine Geldbuße geben.«

»Und dann?«

»Ich weiß nicht, ob ich Ihre Frage verstehe, Signor Lembo«, sagte Brunetti, während er aus dem Fenster über den Kanal blickte, wo soeben eine Taube auf dem Dach des Hauses gegenüber landete.

»Was passiert, wenn die Geldbuße verhängt ist?«

»Diese Frage kann ich nicht beantworten.«

»Warum nicht?«

»Weil die Geldbuße meiner Frau auferlegt wird und nicht mir.« Er fragte sich, wie oft er diese Antwort wohl noch würde geben müssen.

»Und welche Meinung haben Sie zu der Tat?«

»Ich habe keine Meinung dazu.« Jedenfalls keine, die er der Presse mitteilen würde.

»Das finde ich aber merkwürdig«, sagte Lembo und fügte noch ein »Commissario« an, als glaubte er mit dem Titel Brunettis Zunge lösen zu können.

»Das steht Ihnen frei«, sagte Brunetti. Und dann mit lauterer Stimme: »Wenn Sie keine weiteren Fragen haben, Signor Lembo, wünsche ich Ihnen einen guten Tag.« Damit legte er den Hörer auf. Er wartete, bis die Leitung wieder frei war, und wählte dann die Vermittlung. »Stellen Sie bitte heute keine Anrufe mehr zu mir durch«, sagte er und legte auf.

Anschließend rief er unten in der Registratur an, nannte den Namen des Mannes in Amsterdam und wies die Beamten an, nachzusehen, ob es eine Akte über ihn gab und, falls ja, sie sofort an die niederländische Polizei zu faxen. Er erwartete eine Protestarie über die enorme Arbeitsbelastung, doch es kam keine. Statt dessen sagte man ihm, das werde noch heute nachmittag erledigt, vorausgesetzt natürlich, es gebe eine solche Akte.

Brunetti verbrachte den Rest des Vormittags damit, seine Post zu erledigen und Berichte über zwei Fälle zu verfassen, die er gerade, beide nicht sehr erfolgreich, bearbeitete.

Kurz nach eins stand er auf, um in die Mittagspause zu gehen. Er ging die Treppe hinunter und durch die Eingangshalle. Dort stand kein Posten an der Tür, aber das war um die Mittagszeit, wenn die Büros geschlossen waren und Besucher keinen Zutritt hatten, nicht ungewöhnlich. Brunetti drückte den Knopf, der die große Glastür aufschloß, und öffnete sie. Die Kälte war in die Vorhalle gedrungen, und er schlug den Kragen hoch und versteckte sein Kinn im warmen Tuch seines Mantels. Den Kopf gesenkt, trat er hinaus ins Feuer.

Dieses zeigte sich zuerst in einem grellen Lichtblitz, dann noch einem und noch einem. Seine auf den Boden gerichteten Augen sahen Füße nahen, fünf oder sechs Paar, bis sein Weg verstellt war und er stehenbleiben und aufblicken mußte, um zu sehen, was los war.

Er fand sich eingekeilt von fünf Männern, die ihm Mikrophone entgegenstreckten. Dahinter tanzten in einem nicht so fest geschlossenen Kreis drei weitere Männer herum und hielten Videokameras auf ihn gerichtet, deren rote Lämpchen blinkten.

»Commissario, ist es wahr, daß Sie Ihre Frau festnehmen mußten?«

»Wird es zum Prozeß kommen? Hat Ihre Frau sich einen Anwalt genommen?«

»Und das mit der Scheidung? Stimmt das?«

Sie fuchtelten ihm mit ihren Mikrophonen vor dem Gesicht herum, aber er widerstand dem momentanen Drang, sie wütend wegzuschlagen. Angesichts seiner Überraschung begannen sie zu kreischen wie Tiere vorm Futtertrog, und ihre Fragen übertönten einander. Er konnte nur einzelne Satzfetzen heraushören: »Schwiegervater«, »Mitri«, »freie Wirtschaft«, »Behinderung der Justiz.«

Er steckte die Hände in die Manteltaschen, senkte den Kopf und setzte sich wieder in Bewegung. Er stieß mit der Brust gegen einen Menschenkörper, ging aber weiter, wobei er zweimal schwer auf fremde Füße trat. »... können doch nicht einfach weggehen...«, »... Verpflichtung...«, »Recht auf Information...«

Wieder stellte sich ihm jemand in den Weg, aber er ging einfach weiter, den Blick gesenkt, diesmal um *nicht* auf Füße zu treten. An der ersten Ecke bog er nach links ab und wandte sich in Richtung Santa Maria Formosa, stetigen Schrittes und ohne den Anschein zu erwecken, daß er floh. Eine Hand packte ihn bei der Schulter, aber er schüttelte sie ebenso ab wie seinen ersten Drang, diese Hand von sich wegzureißen und ihren Besitzer an die Wand zu schleudern.

Sie folgten ihm noch ein paar Minuten, aber er verlangsamte weder seine Schritte, noch nahm er ihre Gegenwart überhaupt zur Kenntnis. Unvermittelt bog er nach rechts in eine schmale *calle* ein. Als Ortsunkundige mußten einige der Reporter wohl Angst vor der Dunkelheit und Enge in dieser Gasse bekommen haben, denn sie folgten ihm nicht hinein. Am Ausgang der *calle* wandte er sich nach links und ging am Kanal entlang, endlich von ihnen befreit.

Aus einer Telefonzelle auf dem Campo Santa Marina rief er zu Hause an und erfuhr von Paola, daß vor ihrem Haus ein Kamerateam Aufstellung genommen habe und drei Reporter vergeblich versucht hätten, sie lange genug am Eintreten zu hindern, um ein Interview von ihr zu bekommen.

»Dann esse ich irgendwo unterwegs«, sagte er.

»Es tut mir leid, Guido«, sagte sie. »Ich habe nicht...« Sie hielt inne, aber er hatte in ihr Schweigen hinein nichts zu sagen.

Nein, sie hatte wohl nicht über die Folgen ihres Tuns nachgedacht. Eigentlich sonderbar bei einer so intelligenten Frau wie Paola.

»Was wirst du tun?« fragte sie.

»Ich gehe heute nachmittag wieder hin. Und du?«

»Ich muß erst übermorgen wieder unterrichten.«

»Du kannst nicht die ganze Zeit im Haus bleiben, Paola.«

»Mein Gott, das ist wie Gefängnis, nicht?«

»Gefängnis ist schlimmer.«

»Kommst du heute abend nach Hause? Nach Dienstschluß?«

»Natürlich.«

»Wirklich?«

Er wollte schon sagen, er habe ja sonst nichts, wohin er gehen könne, merkte aber rechtzeitig, daß sie das mißverstehen würde. Darum sagte er: »Ich habe sonst nichts, wohin ich gehen möchte.«

»Oh, Guido«, hörte er, und mit einem »*Ciao, amore*« legte sie auf.

10

Solche Sentimentalitäten nützten ihm aber nichts im Angesicht der Menge, die nach der Mittagspause auf seine Rückkehr zur Questura wartete. Vogelbilder kamen ihm in den Sinn, als er vom Ponte dei Greci her auf die versammelten Presseleute zuging: Krähen, Aasgeier, Harpyien, die sich dicht an dicht vor der Questura drängten; es fehlte nur noch ein verwesender Leichnam zu ihren Füßen, um das Bild zu vervollständigen.

Einer sah ihn und löste sich – Verräter! – von den Kollegen, ohne ihnen ein Zeichen zu geben, und eilte auf Brunetti zu, das Mikrophon wie einen Viehstachel vor sich gestreckt. »Commissario«, begann er, nur noch einen Meter von Brunetti entfernt, »hat Dottor Mitri die Absicht, Ihre Frau auf Schadenersatz zu verklagen?«

Brunetti blieb lächelnd stehen. »Ich glaube, das müssen Sie Dottor Mitri fragen.« Während er das sagte, sah er, wie das Rudel die Abwesenheit des Kollegen bemerkte und sich wie ein Mann ruckartig nach den Stimmen umdrehte. Sofort kamen alle angerannt und schwenkten ihre Mikrophone, als könnten sie noch ein Wort erhaschen, das um Brunetti herum in der Luft schwebte.

In der Hektik verfing sich einer der Kameraleute mit dem Fuß in einem Kabel, stürzte, und neben ihm fiel seine Kamera krachend zu Boden. Dabei löste sich das Objektiv von dem zerbrochenen Gehäuse und rollte wie eine Getränkedose, mit der Kinder Fußball spielen, aufs Kanalufer zu.

Alle blieben stehen, wie gelähmt vor Überraschung oder anderen Empfindungen, und sahen zu, wie es auf die Treppe zurollte, die zum Wasser hinunterführte. Es erreichte die oberste Stufe, kullerte über die Kante, setzte kurz auf der nächsten auf, dann auf der dritten, und versank mit einem leisen Platschen im grünen Wasser des Kanals.

Brunetti machte sich den Augenblick allgemeiner Ablenkung zunutze und ging weiter auf den Eingang zur Questura zu, aber auch die Reporter berappelten sich schnell und versuchten ihn aufzuhalten. »Werden Sie aus dem Polizeidienst ausscheiden?« – »Stimmt es, daß Ihre Frau schon einmal festgenommen wurde?« – »...außergerichtlich beigelegt?«

Mit seinem schönsten Plastiklächeln ging er weiter. Er stieß sie nicht aus dem Weg, ließ sich aber auch nicht von seinem Ziel abbringen. Gerade als er die Eingangstür erreichte, ging diese auf, und heraus traten Vianello und Pucetti und bauten sich mit ausgebreiteten Armen beiderseits auf, um die Meute am Hereinkommen zu hindern.

Brunetti ging hinein, Vianello und Pucetti folgten ihm. »Wie die wilden Tiere?« meinte Vianello, mit dem Rücken zur Glastür. Anders als Orpheus drehte Brunetti sich nicht um und sprach auch nicht, sondern ging die Treppe zu seinem Zimmer hinauf. Er hörte Schritte hinter sich und sah, daß Vianello, immer zwei Stufen auf einmal nehmend, ihm nachgerannt kam. »Er will Sie sprechen.«

Noch im Mantel ging Brunetti zu Pattas Vorzimmer, wo Signorina Elettra, die heutige Ausgabe des *Gazzettino* vor sich ausgebreitet, an ihrem Schreibtisch saß. Er warf einen Blick darauf und sah auf der ersten Seite des Innenteils sein

Foto, schon vor Jahren aufgenommen, neben dem von Paola, demselben, das sie in ihrem Personalausweis hatte. Signorina Elettra sagte: »Wenn Sie noch berühmter werden, muß ich Sie demnächst um ein Autogramm bitten.«

»Will der Vice-Questore das etwa auch?« fragte er lächelnd.

»Nein, ich glaube, er will Ihren Kopf.«

»Dachte ich mir doch fast«, sagte er und klopfte an Pattas Tür.

Pattas Stimme scholl heraus, unheildräuend. Wieviel einfacher wäre es doch, wenn sie mit der ganzen Operette Schluß machen könnten und fertig, dachte Brunetti. Als er eintrat, schoß ihm ein Satz aus Donizettis *Anna Bolena* durch den Kopf – »*Ah! Segnata è la mia sorte, se mi accusa chi condanna.* Wenn sie, die über mich urteilen, jene sind, die mich schon verurteilt haben, so bin ich verloren.« Großer Gott, wenn das keine Operette war!

»Sie wollten mich sprechen, Vice-Questore?« fragte er.

Patta saß hinter seinem Schreibtisch, sein Gesicht war ungerührt. Fehlte nur noch die schwarze Kopfbedeckung, die englische Richter auf ihre Perücken setzten, wenn sie einen Delinquenten zum Tode verurteilten. »Ja, Brunetti. Sie brauchen sich gar nicht erst hinzusetzen. Was ich Ihnen zu sagen habe, ist ganz kurz. Ich habe mit dem Questore gesprochen, und wir haben entschieden, Sie bis zur Beilegung dieser Sache vorläufig zu suspendieren.«

»Und was heißt das?«

»Es heißt, daß Sie nicht mehr in die Questura zu kommen brauchen, bis die Sache geregelt ist.«

»Geregelt?«

»Bis ein Urteil ergangen ist und Ihre Frau eine Geldstrafe bezahlt oder Dottor Mitri den Schaden ersetzt hat, den sie ihm finanziell und geschäftlich zugefügt hat.«

»Das setzt voraus, daß sie angeklagt und verurteilt wird«, sagte Brunetti, der wußte, wie wahrscheinlich beides war. Patta geruhte darauf nicht zu antworten. »Und das kann Jahre dauern«, ergänzte Brunetti, dem das Gerichtswesen nicht fremd war.

»Das bezweifle ich«, entgegnete Patta.

»Vice-Questore, in meinen Akten liegen Fälle, die schon seit über fünf Jahren anhängig sind und bis heute auf einen Verhandlungstermin warten. Ich wiederhole: Es kann Jahre dauern.«

»Das hängt ganz allein von Ihrer Frau ab, Commissario. Dottor Mitri war so entgegenkommend, ich würde sogar sagen, so freundlich, eine angemessene Lösung des Problems vorzuschlagen. Aber Ihre Frau hat sich offenbar entschieden, den Vorschlag nicht anzunehmen. Die Konsequenzen hat sie sich also selbst zuzuschreiben.«

»Mit Verlaub, Vice-Questore«, sagte Brunetti, »das stimmt nicht ganz.« Und bevor Patta etwas einwenden konnte, fuhr er fort: »Dottor Mitri hat mir eine Lösung angeboten, nicht meiner Frau. Wie ich schon sagte, ist das eine Entscheidung, die ich nicht für meine Frau treffen kann. Wenn er sich direkt an sie gewandt und sie es abgelehnt hätte, dann wäre das, was Sie sagen, richtig.«

»Haben Sie es ihr denn nicht gesagt?« fragte Patta, ohne seine Verblüffung zu verbergen.

»Nein.«

»Warum nicht?«

»Ich meine, es wäre Dottor Mitris Sache, das zu tun.«

Wieder war Pattas Überraschung nicht zu übersehen. Er überlegte eine Weile und meinte dann: »Ich werde es ihn wissen lassen.«

Brunetti nickte, ob dankbar oder nur zur Bestätigung, wußte keiner von beiden. »Ist das dann alles, Vice-Questore?« fragte er.

»Ja. Aber betrachten Sie sich dennoch als vorläufig suspendiert. Ist das klar?«

»Ja, Vice-Questore«, sagte Brunetti, obwohl er keine Ahnung hatte, was es bedeutete, außer daß er nicht mehr als Polizist arbeiten durfte, genaugenommen also arbeitslos war. Er sagte erst gar nicht noch etwas zu Patta, sondern drehte sich um und ging.

Draußen saß Signorina Elettra noch immer an ihrem Schreibtisch, aber inzwischen las sie in einer Zeitschrift, da sie mit dem *Gazzettino* fertig war. Sie sah zu ihm auf, als er herauskam.

»Wer hat die Presse informiert?«

Sie schüttelte den Kopf. »Keine Ahnung. Wahrscheinlich der Tenente.« Sie warf einen kurzen Blick zu Pattas Tür.

»Vorläufig suspendiert.«

»So was habe ich ja noch nie gehört«, sagte sie. »Das hat man wohl eigens zu diesem Anlaß erfunden. Was wollen Sie machen, Commissario?«

»Nach Hause gehen und lesen«, antwortete er, und mit der Antwort kam der Gedanke und mit dem Gedanken der Wunsch. Er brauchte nur noch an den Reportern draußen vorbeizukommen und ihren Kameras und ihrer Fragerei auszuweichen, dann konnte er nach Hause gehen und so lange lesen, bis Paola sich entschieden hatte oder die Sache beigelegt war. Er konnte sich von seinen Büchern aus der Questura entführen lassen, aus Venedig, aus diesem schäbigen Jahrhundert voll billiger Sentimentalität und Blutrünstigkeit, und sich in Welten zurückversetzen, in denen sein Geist sich wohler fühlte.

Signorina Elettra lächelte, denn sie glaubte aus seiner Antwort einen Scherz herauszuhören, und wandte sich wieder ihrer Zeitschrift zu.

Er ging nicht einmal mehr in sein Dienstzimmer, sondern geradewegs aus der Questura hinaus. Merkwürdigerweise waren die Reporter verschwunden, und davon, daß sie vorhin noch dagewesen waren, kündeten nur noch ein paar Plastikstückchen und ein zerrissener Kameraremen.

11

Er fand die versprengten Reste der Rotte vor seinem Haus, als er dort ankam; drei von ihnen waren dieselben, die schon versucht hatten, ihn vor der Questura ins Verhör zu nehmen. Er machte keine Anstalten, die Fragen zu beantworten, die sie ihm zuschrien, sondern drängte sich an ihnen vorbei und zückte seinen Schlüssel, um das Schloß des großen Portals zur Eingangshalle aufzuschließen. Eine Hand kam von hinten hervorgeschossen, packte seinen Arm und versuchte seine Hand vom Türschloß wegzuziehen.

Brunetti warf sich herum, den großen Schlüsselbund wie eine Waffe in der erhobenen Hand. Der Reporter sah die Schlüssel gar nicht, nur Brunettis Gesicht, und wich zurück, eine Hand beschwichtigend nach vorn gestreckt. »Entschuldigung, Commissario«, sagte er mit einem Lächeln, das so falsch war wie seine Worte. Die anderen hörten nackte Angst in seiner Stimme und reagierten instinktiv. Keiner sagte einen Ton. Brunetti sah in die Gesichter ringsum. Kein Blitzlicht flammte auf, und die Videokameras blieben unten.

Brunetti drehte sich wieder um und steckte den Schlüssel ins Türschloß. Er schloß auf, trat in die Eingangshalle, machte die Tür zu und lehnte sich mit dem Rücken dagegen. Seine Brust, sein ganzer Oberkörper war bedeckt vom Schweiß der plötzlichen Wut, und sein Herz pochte wie wild. Er knöpfte seinen Mantel auf und ließ sich von der feuchtkalten Luft im Treppenhaus abkühlen. Dann stieß er sich mit den Schultern von der Tür ab und ging die Treppe hinauf.

Paola mußte ihn kommen gehört haben, denn sie öffnete die Wohnungstür, als er an den letzten Treppenabsatz kam. Sie hielt sie ihm auf, und als er in der Wohnung war, nahm sie ihm den Mantel ab und hängte ihn weg. Er bückte sich und küßte sie auf die Wange; ihr Duft war angenehm.

»Na?« fragte sie.

»Vorläufige Suspendierung oder wie das heißt. Eigens aus diesem Anlaß erfunden, nehme ich an.«

»Und das bedeutet?« fragte sie, während sie neben ihm her ins Wohnzimmer ging.

Er ließ sich aufs Sofa fallen und streckte die Beine aus. »Das heißt, ich muß zu Hause bleiben, bis du dich mit Mitri irgendwie geeinigt hast.«

»Geeinigt?« fragte sie, wobei sie sich zu ihm auf die Sofakante setzte.

»Patta scheint der Meinung zu sein, du solltest Mitri die Scheibe bezahlen und dich entschuldigen.« Er dachte an Mitri und verbesserte sich. »Oder nur die Scheibe bezahlen.«

»Eine oder zwei?« wollte sie wissen.

»Spielt das eine Rolle?«

Sie blickte zu Boden und strich mit dem Fuß den Rand des Teppichs glatt, der vor dem Sofa lag. »Nein, eigentlich nicht. Ich kann ihm keine Lira geben.«

»Kannst oder willst nicht?«

»Kann nicht.«

»Nun, dann werde ich wohl endlich einmal Zeit haben, Gibbon zu lesen.«

»Und das soll heißen?«

»Daß ich zu Hause bleiben werde, bis die Sache geregelt ist, entweder privat oder gerichtlich.«

»Wenn sie mir eine Geldstrafe aufbrummen, bezahle ich sie«, sagte sie, und es klang so schön nach braver Staatsbürgerin, daß Brunetti grinsen mußte.

Immer noch lächelnd, sagte er: »Ich glaube, es war Voltaire, der so etwas Ähnliches gesagt hat wie: ›Ich mißbillige, was Ihr sagt, aber Euer Recht, es zu sagen, werde ich bis an mein Ende verteidigen.‹«

»Solche Sachen hat Voltaire viele gesagt. Hört sich gut an. Er hatte es überhaupt an sich, Dinge zu sagen, die sich gut anhörten.«

»Du scheinst aber skeptisch zu sein.«

Sie zuckte die Achseln. »Ich bin immer skeptisch bei noblen Sprüchen.«

»Besonders, wenn sie von Männern kommen?«

Sie beugte sich zu ihm hinüber und nahm seine Hand. »Das hast du gesagt, nicht ich.«

»Darum ist es nicht weniger wahr.«

Sie zuckte erneut die Achseln. »Willst du wirklich Gibbon lesen?«

»Das wollte ich schon immer mal. Aber ich denke, ich lese lieber die Übersetzung. Sein Stil ist mir ein bißchen zu onduliert.«

»Das ist doch das Schöne daran.«

»Hochtrabendes Geschwätz kann ich genug in den Zeitungen lesen; das brauche ich nicht auch noch in einem Geschichtsbuch.«

»Die Zeitungen werden das genüßlich auswalzen, wie?« meinte sie.

»Es hat schon so lange keiner mehr versucht, Andreotti zu verhaften, und über irgend etwas müssen die ja schreiben, oder?«

»Anzunehmen.« Sie stand auf. »Kann ich dir etwas bringen?«

Brunetti, der wenig und ohne Genuß zu Mittag gegessen hatte, sagte: »Ein Sandwich und ein Glas Dolcetto.« Er bückte sich und schnürte seine Schuhe auf. Als Paola zur Tür ging, rief er ihr nach: »Und den ersten Band Gibbon.«

Zehn Minuten später war sie mit allen drei Dingen zurück, und er genoß es ungeniert, legte sich lang aufs Sofa, das Glas auf dem Tischchen daneben, den Teller auf der Brust, während er das Buch aufschlug und zu lesen anfing. Sein *panino* war mit Speck und Tomate belegt, dazwischen dünne Scheiben von einem mittelalten Pecorino. Nach ein paar Minuten kam Paola herein und schob ihm eine Stoffserviette unters Kinn, gerade rechtzeitig, um ein Stück Tomate aufzufangen, das ihm vom Brot fiel. Er legte das Sandwich auf den Teller, griff nach dem Glas und trank einen großen Schluck. Dann wandte er sich seiner Lektüre zu und las das hochtrabende Anfangskapitel mit seiner politisch inkorrekten Lobeshymne auf die Glorie des Römischen Reiches.

Nach einer Weile, als Gibbon gerade erklärte, mit welcher Toleranz der Polytheist alle Religionen gelten läßt, kam Paola und füllte sein Glas nach. Sie nahm ihm den leeren Teller und die Serviette von der Brust und ging wieder in die Küche. Gibbon hatte zweifellos noch etwas über die Ergebenheit der braven römischen Hausfrau zu sagen. Brunetti freute sich schon darauf, es zu lesen.

Am nächsten Tag las er abwechselnd Gibbon und die überregionalen und lokalen Zeitungen, die ihm die Kinder von draußen mitbrachten. *Il Gazzettino*, dessen Reporter seinen Arm von der Tür hatte wegziehen wollen, geiferte über den Machtmißbrauch städtischer Behörden, Brunettis Mißachtung des Rechts der Presse auf freie Information, seine Arroganz, seinen Hang zur Gewalttätigkeit. Paolas Motiv, das zu kennen sie vorgaben, wurde verächtlich gemacht, und hart ging die Zeitung mit diesem Geist der Selbstjustiz ins Gericht und stellte sie als eine Frau dar, der es nur um das Aufsehen ging, wodurch sie völlig ungeeignet für ihre Stellung als Universitätsprofessorin sei. Daß Paola selbst nie dazu gehört worden war, wurde in dem Artikel nicht erwähnt. Die größeren Zeitungen ereiferten sich nicht so sehr, aber überall wurde die Geschichte als Beispiel für die gefährliche Tendenz von Privatpersonen dargestellt, im irregeleiteten Streben nach einem falschen Begriff von »Gerechtigkeit« die legitime Macht des Staates in Frage zu stellen, wobei das Wort »Gerechtigkeit« unfehlbar zwischen den Anführungszeichen ihrer Verachtung stand.

Nachdem Brunetti die Zeitungen gelesen hatte, wandte er sich wieder seinem Buch zu, und aus dem Haus ging er nicht ein einziges Mal. Auch Paola nicht, die meist in ihrem Arbeitszimmer saß und die Dissertation eines Studenten durchging, der sich unter ihrer Anleitung auf sein Examen vorbereitete. Die Kinder, wiewohl von ihren Eltern über die Vorgänge aufgeklärt, kamen und gingen ungestört, erledigten die Einkäufe, holten die Zeitungen und benahmen sich angesichts dieser Störung des Familienlebens überhaupt ganz tadellos.

Am zweiten Tag gestattete Brunetti sich nach dem Mittagessen ein langes Schläfchen und legte sich dazu sogar richtig ins Bett, statt sich einfach auf dem Sofa auszustrecken und abzuwarten, ob ihn der Schlaf mehr oder weniger zufällig überkam. Am Nachmittag klingelte ein paarmal das Telefon, aber er überließ es Paola, die Gespräche anzunehmen. Wenn Mitri oder sein Anwalt anrief, würde sie es ihm schon erzählen, vielleicht aber auch nicht.

Am dritten Tag dieser Einsiedelei, wie Brunetti es im stillen nannte, klingelte das Telefon kurz nach dem Frühstück. Nach einigen Minuten kam Paola ins Wohnzimmer und sagte, es sei für ihn.

Er beugte sich auf dem Sofa vor, ohne die Beine herunterzunehmen, und angelte sich den Hörer. »*Sì?*«

»Vianello hier, Commissario. Hat man Sie schon angerufen?«

»Wer?«

»Die Kollegen, die letzte Nacht Dienst hatten.«

»Nein. Warum?«

Was Vianello sagen wollte, wurde von lauten Stimmen im Hintergrund übertönt.

»Wo sind Sie, Vianello?«

»Unten in der Bar, bei der Brücke.«

»Was ist denn los?«

»Mitri wurde gestern abend umgebracht.«

Jetzt setzte Brunetti sich doch auf und stellte die Füße auf den Boden. »Wie? Wo?«

»Bei sich zu Hause. Garottiert – so sieht es jedenfalls aus. Jemand muß sich von hinten angeschlichen und ihn erdrosselt haben. Womit, weiß man nicht, denn sie haben es mitgenommen. Aber«, sagte er, und wieder wurde seine Stimme von Geräuschen übertönt, die offenbar aus einem Radio kamen.

»Was war?« fragte Brunetti, als der Lärm wieder verstummt war.

»Sie haben einen Zettel neben der Leiche gefunden. Ich habe ihn nicht gesehen, aber wie Pucetti sagt, stand da etwas von Pädophilen und den Leuten drauf, die ihnen helfen. Etwas von Gerechtigkeit.«

»*Gesù bambino*«, flüsterte Brunetti. »Wer hat ihn gefunden?«

»Corvi und Alvise.«

»Wer hatte sie gerufen?«

»Seine Frau. Sie war von einem Essen mit Freunden zurückgekommen und fand ihn in der Küche auf dem Fußboden.«

»Mit wem war sie zum Essen?«

»Das weiß ich nicht, Commissario. Ich weiß nur das wenige, was Pucetti mir sagen konnte, und der wußte auch nur, was Corvi ihm erzählt hat, bevor er heute morgen seinen Dienst beendete.«

»Wem ist der Fall übertragen worden?«

»Ich glaube, Scarpa ist hingefahren und hat sich die Leiche angesehen, nachdem Corvi die Questura angerufen hatte.«

Brunetti sagte nichts dazu, obwohl es ihn wunderte, daß Pattas persönlicher Assistent damit beauftragt wurde. »Ist der Vice-Questore schon da?«

»Als ich vor ein paar Minuten wegging, war er noch nicht da, aber Scarpa hat ihn zu Hause angerufen und ihm von der Sache berichtet.«

»Ich komme«, sagte Brunetti, wobei er schon mit den Füßen nach seinen Schuhen angelte.

Vianello schwieg lange, doch dann sagte er: »Ja, ich glaube, das ist besser.«

»Zwanzig Minuten.« Brunetti legte auf.

Er band seine Schuhe und ging in den hinteren Teil der Wohnung. Die Tür zu Paolas Arbeitszimmer stand offen, eine unausgesprochene Einladung an ihn, hereinzukommen und ihr von dem Anruf zu berichten. »Das war Vianello«, sagte er, als er eintrat.

Sie blickte auf, sah sein Gesicht, legte das Blatt beiseite, das sie gerade las, schraubte ihren Füllfederhalter zu und legte ihn auf den Schreibtisch. »Was hat er gesagt?«

»Mitri ist gestern abend ermordet worden.«

Sie warf sich auf ihrem Stuhl nach hinten, als hätte jemand eine drohende Hand nach ihr gestoßen. »Nein!«

»Pucetti hat etwas von einem Zettel erzählt, auf dem von Pädophilen und Gerechtigkeit die Rede war.«

Ihr Gesicht wurde starr, dann hielt sie sich den Handrücken vor den Mund. »*O Madonna Santa.*« Dann flüsterte sie hinter der vorgehaltenen Hand hervor: »Wie?«

»Erdrosselt.«

Sie schüttelte mit geschlossenen Augen den Kopf. »O mein Gott, nein!«

Brunetti wußte, daß jetzt der richtige Augenblick war. »Paola«, sagte er, »bevor du das gemacht hast, hast du da mit irgend jemandem darüber gesprochen? Oder gibt es jemanden, der dir zugeredet hat?«

»Wie meinst du das?«

»Hast du ganz allein auf eigene Faust gehandelt?«

Er sah, wie ihr Blick sich veränderte, ihre Pupillen sich vor Schreck weiteten. »Du willst wissen, ob irgend jemand, den ich kenne, ein Fanatiker, davon wußte, daß ich die Schaufensterscheibe einschlagen wollte? Und dann hingegangen ist und ihn umgebracht hat?«

»Paola«, sagte er, sehr um einen sachlichen Ton bemüht, »ich frage dich das, um schon einmal eine Möglichkeit auszuschließen, bevor jemand anders zwei und zwei zusammenzählt und dich dasselbe fragt.«

»Da gibt es nichts zusammenzuzählen«, antwortete sie ohne Zaudern, aber mit ironischer Betonung auf dem letzten Wort.

»Also niemand?«

»Nein. Ich habe darüber mit niemandem gesprochen. Es war einzig und allein meine Entscheidung. Und keine leichte.«

Er nickte. Wenn sie es allein getan hatte, dann mußte jemand durch die Art, wie die Presse damit umging, sich angeregt oder aufgestachelt gefühlt haben. Himmel, dachte er, wir gehen schon denselben Weg wie Amerika, wo die Polizei in Angst vor Nachahmungstätern lebt, wo schon die Erwähnung eines Verbrechens genügt, um zur Nachahmung anzuregen. »Ich gehe in die Questura«, sagte er. »Ich weiß noch nicht, wann ich zurück sein werde.«

Sie nickte, blieb aber an ihrem Schreibtisch sitzen und sagte nichts.

Brunetti ging über den Flur, nahm seinen Mantel und verließ die Wohnung. Niemand wartete draußen, aber er wußte, daß der Waffenstillstand bald enden würde.

12

Er endete vor der Questura, deren Eingangstür von einer Dreierreihe aus Reportern blockiert war. Ganz vorn standen die Männer und Frauen mit Notizblöcken, dahinter die mit den Mikrophonen und hinter diesen, der Tür am nächsten, die Phalanx der Videokameras, davon zwei auf Stativen, und über dem Ganzen die Scheinwerfer.

Einer der Männer sah Brunetti kommen und drehte das leere Kameraauge in seine Richtung. Brunetti tat, als sehe er es nicht, ebensowenig wie die Leute um ihn herum. Seltsamerweise stellte ihm keiner eine Frage oder richtete das Wort an ihn; sie streckten ihm nur ihre Mikrophone entgegen und ließen es schweigend geschehen, daß er wie Moses ungehindert durch die geteilten Wasser ihrer Neugier in die Questura ging.

Drinnen salutierten Alvise und Riverre, als sie ihn erblickten, wobei Alvise sein Erstaunen darüber nicht verbergen konnte, ihn hier zu sehen.

»*Buon dì*, Commissario«, sagte Riverre, und sein Partner sprach es ihm nach.

Brunetti nickte den beiden nur kurz zu, weil er wußte, daß es Zeitverschwendung wäre, Alvise etwas zu fragen, und ging die Treppe hinauf zu Pattas Zimmer. Im Vorzimmer telefonierte Signorina Elettra gerade, als er hereinkam. Sie nickte ihm zu, nicht im mindesten überrascht, und hob die Hand, um ihn aufzuhalten. »Ich hätte das gern bis heute nachmittag«, sagte sie, wartete auf die Antwort ihres Gesprächspartners, verabschiedete sich und legte auf. »Herzlich willkommen, Commissario«, sagte sie zu Brunetti.

»Bin ich das wirklich?«

Sie zog fragend die Augenbrauen hoch.

»Ich meine, ob ich willkommen bin«, erklärte er.

»Mir auf jeden Fall. Beim Vice-Questore weiß ich es nicht, aber er hat heute schon gefragt, ob Sie kommen würden.«

»Was haben Sie ihm geantwortet?«

»Daß ich Sie jeden Moment erwarte.«

»Und?«

»Er schien erleichtert.«

»Gut.« Brunetti war ebenfalls erleichtert. »Was ist mit Tenente Scarpa?«

»Er ist seit seiner Rückkehr vom Tatort beim Vice-Questore.«

»Wann war das?«

»Der Anruf von Signora Mitri wurde um zweiundzwanzig Uhr siebenundzwanzig registriert. Corvi hat ihn um dreiundzwanzig Uhr drei verständigt.« Sie blickte kurz auf einen Zettel, den sie vor sich liegen hatte. »Tenente Scarpa war um Viertel nach elf hier und hat sich gleich zu den Mitris begeben. Zurückgekommen ist er erst wieder um eins.«

»Und er ist schon die ganze Zeit da drin?« fragte Brunetti, wobei er mit dem Kinn nach der Tür zu Pattas Zimmer wies.

»Seit heute früh halb neun«, antwortete Signorina Elettra.

»Da hat Warten wohl keinen Sinn«, meinte Brunetti, ebenso zu sich selbst wie zu ihr, und ging zur Tür. Er klopfte; Pattas Stimme rief ihn sofort hinein.

Brunetti drückte die Tür auf und trat ein. Patta posierte wie immer hinter seinem Schreibtisch; das Licht, das durchs Fenster hinter ihm hereinfiel, wurde von der Schreibtischplatte so reflektiert, daß es dem, der ihm gegenübersaß, in die Augen schien.

Tenente Scarpa stand neben seinem Chef, seine Haltung so aufrecht, seine Uniform so perfekt gebügelt, daß er Maximilian Schell in einer seiner Rollen als guter Nazi erschreckend ähnlich sah.

Patta begrüßte Brunetti mit einem Nicken und winkte ihn auf den Stuhl vor seinem Schreibtisch. Brunetti rückte den Stuhl ein wenig zur Seite, so daß der Teil der Schreibtischplatte, vor dem er saß, in Scarpas Schatten lag. Der Tenente trat von einem Fuß auf den anderen und machte einen kleinen Schritt nach rechts, woraufhin Brunetti ein Stückchen weiter nach links rückte und sich ein wenig zur Seite drehte.

»Guten Morgen, Vice-Questore«, sagte Brunetti. Scarpa nickte er nur zu.

»Sie haben es also gehört?« fragte Patta.

»Ich habe nur gehört, daß er umgebracht wurde. Darüber hinaus weiß ich nichts.«

Patta sah zu Scarpa auf. »Setzen Sie ihn ins Bild, Tenente.«

Scarpa sah zuerst zu Brunetti, dann zu Patta, und als er zu sprechen anfing, tat er dies mit einer kleinen Verneigung in Pattas Richtung. »Mit allem Respekt, Vice-Questore, aber ich dachte, der Commissario sei vorläufig suspendiert.« Als Patta nichts sagte, fuhr er fort: »Ich wußte nichts davon, daß er in diese Ermittlung wieder eingeschaltet werden sollte. Und wenn ich mir die Bemerkung erlauben darf: Die Presse könnte es eigenartig finden, daß er den Fall übertragen bekommt.«

Brunetti fand es interessant, daß die ganze Geschichte, zumindest in Scarpas Vorstellung, als ein einziger Fall angesehen wurde. Ob damit wohl die Ansicht des Tenente zum Ausdruck kam, daß Paola irgendwie in den Mord verstrickt sein müsse?

»Ich entscheide, wer welchen Fall bearbeitet, Tenente«, sagte Patta gelassen. »Berichten Sie dem Commissario, was passiert ist.«

»Ja, Vice-Questore«, antwortete Scarpa unbewegt. Er richtete sich noch etwas gerader auf und begann zu erklären: »Corvi rief mich kurz nach dreiundzwanzig Uhr an, und ich begab mich sofort zu Mitris Haus. Dort angekommen, fand ich seine Leiche in der Küche auf dem Fußboden. Soweit ich feststellen konnte, schien er erdrosselt worden zu sein, obwohl von einer Mordwaffe nirgendwo etwas zu sehen war.« Scarpa hielt inne und sah Brunetti an, doch als der Commissario schwieg, fuhr er fort: »Ich habe mir die Leiche angesehen und dann sofort Dottor Rizzardi rufen lassen, der nach ungefähr einer halben Stunde kam. Er bestätigte meine Ansicht über die Todesursache.«

»Konnte er irgendeine Meinung dazu äußern, womit Mitri erdrosselt worden war?« unterbrach Brunetti.

»Nein.«

Brunetti fiel auf, daß Scarpa ihn nicht mit seinem Titel ansprach, aber er ließ es durchgehen. Er brauchte sich nicht erst zu fragen, wie der Tenente wohl mit Dottor Rizzardi umgesprungen war, von dem man allgemein wußte, daß er ein freundschaftliches Verhältnis zu Brunetti hatte, und so wunderte es ihn nicht, zu hören, daß Rizzardi nicht willens gewesen war, eine vorschnelle Vermutung zur Frage der Tatwaffe zu äußern.

»Und die Autopsie?« fragte Brunetti.

»Heute, wenn möglich.«

Brunetti nahm sich vor, Rizzardi gleich nach diesem Gespräch anzurufen. Es würde sicher möglich sein.

»Darf ich fortfahren, Vice-Questore?« fragte Scarpa, an Patta gewandt.

Patta sah Brunetti lange an, wie um sich zu erkundigen, ob der Commissario noch weitere störende Fragen habe, doch als Brunetti diesen Blick ignorierte, wandte er sich zu Scarpa um und sagte: »Natürlich.«

»Mitri war an dem Abend allein zu Hause. Seine Frau war mit Freunden essen gegangen.«

»Warum war Mitri nicht mit dabei?« fragte Brunetti.

Scarpa sah Patta an, als wollte er wissen, ob er Brunettis Fragen beantworten solle. Als Patta nickte, erklärte Scarpa: »Seine Frau hat gesagt, es seien alte Freunde von ihr gewesen, noch aus der Zeit vor ihrer Ehe, und Mitri habe sie selten begleitet, wenn sie zusammen essen gingen.«

»Kinder?« fragte Brunetti.

»Eine Tochter, aber die lebt in Rom.«

»Dienstboten?«

»Das steht doch alles im Bericht«, sagte Scarpa patzig, aber mit Blick zu Patta, nicht zu Brunetti.

»Dienstboten?« wiederholte Brunetti.

Scarpa schwieg kurz, aber dann antwortete er: »Nein.

Jedenfalls keine, die mit im Haushalt leben. Zweimal die Woche kommt eine Frau zum Saubermachen.«

Brunetti stand auf. »Wo ist die Ehefrau?« fragte er Scarpa.

»Als ich ging, war sie noch im Haus.«

»Danke, Tenente«, sagte Brunetti. »Ich hätte gern eine Kopie von Ihrem Bericht.«

Scarpa nickte, sagte aber nichts.

»Ich muß mit der Frau sprechen«, sagte Brunetti zu Patta, und bevor der Vice-Questore es aussprechen konnte, fügte er hinzu: »Ich werde behutsam mit ihr umgehen.«

»Und Ihre Frau?« fragte Patta.

Diese Frage konnte vielerlei Bedeutungen haben, aber Brunetti entschied sich, auf die naheliegendste zu antworten. »Sie war den ganzen gestrigen Abend zu Hause, mit mir und den Kindern. Keiner von uns hat nach halb acht, als unser Sohn vom Lernen mit einem Freund zurückkam, die Wohnung verlassen.« Hier legte Brunetti eine Pause ein, um abzuwarten, ob Patta sonst noch eine Frage hatte, und als das nicht der Fall zu sein schien, ging er ohne ein weiteres Wort aus dem Zimmer.

Signorina Elettra sah von einem Stapel Papiere auf ihrem Schreibtisch hoch und fragte, ohne ihre Neugier verhehlen zu wollen: »Nun?«

»Ich habe den Fall«, sagte Brunetti.

»Aber das ist doch verrückt«, entfuhr es Signorina Elettra, ehe sie sich bremsen konnte. Dann fügte sie hastig hinzu: »Ich meine, die Presse wird sich überschlagen, wenn sie das erfährt.«

Brunetti zuckte die Achseln. Gegen die Purzelbäume der

Presse war sowieso nicht viel zu machen. Ohne auf ihre Bemerkung einzugehen, fragte er: »Haben Sie die Informationen, die zu beschaffen ich Ihnen verboten hatte?«

Er sah sie an, während sie die Frage mitsamt den eventuellen Folgen bedachte: Vorwurf des Ungehorsams, Mißachtung eines Befehls von einem Vorgesetzten, Entlassungsgrund, Ende ihrer Karriere. »Natürlich, Commissario«, antwortete sie.

»Können Sie mir eine Kopie geben?«

»Das dauert ein paar Minuten. Ich habe sie da drin versteckt«, erklärte sie mit einer Handbewegung zum Bildschirm ihres Computers.

»Wo?«

»In einer Datei, an die außer mir keiner herankommt, glaube ich.«

»Gar niemand?«

»Oh«, meinte sie hochmütig, »höchstens vielleicht jemand, der so gut ist wie ich.«

»Ist das denkbar?«

»Nein, nicht hier.«

»Fein. Würden Sie mir dann den Ausdruck bringen, wenn Sie ihn haben?«

»Gern, Commissario.«

Er hob kurz die Hand und ging wieder nach oben.

Als erstes rief er Rizzardi an und erreichte den Pathologen in seinem Büro im Krankenhaus. »Hatten Sie schon Zeit?« fragte Brunetti, nachdem sie sich begrüßt hatten.

»Nein, aber in etwa einer Stunde kann ich darangehen. Vorher habe ich noch einen Selbstmord. Ein junges Mädchen, erst sechzehn. Ihr Freund hat sie verlassen, und da hat sie sämtliche Schlaftabletten ihrer Mutter geschluckt.«

Brunetti fiel ein, daß Rizzardi spät geheiratet hatte und seine Kinder noch Teenager waren. Zwei Töchter, soviel er wußte. »Armes Mädchen«, sagte er.

»Ja.« Rizzardi ließ eine kurze Pause eintreten, bevor er weitersprach. »Ich glaube, es gibt keinen Zweifel. Könnte ein dünner Draht gewesen sein, wahrscheinlich mit Plastik ummantelt.«

»Wie ein Elektrokabel?«

»Das ist anzunehmen. Wenn ich es mir erst genauer ansehen kann, weiß ich mehr. Es könnte sogar eines dieser Doppelkabel für Stereolautsprecher gewesen sein. Da sind schwache Spuren eines zweiten Eindrucks, parallel zu dem anderen, aber es könnte auch sein, daß der Mörder nur mal einen Moment locker gelassen hat, um nachzufassen. Unter dem Mikroskop werde ich das besser sehen.«

»Mann oder Frau?« fragte Brunetti.

»Sowohl als auch. Ich meine, es könnte sowohl ein Mann als auch eine Frau gewesen sein. Wenn man mit einer Schnur von hinten kommt, hat das Opfer keine Chance; wie stark man ist, spielt dabei keine Rolle. Aber erdrosseln, das tun meist Männer. Ich glaube, Frauen sind sich nicht sicher, ob sie genug Kraft dafür haben.«

»Dafür wollen wir wenigstens dankbar sein«, meinte Brunetti.

»Und wie es aussieht, könnte etwas unter den Fingernägeln seiner linken Hand sein.«

»Etwas?«

»Haut, wenn wir Glück haben. Oder Flusen von dem,

was der Mörder anhatte. Wenn ich es mir genauer ansehe, werde ich es wissen.«

»Würde das reichen, um jemanden zu identifizieren?«

»Wenn Sie diesen Jemand finden, ja.«

Brunetti dachte darüber kurz nach, dann fragte er: »Die Tatzeit?«

»Das weiß ich erst, wenn ich ihn von innen gesehen habe. Aber seine Frau hat ihn um halb acht noch lebend gesehen, als sie aus dem Haus ging, und dann hat sie ihn bei ihrer Rückkehr kurz nach zehn gefunden. Da bestehen also kaum Zweifel, und ich werde nichts finden können, was den Zeitpunkt genauer bestimmt.« Rizzardi unterbrach sich, hielt die Hand über die Sprechmuschel und sprach mit jemandem, der bei ihm im Zimmer war. »Ich muß jetzt gehen. Sie liegt auf dem Tisch.« Noch bevor Brunetti ihm danken konnte, sagte Rizzardi: »Ich schicke Ihnen den Bericht morgen rüber.« Dann legte er auf.

So sehr Brunetti darauf brannte, mit Signora Mitri zu sprechen, zwang er sich doch, an seinem Platz zu bleiben, bis Signorina Elettra ihm die Informationen über Mitri und Zambino heraufbrachte, was sie nach etwa fünf Minuten tat.

Sie kam herein, nachdem sie angeklopft hatte, und legte ihm schweigend zwei Mappen auf den Schreibtisch. »Wieviel davon ist Allgemeinwissen?« fragte Brunetti mit einem Blick auf die Papiere.

»Das meiste stammt aus Zeitungen«, antwortete sie. »Aber einiges kommt von ihren Banken und aus den Gesellschaftsregistern verschiedener Firmen.«

Brunetti konnte es sich nicht verkneifen. »Woher wissen Sie das?«

Da sie aus seinem Ton nur Neugier, kein Lob heraushörte, lächelte sie nicht. »Ich habe Freunde bei Banken und in der Stadtverwaltung. Gelegentlich kann ich sie bitten, mir die eine oder andere Frage zu beantworten.«

»Und womit revanchieren Sie sich?« stellte Brunetti endlich die Frage, die schon seit Jahren in ihm umging.

»Die meisten Informationen, die wir hier haben, sind sehr bald darauf Allgemeinwissen, Commissario, oder zumindest öffentlich bekannt.«

»Das beantwortet meine Frage nicht, Signorina.«

»Ich gebe niemals polizeiliche Informationen an Leute, die keinen Anspruch darauf haben.«

»Einen rechtlichen oder moralischen?« fragte Brunetti.

Sie sah ihn lange nachdenklich an, dann antwortete sie: »Einen rechtlichen.«

Brunetti wußte, daß man bestimmte Informationen nur mit anderen Informationen bezahlen konnte, darum bohrte er weiter: »Wie kommen Sie dann an das alles hier?«

Sie überlegte kurz. »Ich berate meine Freunde auch über effizientere Methoden der Informationsbeschaffung.«

»Und was heißt das in Normalsprache?«

»Ich bringe ihnen bei, wie und wo man am besten schnüffelt.« Bevor Brunetti dazu etwas sagen konnte, fuhr sie fort: »Aber ich habe noch nie – wirklich noch *nie*, Commissario – irgend jemandem eine Information gegeben, weder Freunden noch Leuten, die nicht meine Freunde sind, mit denen ich aber Informationen austausche. Und ich möchte, daß Sie mir das glauben.«

Er nickte zum Zeichen, daß er dazu willens war, und widerstand der Versuchung, zu fragen, ob sie schon einmal jemandem erklärt hatte, wie man an polizeiliche Informationen herankam. Statt dessen tippte er mit dem Finger auf die Mappen. »Kommt da noch mehr?«

»Vielleicht noch eine längere Klientenliste von Zambino, aber ich glaube, über Mitri gibt es nichts mehr zu erfahren.«

Aber natürlich gibt es das, dachte Brunetti bei sich: Es gab noch den Grund, warum ihm jemand ein Kabel um den Hals gelegt und zugezogen hatte, bis ihm das Lebenslicht ausging. »Dann sehe ich mir das jetzt mal an«, sagte er.

»Ich denke, es ist alles klar, aber wenn Sie noch Fragen haben, wenden Sie sich ruhig an mich.«

»Weiß noch jemand, daß Sie mir diese Sachen gegeben haben?«

»Natürlich nicht«, sagte sie und ging.

Er nahm sich zuerst den dünneren Ordner vor: Zambino. Der Anwalt stammte aus Modena und hatte nach dem Studium vor knapp zwanzig Jahren in Venedig zu praktizieren angefangen. Er war auf Gesellschaftsrecht spezialisiert und hatte sich in der Stadt einen Namen damit gemacht. Signorina Elettra hatte eine Liste seiner bekannteren Klienten beigelegt; Brunetti kannte nicht wenige von ihnen. Ein erkennbares Muster gab es nicht, und gewiß arbeitete Zambino nicht nur für die Betuchten: Die Liste enthielt so viele Kellner und Handelsvertreter wie Ärzte und Banker. Zwar übernahm er auch immer wieder ein paar Strafrechtsfälle, aber seine Haupteinnahmequelle waren die handelsrechtlichen Verfahren, von denen Vianello schon gesprochen hatte. Zambino war seit zwanzig Jahren mit einer Lehrerin verheiratet und hatte vier Kinder, von denen keines je mit der Polizei zu tun gehabt hatte. Außerdem war er, wie Brunetti feststellte, kein reicher Mann; zumindest hatte er eventuelle Reichtümer nicht in Italien angelegt.

Das unselige Reisebüro am Campo Manin gehörte Mitri seit sechs Jahren, wenngleich er mit dessen Alltagsgeschäften paradoxerweise nichts zu tun hatte. Ein Geschäftsführer, der die Agenturlizenz von ihm gepachtet hatte, kümmerte sich um alles Praktische; offenbar war er es, der die Reisen vermittelte, die Paola zu ihrer Tat provoziert und anscheinend zu dem Mord an Mitri geführt hatten. Brunetti notierte sich den Namen des Geschäftsführers und las weiter.

Mitris Frau war ebenfalls Venezianerin und zwei Jahre jünger als er. Obwohl sie nur ein Kind hatten, war sie nie berufstätig gewesen, und Brunetti kannte ihren Namen auch von keiner Mitgliederliste einer der wohltätigen Organisationen in der Stadt. Mitri hatte einen Bruder, eine Schwester und einen Vetter hinterlassen. Der Bruder, ebenfalls Pharmazeut, lebte in der Nähe von Padua, die Schwester in Verona und der Vetter in Argentinien.

Es folgten die Nummern von drei verschiedenen Bankkonten in der Stadt und eine Aufstellung von Staatsanleihen und Aktien, alles zusammen im Wert von über einer Milliarde Lire. Das war alles. Mitri war nie einer Straftat angeklagt gewesen und in einem guten halben Jahrhundert nie in irgendeiner Weise der Polizei aufgefallen.

Dafür, überlegte Brunetti weiter, war er wahrscheinlich jemandem aufgefallen, der – er versuchte den Gedanken zu verdrängen, aber es gelang ihm nicht – genauso dachte wie Paola und wie sie beschlossen hatte, seine Abneigung gegen die von der Agentur angebotenen Reisen mit den Mitteln der Gewalt zum Ausdruck zu bringen. Brunetti kannte aus der Geschichte viele Beispiele, bei denen die falschen gestorben waren. Kaiser Wilhelms guter Sohn Friedrich hatte seinen Vater nur um wenige Monate überlebt und so den Weg für seinen eigenen Sohn, Wilhelm II., und damit für den ersten wirklich weltweiten Krieg frei gemacht. Und der Tod des Germanicus hatte die Erbfolge in Frage gestellt und letztlich zu Nero geführt. Aber das waren alles Fälle, in denen das Schicksal – oder die Historie – eingegriffen hatte; da war niemand mit einem Stück Draht gekommen und hatte das Opfer zu Tode gebracht; es hatte sich nicht um eine vorsätzliche Tat gehandelt.

Brunetti rief Vianello an, und der Sergente meldete sich beim zweiten Klingeln. »Sind die im Labor schon mit dem Zettel fertig?« fragte er ohne Einleitung.

»Wahrscheinlich ja. Soll ich mal runtergehen und fragen?«

»Ja. Und bringen Sie ihn mit, wenn es geht.«

Während er auf Vianello wartete, las Brunetti noch einmal die kurze Liste von Zambinos strafrechtlichen Mandanten durch und versuchte sich bei den Namen, die er kannte, daran zu erinnern, worum es da gegangen war. Einmal war es ein Totschlag gewesen, und der Mann war zwar verurteilt, die Strafe aber auf nur sieben Jahre herabgesetzt worden, nachdem Zambino ein paar Frauen aus demselben Haus aufgeboten hatte, die bezeugten, daß der Getötete sie jahrelang im Fahrstuhl und auf den Gängen belästigt habe. Zambino hatte dann die Richter überzeugen können, daß sein Mandant die Ehre seiner Frau verteidigt habe, als in einer Bar ein Streit zwischen ihnen ausbrach. Zwei des

Raubüberfalls Verdächtige waren aus Mangel an Beweisen freigesprochen worden; da hatte Zambino argumentiert, sie seien nur festgenommen worden, weil sie Albaner waren.

Brunetti wurde aus diesen Gedanken gerissen, als es klopfte und Vianello eintrat. Er brachte eine große Klarsichthülle mit, die er beim Eintreten in die Höhe hielt. »Sie waren gerade damit fertig. Nichts. *Lavata con Perlana*«, schloß Vianello mit dem beliebtesten Fernsehwerbespruch des Jahrzehnts. Nichts konnte so sauber sein wie ein mit Perlana gewaschenes Hemd. Höchstens ein am Tatort eines Mordes liegengelassener Zettel, den die Polizei auf jeden Fall finden und untersuchen würde, dachte Brunetti.

Vianello kam an den Schreibtisch und legte die Hülle darauf. Dann stützte er sich mit beiden Händen auf die Tischplatte und beugte sich darüber, um sich den Zettel noch einmal zusammen mit Brunetti anzusehen.

Für Brunetti sah es aus, als ob die Buchstaben aus *La Nuova* ausgeschnitten worden wären, der sensationslüsternsten und oft vulgärsten Zeitung der Stadt. Ganz sicher war er sich nicht, aber die Techniker wußten es bestimmt. Die Wörter waren auf einen halben Bogen liniertes Schreibpapier geklebt. »Dreckige Päderasten und Kinderschänder. Ihr werdet alle so sterben.«

Brunetti faßte die Hülle an einer Ecke und drehte sie um. Aber er sah auf der Rückseite nur dieselben Linien und ein paar kleine graue Flecken, wo der Klebstoff durchs Papier gedrungen war. Er drehte das Blatt wieder um und las noch einmal. »Da scheint es ein paar vorschnelle Verbindungen gegeben zu haben, wie?« meinte er.

»Um es gelinde auszudrücken«, bestätigte Vianello.

Paola hatte zwar den Polizisten, die sie festgenommen hatten, gesagt, warum sie die Fensterscheibe eingeworfen hatte, aber sie hatte nie mit einem der Reporter gesprochen, war höchstens zu ein paar Worten genötigt worden, weshalb alles, was in den Zeitungen über ihre Motive berichtet wurde, aus anderer Quelle stammen mußte; Tenente Scarpa kam dafür sehr wohl in Frage. In allen Artikeln, die Brunetti gelesen hatte, war höchstens angedeutet worden, daß ihre Triebfeder »Feminismus« gewesen sei, ohne daß dieser Begriff näher erläutert worden wäre. Es war von den Reisen die Rede gewesen, die von der Agentur angeboten wurden, aber dem Vorwurf, es handle sich um Sextourismus, hatte der Geschäftsführer des Reisebüros heftig widersprochen, wobei er behauptet hatte, die meisten Männer, die bei ihm eine Reise nach Bangkok buchten, nähmen ihre Frauen mit. Der *Gazzettino* hatte, wie Brunetti sich erinnerte, ein langes Interview mit ihm gebracht, in dem er seinem Entsetzen und Ekel gegenüber dem Sextourismus Ausdruck gegeben und mehrmals betont darauf hingewiesen hatte, daß so etwas in Italien verboten und es somit für jedes zugelassene Reiseunternehmen undenkbar sei, an der Organisation solcher Reisen mitzuwirken.

Also standen öffentliche und amtliche Meinung vereint gegen Paola, eine hysterische »Feministin«, und auf der Seite des gesetzestreuen Geschäftsführers sowie des ermordeten Dottor Mitri. Wer immer die Idee mit den »Kinderschändern« gehabt hatte, mußte einige Dinge furchtbar verwechselt haben.

»Ich glaube, es ist an der Zeit, daß wir uns mit ein paar Leuten unterhalten«, sagte Brunetti, schon im Aufstehen.

»Fangen wir mit dem Geschäftsführer dieses Reisebüros an. Ich möchte von ihm etwas über die vielen Ehefrauen hören, die nach Bangkok reisen wollen.«

Er schaute auf die Uhr und sah, daß es schon fast zwei war. »Ist Signorina Elettra noch da?« fragte er Vianello.

»Ja, Commissario. Als ich heraufkam, war sie noch da.«

»Gut. Dann rede ich noch kurz ein paar Worte mit ihr, und danach sollten wir vielleicht irgendwo etwas essen gehen.«

Vianello nickte verwirrt und folgte seinem Vorgesetzten hinunter zu Signorina Elettras Büro. Von der Tür aus sah er, wie Brunetti sich bückte und etwas zu ihr sagte, sah und hörte sie lachen. Sie nickte und wandte sich ihrem Computer zu, während Brunetti wieder herauskam. Dann gingen sie in die Bar beim Ponte dei Greci, bestellten Wein und Tramezzini und redeten über dieses und jenes. Brunetti schien es nicht eilig zu haben, also bestellten sie weitere Tramezzini und noch ein Glas Wein.

Eine halbe Stunde später kam Signorina Elettra herein und heimste sofort ein Lächeln vom Barmann und von zwei Männern am Tresen eine Einladung zum Kaffee ein. Obwohl es nur ein paar Schritte von der Questura waren, hatte sie einen gesteppten schwarzen Seidenmantel an, der ihr bis an die Knöchel ging. Sie schlug mit einem höflichen Kopfschütteln den Kaffee aus und kam zu den beiden Polizisten. Aus ihrer Tasche zog sie ein paar Blätter Papier und hielt sie hoch. »Kinderspiel«, meinte sie mit gespielter Empörung. »Das geht einfach viel zu leicht.«

»Natürlich.« Brunetti lächelte und bezahlte das karge Mittagessen.

13

Brunetti und Vianello kamen zu dem Reisebüro, als es um halb vier gerade wieder aufmachte, und fragten nach Signor Dorandi. Brunetti warf einen Blick zurück auf den Campo und stellte fest, daß die neue Schaufensterscheibe vor Sauberkeit fast unsichtbar war. Die Blondine am Empfang drückte auf einen Knopf an ihrem Telefon, woraufhin die Tür links neben ihrem Schreibtisch aufging und Signor Dorandi heraustrat.

Er war nicht ganz so groß wie Brunetti und hatte einen bereits ergrauenden Vollbart, obwohl er nicht weit über Dreißig sein konnte. Als er Vianellos Uniform sah, kam er mit ausgestreckter Hand auf sie zu, und ein Lächeln zog sich von den Mundwinkeln aufwärts übers ganze Gesicht. »Ah, die Polizei. Ich bin froh, daß Sie gekommen sind.«

Brunetti sagte guten Tag, nannte jedoch weder seinen noch Vianellos Namen; dessen Uniform mußte als Vorstellung genügen. Er fragte Signor Dorandi, ob sie sich in seinem Büro unterhalten könnten. Der bärtige Mann drehte sich um, hielt ihnen die Tür auf und bot ihnen Kaffee an. Beide lehnten ab.

Die Wände des Büros waren mit den zu erwartenden Postern von Stränden, Tempeln und Palästen tapeziert, Beweis genug, daß auch eine schlechte Wirtschaftslage und das dauernde Gerede von Finanzkrisen die Italiener nicht zu Hause hielt. Dorandi nahm hinter seinem Schreibtisch Platz, schob ein paar Schriftstücke beiseite und sah Brunetti an, der seinen Mantel über eine Stuhllehne legte und sich Dorandi gegenüber hinsetzte. Vianello nahm den anderen Stuhl.

Dorandi hatte einen Anzug an, aber irgend etwas stimmte damit nicht. Geistesabwesend versuchte Brunetti herauszufinden, woran es lag, ob er vielleicht zu groß oder zu klein war, aber beides schien nicht der Fall zu sein. Das Jackett des Zweireihers war aus einem dicken, blauen Stoff, der aussah wie Wolle, aber ebensogut aus Fasergips hätte sein können. Das Jackett hing ohne eine einzige Falte in gerader Linie von seinen Schultern nach unten, bis es hinter dem Schreibtisch verschwand. Auch Dorandis Gesicht vermittelte Brunetti den Eindruck, daß etwas nicht stimmte, aber er kam nicht darauf, was es war. Dann sah er das Schnurrbärtchen. Dorandi hatte den oberen Teil abrasiert, so daß dieses Stück seiner Oberlippe glatt war und der Gesichtsschmuck nur noch einen dünnen, geraden Strich unter der Nase bildete, der zu beiden Seiten in seinen Vollbart überging. Das Ganze war sehr sorgfältig gestutzt, eindeutig nicht einer ungeschickten Hand zu verdanken, aber die Proportionen waren zerstört, so daß man eher den Eindruck eines angeklebten als eines natürlich gewachsenen Bärtchens hatte.

»Was kann ich für Sie tun, meine Herren?« fragte Dorandi lächelnd, während er die Hände zusammengefaltet vor sich auf den Schreibtisch legte.

»Ich möchte gern von Ihnen etwas über Dottor Mitri und dieses Reisebüro hören«, sagte Brunetti.

»Aber gern.« Dorandi überlegte, wo er anfangen sollte. »Ich kenne ihn seit Jahren, seit ich hier zu arbeiten anfing.«

»Wann war das genau?« erkundigte sich Brunetti.

Vianello zog ein Notizbuch aus der Tasche, legte es aufgeklappt auf seinen Schoß und begann zu schreiben.

Dorandi drehte das Kinn zur Seite und sah zu einem Poster an der gegenüberliegenden Wand, als suchte er die Antwort in Rio. Dann sah er wieder Brunetti an und sagte: »Im Januar werden es genau sechs Jahre.«

»Und in welcher Stellung haben Sie hier angefangen?« fragte Brunetti.

»In derselben wie jetzt: als Geschäftsführer.«

»Aber sind Sie nicht auch der Besitzer?«

Dorandi lächelte, als er antwortete: »Bis auf den Namen gehört es mir. Ich bin der Besitzer, aber Dottor Mitri hat immer noch die Lizenz.«

»Was heißt das genau?«

Erneut konsultierte Dorandi die hilfreiche Stadt an der Wand gegenüber. Als er die Antwort fand, wandte er sich wieder Brunetti zu. »Es bedeutet, daß ich bestimme, wer hier eingestellt oder entlassen wird, welche Art von Werbung und was für Sonderangebote wir machen. Und ich behalte auch den größten Teil der Einnahmen.«

»Einen wie großen Teil?«

»Fünfundsiebzig Prozent.«

»Und der Rest ging an Dottor Mitri?«

»Ja, ebenso wie die Pacht.«

»Wie hoch?«

»Die Pacht?« fragte Dorandi.

»Ja.«

»Drei Millionen Lire im Monat.«

»Und die Gewinne?«

»Wozu müssen Sie das denn wissen?« fragte Dorandi, immer noch im selben gleichmütigen Ton.

»In diesem Stadium, Signore, habe ich noch keine Ahnung, was ich wissen muß und was nicht. Ich versuche lediglich, so viele Informationen wie möglich über Dottor Mitri und seine Angelegenheiten zu sammeln.«

»Zu welchem Zweck?«

»Um besser zu verstehen, warum er umgebracht wurde.«

Dorandi antwortete wie aus der Pistole geschossen: »Ich dachte, das ginge ziemlich klar aus dem Zettel hervor, den Sie gefunden haben.«

Brunetti hob beschwichtigend die Hand, als wollte er einräumen, daß da etwas dran war. »Ich glaube, es ist trotzdem wichtig für uns, soviel wie möglich über ihn zu erfahren.«

»Da war doch ein Zettel, oder?« fragte Dorandi nach.

»Woher wissen Sie das, Signor Dorandi?«

»Es stand in den Zeitungen, in zweien.«

Brunetti nickte. »Ja, es war ein Zettel da.«

»Stand da drauf, was die Zeitungen berichten?«

Brunetti, der die Zeitungen gelesen hatte, nickte wieder.

»Aber das ist absurd«, sagte Dorandi mit erhobener Stimme, als hätte Brunetti diese Worte geschrieben. »Es geht hier nicht um Kinderpornographie. Wir bieten keine Reisen für Päderasten an. Das Ganze ist einfach lächerlich.«

»Haben Sie eine Vorstellung, warum jemand das geschrieben haben könnte, Signore?«

»Wahrscheinlich wegen dieser Verrückten«, antwortete Dorandi ohne jeden Versuch, seinen Abscheu und seine Wut zu verbergen.

»Welche Verrückte meinen Sie?« fragte Brunetti.

Dorandi ließ sich mit der Antwort lange Zeit und studierte eingehend Brunettis Gesicht, als suchte er, welche Finte in dieser Frage stecken mochte. Schließlich sagte er: »Diese Frau, die den Stein geworfen hat. Sie hat das Ganze ausgelöst. Wenn sie nicht mit ihren irrwitzigen Vorwürfen angefangen hätte – Lügen, nichts als Lügen –, dann wäre von alledem nichts passiert.«

»Sind es Lügen, Signor Dorandi?«

»Wie können Sie das fragen!« Dorandi beugte sich zu Brunetti vor, und seine Stimme wurde lauter. »Natürlich sind es Lügen. Wir haben nichts mit Kinderschändern oder Päderasten zu tun.«

»Das stand nur auf dem Zettel, Signor Dorandi.«

»Wo ist da der Unterschied?«

»Es sind zwei verschiedene Anschuldigungen, Signore. Ich versuche zu verstehen, warum die Person, die diesen Zettel geschrieben hat, glauben konnte, daß Ihre Agentur in Päderastie und Kinderpornographie verwickelt ist.«

»Und ich habe es Ihnen schon gesagt«, erklärte Dorandi mit zunehmender Empörung. »Wegen dieser Frau. Sie ist zu allen Zeitungen gerannt und hat mich verleumdet, hat das Reisebüro verleumdet und behauptet, wir organisierten Sexreisen...«

»Aber nichts von Päderasten und Kinderschändung«, unterbrach Brunetti.

»Was ist denn da für eine Irre schon der Unterschied? Für solche Leute ist doch alles dasselbe, alles, was mit Sex zu tun hat.«

»Dann haben die Reisen, die Ihre Agentur organisiert, also etwas mit Sex zu tun?«

»Das habe ich nicht gesagt«, schrie Dorandi. Als er dann selbst merkte, wie laut er geworden war, schloß er kurz die Augen, nahm die Hände auseinander, legte sie bedächtig wieder zusammen und wiederholte in völlig normalem Ton: »Das habe ich nicht gesagt.«

»Dann habe ich das falsch verstanden.« Brunetti zuckte die Achseln, dann fragte er: »Aber warum sollte diese Verrückte, wie Sie die Frau nennen, so etwas sagen? Warum sollte überhaupt jemand so etwas sagen?«

»Mißverständnisse.« Dorandis Lächeln war wieder da. »Sie wissen doch, wie das mit den Leuten ist: Sie sehen, was sie sehen wollen, und geben den Dingen die Bedeutung, die ihnen gerade in den Kram paßt.«

»Zum Beispiel?« fragte Brunetti freundlich.

»Zum Beispiel, was diese Frau getan hat. Sie sieht unsere Werbeposter für Reisen in exotische Länder – Thailand, Kuba, Sri Lanka – dann liest sie so einen hysterischen Artikel in irgendeiner feministischen Zeitschrift, in dem behauptet wird, in diesen Ländern gäbe es Kinderprostitution und die Reiseunternehmen organisierten Reisen dorthin, Sexreisen, und sie schmeißt diese zwei Dinge in ihrer irren Art zusammen und kommt mitten in der Nacht hierher, um mir das Schaufenster einzuschlagen.«

»Wäre das nicht eine Überreaktion? Ich meine, so ganz ohne Beweise?« Brunettis Stimme war die Einsichtigkeit selbst.

In Dorandis Antwort lag mehr als ein Hauch von Ironie. »Genau deswegen nennt man diese Leute ja verrückt: weil sie Verrücktes tun. Natürlich ist das eine Überreaktion. Und völlig grundlos.«

Brunetti ließ eine lange Pause entstehen, und schließlich sagte er: »Im *Gazzettino* werden Sie mit den Worten zitiert, es flögen so viele Frauen nach Bangkok wie Männer. Das heißt, die meisten Männer, die einen Flug nach Bangkok buchten, nähmen ihre Frauen mit.«

Dorandi blickte auf seine gefalteten Hände und antwortete nicht. Brunetti griff in seine Jackentasche und nahm die Papiere heraus, die Signorina Elettra ihm gegeben hatte. »Wären Sie bereit, mir darüber etwas genauere Auskunft zu geben, Signor Dorandi?« fragte er, den Blick auf den Papieren.

»Worüber?«

»Über die Zahl der Männer, die ihre Frauen mit nach Bangkok genommen haben. Sagen wir, im letzten Jahr.«

»Ich weiß nicht, wovon Sie sprechen.«

Brunetti würdigte ihn keines Lächelns. »Signor Dorandi, ich darf Sie daran erinnern, daß wir hier in einem Mordfall ermitteln, und das heißt, wir haben das Recht, von den Beteiligten Informationen zu erbitten oder, wenn wir dazu gezwungen werden, einzufordern.«

»Was meinen Sie mit ›Beteiligten‹?« stotterte Dorandi.

»Das dürfte Ihnen doch klar sein«, antwortete Brunetti ruhig. »Sie betreiben hier ein Reisebüro, das eine gewisse Zahl von Flügen und Pauschalreisen in exotische Länder verkauft, wie Sie es nennen. Nun wird der Vorwurf erhoben, es handle sich dabei um Sextourismus, und der ist, wie ich Ihnen wohl nicht zu sagen brauche, in diesem Land verboten. Ein Mann, der Besitzer dieser Agentur, wird ermordet und bei seiner Leiche ein Zettel hinterlassen, aus dem hervorgeht, daß diese Reisen der Grund für das Verbrechen gewesen sein könnten. Diesen Zusammenhang sehen Sie ja anscheinend selbst. Woraus zu folgern ist, daß die Agentur und Sie als ihr Geschäftsführer beteiligt sind.« Brunetti schwieg ein paar Sekunden, bevor er fragte: »Habe ich mich verständlich ausgedrückt?«

»Ja.« Dorandis Stimme klang sehr verdrießlich.

»Also, würden Sie mir nun sagen, wie zutreffend – oder deutlicher ausgedrückt – wie wahr Ihre Aussage ist, daß die meisten Männer, die nach Bangkok geflogen sind, ihre Frauen mitgenommen hätten.«

»Natürlich ist das wahr«, beharrte Dorandi, wobei er, eine Hand noch immer auf der Schreibtischplatte, auf seinem Stuhl ein wenig nach links rutschte.

»Aus Ihren Ticketverkäufen geht das aber nicht hervor, Signor Dorandi.«

»Woraus, bitte?«

»Den Flugtickets, die Ihre Agentur verkauft hat. Wie Sie sicher wissen, werden die alle in einem Zentralcomputer gespeichert.« Brunetti sah, daß er verstanden worden war, und fuhr fort: »Die meisten Flüge nach Bangkok, die in den vergangenen sechs Monaten über Ihre Agentur gebucht wurden, gingen an alleinreisende Männer.«

Fast ohne nachzudenken, platzte Dorandi heraus: »Dann sind die Frauen ihnen eben nachgereist. Die Herren mußten geschäftlich dorthin, und die Damen haben sich später mit ihnen getroffen.«

»Haben die Frauen ihre Flüge auch über Ihre Agentur gebucht?«

»Woher soll ich das wissen?«

Brunetti legte die Papiere offen vor sich auf den Schreibtisch, so daß Dorandi sie einsehen konnte, wenn er wollte. Er holte tief Luft. »Signor Dorandi, wollen wir noch einmal von vorn anfangen? Ich wiederhole meine Frage, und diesmal möchte ich, daß Sie sich Ihre Antwort vorher genau überlegen.« Er machte eine lange Pause und fragte dann: »Sind die Männer, die bei Ihnen einen Flug nach Bangkok gebucht haben, mit ihren Frauen gereist oder nicht?«

Dorandi ließ sich mit der Antwort lange Zeit und sagte schließlich: »Nein.« Nur dieses eine Wort.

»Und diese Reisen, die Sie mit ›toleranter Hotelleitung‹ und ›günstiger Lage‹ anpreisen« – Brunettis Stimme klang gänzlich neutral, nicht die Spur einer Gefühlsregung war da herauszuhören –, »sind das Sexreisen?«

»Ich weiß nicht, was die Leute tun, wenn sie erst dort sind«, behauptete Dorandi. »Das geht mich nichts an.« Er zog den Kopf in den zu weiten Kragen seines Jacketts, fast wie eine Schildkröte, die sich angegriffen sieht.

»Wissen Sie etwas über die Hotels, in denen diese Touristen absteigen?« Bevor Dorandi antworten konnte, stützte Brunetti seine Ellbogen auf den Schreibtisch, legte das Kinn auf die Hände und blickte auf seine Liste.

»Sie werden tolerant geführt«, antwortete Dorandi schließlich.

»Heißt das, sie erlauben es Prostituierten, dort ihrem Gewerbe nachzugehen, oder besorgen sogar welche?«

Dorandi zuckte die Achseln. »Vielleicht.«

»Mädchen? Nicht Frauen, sondern Mädchen?«

Dorandi funkelte ihn über seinen Schreibtisch hinweg an. »Ich kenne von diesen Hotels nur die Preise. Was meine Kunden dort tun, geht mich nichts an.«

»Mädchen?« wiederholte Brunetti.

Dorandi fuhr ärgerlich mit der Hand durch die Luft. »Ich sagte Ihnen schon, das geht mich nichts an.«

»Aber jetzt geht es uns etwas an, Signor Dorandi, und darum hätte ich gern eine Antwort.«

Dorandi blickte wieder zur Wand, fand dort aber keinen brauchbaren Ausweg. »Ja«, sagte er.

»Wählen Sie die Hotels nach diesem Gesichtspunkt aus?«

»Ich habe sie gewählt, weil sie mir die günstigsten Preise anbieten. Wenn ein Mann, der dort absteigt, sich eine Prostituierte mit aufs Zimmer nehmen will, ist das seine Sache.« Er versuchte vergeblich, seine Wut zu unterdrücken. »Ich verkaufe Pauschalreisen. Ich predige nicht Moral. Ich habe mit meinem Anwalt jedes Wort in unserer Werbung abgesprochen, und es ist nichts darin, was auch nur im entferntesten illegal wäre. Ich verstoße gegen kein Gesetz.«

»Davon bin ich überzeugt«, rutschte es Brunetti heraus.

Plötzlich mochte er sich hier nicht länger aufhalten. Er erhob sich. »Ich fürchte, wir haben Ihre Zeit schon zu sehr in Anspruch genommen, Signor Dorandi. Wir gehen jetzt, aber es kann sein, daß wir Sie noch einmal sprechen wollen.«

Dorandi gab darauf erst gar keine Antwort. Er stand auch nicht auf, als Brunetti und Vianello das Zimmer verließen.

14

Als sie über den Campo Manin gingen, wußten sowohl Vianello als auch Brunetti, ohne erst darüber zu sprechen, daß sie jetzt die Witwe aufsuchen mußten, da sie sowieso schon unterwegs waren. Um zu Mitris Wohnung am Campo del Ghetto Nuovo zu kommen, gingen sie zum Rialto zurück und nahmen das Einserboot in Richtung Bahnhof.

Sie blieben draußen stehen, weil sie die Kälte des offenen Decks der feuchten Luft in der Kabine vorzogen. Brunetti wartete, bis sie unter der Brücke hindurch waren, dann fragte er Vianello: »Nun?«

»Der würde für hundert Lire seine eigene Mutter verkaufen, nicht wahr?« meinte Vianello, ohne seine Verachtung verhehlen zu wollen. Dann schwieg er eine Weile, bevor er fragte: »Meinen Sie, das ist das Fernsehen?«

Brunetti wußte nicht, worauf er hinauswollte. »Was soll das Fernsehen sein?«

»Das uns solchen Abstand zu dem Bösen gibt, das wir tun.« Er sah, daß er Brunettis Aufmerksamkeit besaß, und fuhr fort: »Ich meine, wenn wir es auf dem Bildschirm sehen, ist es echt, aber doch nicht wirklich, oder? Das heißt, wir bekommen so oft zu sehen, wie Menschen erschossen oder erschlagen werden, und dann sehen wir uns selbst zu...« Hier unterbrach er sich, lächelte ein wenig und erklärte: »Ich meine, der Polizei. Wir sehen uns selbst dabei zu, wie wir alle möglichen schrecklichen Dinge aufdecken. Aber die Polizisten sind nicht echt und die Dinge auch nicht. Und wenn wir soviel davon gesehen haben, kommen uns die wirklichen Scheußlichkeiten, die passieren, oder die anderen passieren, auch nicht mehr echt vor.«

Brunetti war von Vianellos Rede etwas verwirrt, aber er glaubte zu verstehen, was er meinte – und war derselben Ansicht –, weshalb er antwortete: »Wie weit sind sie weg, diese Mädchen, von denen er nichts weiß – fünfzehntausend Kilometer? Zwanzigtausend? Ich denke mal, es ist sehr leicht, das, was ihnen widerfährt, nicht als wirklich zu betrachten, oder wenn doch, ist es ihm wahrscheinlich nicht sehr wichtig.«

Vianello nickte. »Sie glauben, das wird immer schlimmer?«

Brunetti hob die Schultern. »Es gibt Tage, an denen ich glaube, es wird alles schlimmer, und dann gibt es Tage, an denen ich das weiß. Aber dann kommt die Sonne heraus, und ich ändere meine Meinung.«

Vianello nickte wieder und machte leise: »Mhm, mhm.«

»Und Sie?« fragte Brunetti.

»Ich denke, es wird schlimmer«, antwortete der Sergente, ohne zu zögern. »Aber es geht mir wie Ihnen, ich habe Tage, an denen ich alles schön finde: Die Kinder springen an mir hoch, wenn ich nach Hause komme, oder Nadia ist glücklich, und das ist ansteckend. Aber insgesamt finde ich, daß es immer schlimmer wird, in dieser Welt zu leben.«

In der Hoffnung, diese für den Sergente ungewöhnliche Stimmung etwas aufzuhellen, meinte Brunetti: »Viel Auswahl haben wir ja nicht, oder?«

Vianello ließ sich herab, darüber zu lachen. »Nein, das wohl nicht. Sie ist im guten wie im schlechten alles, was wir haben.« Er schwieg ein Weilchen und sah den Palazzo näher kommen, in dem das Casino war. »Vielleicht ist es für uns anders, weil wir Kinder haben.«

»Wieso?« fragte Brunetti.

»Weil wir nach vorn in die Welt sehen können, in der sie einmal leben werden, und zurück in die, in der wir selbst aufgewachsen sind.«

Brunetti, der mit großer Ausdauer Geschichtsbücher las, erinnerte sich an die unzähligen Tiraden alter Römer gegen die Zeiten, in denen sie gerade lebten, wobei sie stets behaupteten, daß die Generation ihrer eigenen Jugend oder die ihrer Eltern der jeweils jetzigen in jeder Hinsicht überlegen gewesen sei. Er dachte an ihre wütenden Ausfälle gegen die Gefühllosigkeit der Jugend, ihre Trägheit, ihre Dummheit, ihren Mangel an Respekt und Ehrerbietung gegenüber den Älteren, und diese Erinnerung munterte ihn beträchtlich auf. Wenn jede Zeit so dachte, dann war jede vielleicht im Irrtum, und die Dinge wurden gar nicht schlimmer. Er wußte nicht, wie er Vianello das erklären sollte, und er scheute davor zurück, Plinius zu zitieren, weil er fürchtete, daß der Sergente diesen Autor gar nicht kannte und sich womöglich beschämt fühlen würde, wenn er das zugeben müßte.

Statt dessen klopfte er ihm kameradschaftlich auf die Schulter, als das Boot bei San Marcuola anlegte, wo sie ausstiegen und von da an hintereinander durch die schmale *calle* gingen, um denen Platz zu lassen, die zum Anleger hasteten.

»Wir werden das wohl nicht lösen, nicht wahr, Commissario?« meinte Vianello, als sie die breitere Straße hinter der Kirche erreichten und wieder nebeneinander gehen konnten.

»Ich fürchte, da kann überhaupt niemand etwas lösen«, sagte Brunetti und war im selben Moment unzufrieden mit seiner ausweichenden Antwort.

»Darf ich Sie etwas fragen, Commissario?« fragte der Sergente im Weitergehen. Beide kannten die Adresse und wußten, wo das Haus ungefähr sein mußte. »Zu Ihrer Frau.«

Brunetti hörte schon am Ton der Frage, worum es gehen würde. »Ja?«

Den Blick starr nach vorn gerichtet, obwohl ihnen niemand mehr entgegenkam, fragte Vianello: »Hat sie Ihnen gesagt, warum sie das getan hat?«

Brunetti blieb im Gleichschritt mit seinem Sergente. Er sah ihn kurz von der Seite an und antwortete: »Ich denke, das steht im Festnahmeprotokoll.«

»Ach«, sagte Vianello. »Das wußte ich nicht.«

»Haben Sie es denn nicht gelesen?«

Vianello blieb kurz stehen und wandte sich Brunetti zu. »Da es darin um Ihre Frau ging, hätte ich es nicht recht gefunden, es zu lesen.« Vianello war als ein Getreuer Brunettis bekannt, daher war es unwahrscheinlich, daß Landi als Gefolgsmann Scarpas mit ihm darüber gesprochen hatte, und schließlich hatte Landi Paola festgenommen und ihre Aussage protokolliert.

Die beiden Männer gingen wieder weiter, bevor Brunetti antwortete: »Sie sagt, es sei unrecht, Sexreisen zu organisieren, und jemand müsse etwas dagegen tun.« Er wartete, ob Vianello ihm eine Zwischenfrage stellen wollte, und als der Sergente das nicht tat, fuhr er fort: »Sie hat zu mir gesagt, wenn das Gesetz nichts dagegen unternehme, werde sie es eben tun.« Er verstummte erneut und wartete auf Vianellos Reaktion.

»Das erste Mal, war das auch Ihre Frau?«

»Ja«, antwortete Brunetti, ohne zu zögern.

Links, rechts, links, rechts – vollkommen im Gleichschritt. Schließlich sagte der Sergente: »Klasse.«

Brunetti fuhr herum und starrte den Sergente an, aber er sah nur sein kantiges Profil mit der langen Nase. Bevor er jedoch nachfragen konnte, blieb Vianello stehen und sagte: »Wenn es Nummer 607 ist, müßte es gleich hier um die Ecke sein.« Und als sie um diese Ecke bogen, standen sie tatsächlich vor dem Haus.

Mitris Klingel war die oberste von dreien; Brunetti drückte darauf, wartete und klingelte noch einmal.

Eine Stimme, die infolge Trauer oder schlechter Qualität der Sprechanlage wie aus dem Grab klang, fragte, wer da sei.

»Commissario Brunetti. Ich möchte mit Signora Mitri sprechen.«

Ein längeres Schweigen folgte, dann antwortete die Stimme: »Warten Sie bitte«, und weg war sie.

Sie warteten weit über eine Minute, bevor das Türschloß klickte. Brunetti drückte die Tür auf und trat als erster in den großen Innenhof, auf dem rechts und links von einem runden Brunnen zwei hohe Palmen wuchsen. Licht spendete der offene Himmel über ihnen.

Sie begaben sich zum rückwärtigen Teil des Gebäudes, wo die Treppe war. Genau wie in Brunettis Palazzo blätterte auch hier die Farbe von den Wänden, Opfer des Salzes, das von unten aus dem Wasser emporstieg. Placken so groß wie Hundertlirestücke lagen, zur Seite gefegt oder getreten, rechts und links auf den Stufen; wo sie abgefallen waren, sah man die nackten Backsteinwände. Auf dem ersten Treppenabsatz angekommen, erkannten sie den horizontalen Strich, bis zu dem die Feuchtigkeit gekommen war; darüber gab es keine Farbplacken mehr auf den Treppen, und die Wände waren glatt und weiß.

Brunetti dachte an den Kostenvoranschlag, den eine Baufirma den sieben Eigentümern seines Palazzo für die Beseitigung der Feuchtigkeit gemacht hatte, und an die gewaltige Höhe der Summe, worauf er den deprimierenden Gedanken sogleich verdrängte.

Oben stand die Tür offen, und ein Mädchen, etwa in Chiaras Alter, stand halb versteckt dahinter.

Brunetti blieb stehen und sagte, ohne die Hand auszustrecken: »Ich bin Commissario Brunetti, und das ist Sergente Vianello. Wir möchten mit Signora Mitri sprechen.«

Das Mädchen rührte sich nicht. »Meine Großmutter fühlt sich nicht wohl.« Ihre Stimme klang zittrig vor Nervosität.

»Das tut mir leid«, sagte Brunetti. »Und mir tut auch sehr leid, was deinem Großvater zugestoßen ist. Aber deswegen sind wir hier, weil wir da etwas tun wollen.«

»Meine Großmutter sagt, da kann keiner mehr etwas tun.«

»Vielleicht können wir den finden, der es getan hat.«

Das Mädchen überlegte. Sie war so groß wie Chiara und hatte braunes Haar, das in der Mitte gescheitelt war und ihr bis auf die Schultern fiel. Zu einer Schönheit würde sie nicht heranwachsen, dachte Brunetti, aber das hatte nichts mit ihren Zügen zu tun, die sowohl regelmäßig als auch gut geschnitten waren: weit auseinanderstehende Augen, ausdrucksvoller Mund. Aber die völlige Leblosigkeit beim Sprechen und auch beim Zuhören ließ ihre spätere Unansehnlichkeit zwangsläufig erscheinen. Sie wirkte so unbeteiligt, als hätte sie mit dem, was sie sagte, gar nichts zu tun und interessierte sich auch sonst nicht für das, was gesprochen wurde. »Dürfen wir hereinkommen?« fragte er und machte dabei schon einen Schritt nach vorn, um ihr die Entscheidung zu erleichtern oder sie überhaupt erst zu einer zu zwingen.

Sie sagte nichts, trat aber zurück und hielt ihnen die Tür auf. Beide Männer folgten ihr mit einem höflichen *»permesso«* in die Wohnung.

Ein langer Mittelgang führte von der Tür zu vier gotischen Fenstern am anderen Ende. Wenn Brunettis Orientierungssinn ihn nicht täuschte, kam das Licht vom Rio di San Girolamo, zumal die Entfernung zu den von hier aus sichtbaren Häusern sehr groß war: So breit konnte nur der Rio sein.

Das Mädchen führte sie ins erste Zimmer rechts, ein großes Wohnzimmer mit einem Kamin zwischen zwei Fenstern, die mindestens zwei Meter hoch waren. Sie zeigte auf das Sofa vor dem Kamin, aber keiner der beiden setzte sich.

»Würdest du deiner Großmutter bitte sagen, daß wir hier sind?« bat Brunetti.

Sie nickte, erwiderte aber: »Ich glaube nicht, daß sie mit jemandem reden will.«

»Sag ihr bitte, es ist sehr wichtig«, beharrte Brunetti, und um klarzumachen, daß er zu bleiben gedachte, zog er den Mantel aus, legte ihn über eine Stuhllehne und setzte sich ans eine Ende des Sofas. Er bedeutete Vianello, dasselbe zu tun, und der Sergente legte seinen Mantel über den von Brunetti und setzte sich auf das andere Sofaende. Dann zückte er sein Notizbuch und klemmte seinen Kugelschreiber daran. Keiner sagte ein Wort.

Das Mädchen verließ das Zimmer, und die beiden Männer nutzten die Gelegenheit, sich umzusehen. Ein großer vergoldeter Spiegel hing über einem Tisch mit einem riesigen Strauß roter Gladiolen, deren Farbe und Zahl von dem Glas reflektiert wurden, so daß sie sich scheinbar verdoppelten und das ganze Zimmer füllten. Ein Seidenteppich, den Brunetti für einen Nain hielt, lag vor dem Kamin, aber so dicht beim Sofa, daß man, wenn man dort saß, nicht umhin kam, die Füße daraufzustellen. An der Wand gegenüber den Blumen stand eine Eichentruhe, darauf ein großer, altersgrauer Messingteller. Der Reichtum war diskret, aber offenkundig.

Bevor sie etwas sagen konnten, ging die Tür auf, und eine Frau in den Fünfzigern kam herein. Sie war stämmig und trug ein graues Wollkleid, das ihr bis gut über die Knie ging. Sie hatte dicke Fesseln und kleine Füße, die in unbequem eng aussehenden Schuhen steckten. Frisur und Make-up waren perfekt und verrieten einen großen Aufwand an Zeit und Mühe. Ihre Augen waren heller als die ihrer Enkelin, ihre Züge gröber; überhaupt war, abgesehen von dieser sonderbaren Leblosigkeit, die Familienähnlichkeit zwischen ihnen nicht sehr groß.

Beide Männer erhoben sich sofort, und Brunetti ging auf sie zu. »Signora Mitri?« fragte er.

Sie nickte, sagte aber nichts.

»Ich bin Commissario Brunetti, und das ist Sergente Vianello. Wir möchten kurz mit Ihnen über Ihren Mann und diese schreckliche Sache sprechen, die ihm zugestoßen ist.« Sie schloß bei diesen Worten die Augen, blieb aber stumm.

Ihr Gesicht war ebenso leblos wie das ihrer Enkelin, und Brunetti fragte sich unwillkürlich, ob die Tochter in Rom, deren Kind das Mädchen sein mußte, wohl auch so unbewegliche Züge hatte.

»Was möchten Sie wissen?« fragte Signora Mitri, die immer noch vor Brunetti stand. Ihre Stimme hatte etwas Quäkiges, wie es bei Frauen nach den Wechseljahren oft der Fall ist. Obwohl sie, wie Brunetti wußte, aus Venedig war, sprach sie reines Italienisch, genau wie er.

Bevor Brunetti auf ihre Frage antwortete, trat er vom Sofa fort und zeigte auf den Platz, auf dem er gesessen hatte. Sie ließ sich mechanisch darauf nieder, und erst jetzt nahmen auch die beiden Männer wieder Platz, Vianello dort, wo er vorher schon gesessen hatte, Brunetti in einem samtbezogenen Sessel dem Fenster gegenüber.

»Signora, ich möchte wissen, ob Ihr Gatte zu Ihnen je etwas von Feinden gesagt oder davon gesprochen hat, daß jemand ihm schaden will.«

Sie schüttelte schon den Kopf, bevor Brunetti auch nur zu Ende gesprochen hatte, sagte aber nichts, sondern beließ es dabei.

»Er hat nie über Meinungsverschiedenheiten mit anderen

gesprochen, mit Geschäftspartnern? Vielleicht über eine Abmachung oder einen Vertrag, bei dem nicht alles nach Wunsch gelaufen ist?«

»Nein, nichts dergleichen«, sagte sie endlich.

»Und im Privatleben? Hatte er je Ärger mit Nachbarn, vielleicht mit einem Freund?«

Sie schüttelte auf diese Frage den Kopf, sagte aber wieder nichts.

»Signora, ich bitte um Entschuldigung für meine Unwissenheit, aber ich weiß so gut wie nichts über Ihren Mann.« Sie reagierte nicht. »Würden Sie mir sagen, wo er gearbeitet hat?« Sie schien sich über diese Frage zu wundern, als hätte Brunetti damit ausdrücken wollen, daß Mitri acht Stunden täglich in einer Fabrikhalle gearbeitet habe, darum erklärte er: »Ich meine, in welcher seiner Fabriken er sein Büro hatte oder wo er die meiste Zeit verbrachte.«

»Eine Chemiefabrik. In Marghera. Da hat er ein Büro.«

Brunetti nickte, fragte aber nicht nach der Adresse. Die würden sie leicht herausbekommen. »Haben Sie eine Vorstellung, inwieweit er mit den verschiedenen Firmen und Geschäften, die er besaß, zu tun hatte?«

»Zu tun?«

»Unmittelbar, meine ich, mit dem Tagesgeschäft.«

»Da müßten Sie seine Sekretärin fragen«, sagte sie.

»In Marghera?«

Sie nickte.

Wenn sie sprach, und sei es noch so kurz, beobachtete Brunetti sie auf Anzeichen von Verzweiflung oder Trauer. Die Leblosigkeit ihres Gesichts machte es ihm schwer, aber er glaubte doch Spuren von Traurigkeit zu entdecken, auch wenn es mehr die Art war, wie sie ständig auf ihre gefalteten Hände hinunterblickte, weniger ihre Worte oder ihr Ton.

»Wie lange waren Sie verheiratet, Signora?«

»Fünfunddreißig Jahre«, antwortete sie, ohne zu zögern.

»Ist das Mädchen, das uns aufgemacht hat, Ihre Enkelin?«

»Ja«, sagte sie, und die winzigste Andeutung eines Lächelns durchbrach die Reglosigkeit ihres Gesichts. »Giovanna. Meine Tochter lebt in Rom, aber Giovanna hat gesagt, daß sie herkommen und bei mir sein will. Jetzt.«

Brunetti nickte zum Zeichen, daß er verstand, obwohl diese Sorge der Enkelin um ihre Großmutter das teilnahmslose Auftreten des Mädchens noch merkwürdiger erscheinen ließ. »Es muß Ihnen ein großer Trost sein, sie hier zu haben«, sagte er.

»O ja«, bestätigte Signora Mitri, und diesmal entspannte sich ihr Gesicht in einem richtigen Lächeln. »Es wäre schrecklich, hier allein sein zu müssen.«

Brunetti senkte den Kopf und wartete ein paar Sekunden, bevor er wieder zu ihr aufsah. »Nur noch einige wenige Fragen, Signora, dann überlassen wir Sie wieder Ihrer Enkelin.« Er wartete nicht, ob sie darauf etwas antworten wollte, sondern fragte ohne weitere Überleitung: »Sind Sie die Erbin Ihres Mannes?«

Ihre Überraschung verriet sich in ihrem Blick – zum erstenmal schien etwas sie zu berühren. »Ich glaube, ja«, sagte sie ohne Zögern.

»Hat Ihr Mann noch andere Angehörige?«

»Einen Bruder und eine Schwester, und noch einen Vetter, aber der ist schon vor Jahren nach Argentinien ausgewandert.«

»Sonst niemanden?«

»Nein, nicht in der engeren Familie.«

»Ist Signor Zambino ein Freund Ihres Mannes?«

»Wer?«

»Avvocato Giuliano Zambino.«

»Nicht daß ich wüßte, nein.«

»Ich glaube, er war der Anwalt Ihres Mannes.«

»Ich weiß leider sehr wenig über die Geschäfte meines Mannes«, sagte sie, und Brunetti mußte daran denken, wie viele Frauen ihm im Lauf der Jahre schon dieselbe Antwort gegeben hatten. Die wenigsten von ihnen hatten dabei die Wahrheit gesagt, wie sich später herausstellte, weshalb er eine solche Antwort nie für bare Münze nahm. Manchmal war ihm unwohl bei dem Gedanken, wieviel Paola über seine eigenen beruflichen Angelegenheiten wußte, wenn man dazu die Identität vermutlicher Vergewaltiger zählen konnte oder die Ergebnisse schauriger Autopsien und die Nachnamen all der Verdächtigen, die in den Zeitungen als »Giovanni S., 39, Busfahrer aus Mestre« oder »Federico G., 59, Maurer aus San Donà di Piave« bezeichnet wurden. Er wußte, wie wenige Geheimnisse im Ehebett sicher waren, und so mißtraute er Signora Mitris vorgeblicher Unwissenheit, aber er hakte nicht nach.

Die Namen der Leute, mit denen sie am Mordabend zum Essen gewesen war, hatten sie schon, so daß er dieses Thema jetzt nicht weiterzuverfolgen brauchte. Statt dessen fragte er: »War das Verhalten Ihres Mannes in den letzten Wochen irgendwie anders? Oder in den letzten Tagen?«

Sie schüttelte energisch den Kopf. »Nein, er war genau wie sonst immer.«

Brunetti hätte sie gern gefragt, wie er denn sonst immer war, aber er ließ es und stand auf. »Signora, wir danken Ihnen für die Zeit, die Sie uns geopfert haben, und für Ihre Hilfe. Ich fürchte aber, ich werde Sie noch einmal behelligen müssen, wenn wir erst mehr wissen.« Er sah ihr an, wie wenig sie sich darauf freute, glaubte aber nicht, daß sie sich einer Bitte um weitere Informationen widersetzen würde. Seine letzten Worte kamen von Herzen: »Signora, ich hoffe, daß diese Zeit nicht allzu schmerzlich für Sie sein wird, und wünsche Ihnen die Kraft, sie durchzustehen.«

Sie lächelte ob der erkennbaren Aufrichtigkeit seiner Worte, und wieder sah er in ihrem Lächeln so etwas wie Wärme.

Vianello stand auf, nahm ihre Mäntel vom Stuhl und reichte Brunetti den seinen. Beide zogen sich an, und Brunetti ging voraus zur Tür. Signora Mitri stand ebenfalls auf und folgte ihnen zur Schwelle der Wohnung.

Dort verabschiedeten Brunetti und Vianello sich von ihr und gingen hinunter in den Innenhof, wo die Palmen noch immer prächtig gediehen.

15

Auf dem Weg zurück zum *embarcadero* redeten beide eine ganze Weile nicht. Als sie ankamen, legte gerade das 82er Boot vom Bahnhof an, und sie stiegen ein, weil sie wußten, daß es dem weiten Bogen des Canal Grande folgen und sie zum Anleger San Zaccharia bringen würde, von wo es nur noch ein paar Schritte zur Questura waren.

Da es kühler geworden war, gingen sie nach drinnen und setzten sich in den vorderen Teil der halbleeren Kabine. Vor ihnen steckten zwei alte Frauen die Köpfe zusammen und unterhielten sich in lautem Veneziano über die plötzliche Kälte.

»Zambino?« fragte Vianello.

Brunetti nickte. »Ich wüßte gern, warum Mitri zu dem Gespräch mit Patta einen Anwalt mitgebracht hat.«

»Dazu noch einen, der hin und wieder Strafrechtsfälle übernimmt«, ergänzte Vianello unnötigerweise. »Er hat doch nichts verbrochen, oder?«

»Vielleicht wollte er seinen Rat, wie er zivilrechtlich gegen Paola vorgehen könnte, falls es mir gelingen sollte, die Polizei ein zweites Mal von einer Strafverfolgung abzuhalten.«

»So eine Chance hat doch nie bestanden, oder?« fragte Vianello in einem Ton, der sein Bedauern deutlich machte.

»Nein. Sowie Scarpa und Landi ins Spiel kamen, nicht mehr.«

Vianello brummelte etwas vor sich hin, aber Brunetti verstand es nicht und bat den Sergente auch nicht, es zu wiederholen. Statt dessen sagte er: »Ich weiß auch nicht, wie es jetzt weitergeht.«

»Was?«

»Diese Geschichte. Nachdem Mitri tot ist, werden seine Erben wohl kaum noch zivilrechtlich gegen Paola vorgehen wollen. Höchstens der Geschäftsführer.«

»Und die...« Vianello schien im Moment nicht recht zu wissen, wie er in dieser Situation die Polizei nennen sollte, und entschied sich für »...unsere Kollegen?«

»Kommt auf den Untersuchungsrichter an.«

»Wissen Sie, wer das ist?«

»Pagano, glaube ich.«

Vianello dachte darüber nach, rief sich seine jahrelangen Erfahrungen in der Arbeit für und mit dem Untersuchungsrichter in Erinnerung, einem älteren Mann, der kurz vor der Pensionierung stand. »Ich glaube kaum, daß er einen Prozeß fordern wird, oder?«

»Das glaube ich auch nicht. Er hat sich nie gut mit dem Vice-Questore verstanden, wird sich also kaum zu so etwas drängen lassen oder sich freuen, wenn man ihn zu beschwatzen versucht.«

»Was kommt also heraus? Eine Geldbuße?« Brunetti zuckte die Achseln, und Vianello ließ das Thema fallen und fragte: »Was jetzt?«

»Ich will noch nachsehen gehen, ob sich etwas getan hat, und anschließend mit Zambino reden.«

Vianello sah auf die Uhr. »Haben wir dafür noch Zeit?«

Brunetti hatte, wie schon so oft, vollkommen die Zeit vergessen und war überrascht zu sehen, daß es schon weit nach sechs war. »Nein, das nicht. Dann hat es auch eigentlich keinen Sinn, noch einmal in die Questura zu gehen.«

Vianello lächelte, zumal das Boot noch festlag. Er sprang auf und strebte zur Tür. Als er dort ankam, hörte er den Motor auf eine höhere Drehzahl gehen und sah den Bootsmann die Leine einziehen und festmachen. »Warte«, rief er.

Der Mann reagierte nicht, sah nicht einmal hoch, und der Motor drehte sich noch schneller.

»Warte«, rief Vianello noch lauter, erreichte aber nichts. Er drängte sich durch die Leute an Deck und legte dem Mann die Hand leicht auf den Arm. »Ich bin's, Marco«, sagte er in normaler Lautstärke. Der andere blickte auf, sah die Uniform, erkannte das Gesicht und gab dem Bootsführer, der durch sein Kabinenfenster nach hinten auf die Unruhe an Deck blickte, ein Zeichen.

Nachdem er das Zeichen wiederholt hatte, legte der Bootsführer plötzlich den Rückwärtsgang ein. Einige Passagiere an Deck kamen ins Schwanken und bemühten sich, ihr Gleichgewicht zu halten. Eine Frau taumelte schwer gegen Brunetti, der den Arm um sie legte und sie festhielt. Er hatte eigentlich keine Lust, sich eine Anzeige wegen polizeilicher Übergriffe einzuhandeln, oder was im umgekehrten Fall herauskäme, wenn sie stürzte, aber er hatte schon zugegriffen, ehe er darüber nachdenken konnte, und war froh, ihr dankbares Lächeln zu sehen, als er sie wieder losließ.

Langsam schloß das Boot wieder die Lücke zum Anleger. Der Bootsmann öffnete das Gitter, und Vianello und Brunetti gingen über den Holzsteg. Vianello hob die Hand zum Dank; der Motor heulte auf, und das Boot zog davon.

»Warum sind Sie denn mit hier ausgestiegen?« fragte Brunetti. Die Haltestelle war für ihn richtig, aber Vianello hätte bis Castello sitzen bleiben sollen.

»Ich nehme das nächste Boot. Was ist nun mit Zambino?«

»Morgen vormittag«, antwortete Brunetti. »Aber erst später. Vorher möchte ich Signorina Elettra nachsehen lassen, ob es noch etwas gibt, was sie bisher vielleicht übersehen hat.«

Vianello nickte zustimmend. »Sie ist das reine Wunder«, sagte er. »Wenn ich ihn besser kennte, würde ich sagen, Tenente Scarpa hat Angst vor ihr.«

»Ich kenne ihn ganz gut«, antwortete Brunetti, »und er *hat* Angst vor ihr. Weil sie nämlich nicht die mindeste Angst vor ihm hat. Und damit gehört sie zu einer sehr kleinen Minderheit in der Questura.« Da er und Vianello ebenfalls zu dieser Minderheit gehörten, konnte er so reden. »Das macht ihn aber zugleich sehr gefährlich. Ich habe ihr das schon zu sagen versucht, aber sie nimmt ihn einfach nicht ernst.«

»Das sollte sie aber«, meinte Vianello.

Ein Boot kam unter der Brücke hervor und hielt auf den Anleger zu. Als alle Passagiere ausgestiegen waren, ging Vianello mit einem großen Schritt an Deck. »*A domani, capo*«, sagte er. Brunetti hob die Hand und machte kehrt, bevor noch die anderen Passagiere zugestiegen waren.

Er ging zu einem der öffentlichen Telefone beim Anleger und wählte aus dem Gedächtnis Rizzardis Nummer im Krankenhaus. Rizzardi war schon fort, hatte aber bei seinem Assistenten eine Nachricht für Brunetti hinterlassen: Es sei alles so, wie er vermutet habe. Ein einadriges Kabel, mit Kunststoff ummantelt, etwa sechs Millimeter dick. Nichts weiter. Brunetti bedankte sich und machte sich auf den Heimweg.

Der Tag war gegangen und hatte alle Wärme mitgenommen. Brunetti wünschte sich, er hätte seinen Schal dabei, aber so mußte er sich damit begnügen, den Mantelkragen hochzuschlagen und den Kopf einzuziehen. Er ging mit raschen Schritten über die Brücke, wandte sich dahinter nach links und schlug den Weg entlang der *riva* ein, angezogen von den Lichtern der vielen Restaurants an ihrem Ufer. Er wandte sich nach rechts und eilte durch die Unterführung zum Campo San Silvestro, dann links in Richtung nach Hause. Bei Biancat verlockten ihn die Iris im Schaufenster, doch da fiel ihm sein Zorn auf Paola ein, und er ging vorbei. Nach ein paar Schritten dachte er aber nur noch an Paola, kehrte um, betrat das Blumengeschäft und kaufte ein Dutzend von den dunkelroten.

Sie war in der Küche, als er heimkam, und streckte den Kopf heraus, um zu sehen, ob er es war oder eines der Kinder, da sah sie das Paket in seinem Arm. Sie kam auf ihn zu, ein feuchtes Tuch in den Händen. »Was ist denn da drin, Guido?« fragte sie, ehrlich verwirrt.

»Mach's auf und sieh nach«, sagte er und überreichte ihr die Blumen.

Sie warf sich das Handtuch über die Schulter und nahm sie ihm ab. Er drehte sich um, zog seinen Mantel aus, hängte ihn in den Schrank und hörte das Papier rascheln. Plötzlich war es still, totenstill, und er sah sich besorgt nach ihr um, ob er wohl etwas falsch gemacht hatte. »Was ist denn?« fragte er, als er ihr betroffenes Gesicht bemerkte.

Sie faßte den Strauß mit beiden Händen und zog ihn an ihre Brust. Ihre Antwort ging im Rascheln des zerknitterten Papiers unter.

»Wie?« fragte er und bückte sich ein wenig, denn sie hatte den Kopf gesenkt und ihr Gesicht in die Blüten gesteckt.

»Ich ertrage den Gedanken nicht, daß etwas, was ich getan habe, am Tod dieses Mannes schuld ist.« Ein Schluchzer erstickte ihre Stimme, aber sie fuhr fort: »Es tut mir leid, Guido. All der Ärger, den ich dir gemacht habe, tut mir leid. Ich tue dir so etwas an, und du bringst mir noch Blumen mit.« Sie fing an zu schluchzen, das Gesicht in den weichen Blütenblättern der Iris, und ihre Schultern bebten unter der Macht ihrer Gefühle.

Er nahm ihr die Blumen ab und sah sich um, wo er sie ablegen könnte. Es war nirgendwo Platz, weshalb er sie kurzerhand auf den Fußboden legte und die Arme um Paola schlang. Sie schluchzte an seiner Brust mit einer Hemmungslosigkeit, die seine Tochter noch nie an den Tag gelegt hatte, nicht einmal als ganz kleines Kind. Er hielt sie schützend im Arm, als fürchtete er, sie könnte unter ihren Schluchzern auseinanderbrechen. Er küßte sie auf den Kopf, trank ihren Duft in sich hinein, sah den kurzen Haarwirbel über ihrem Nacken. Er hielt sie fest umschlungen und wiegte sie ein wenig hin und her, sagte ein ums andere Mal ihren Namen. Noch nie hatte er sie mehr geliebt als in diesem Augenblick. Für einen Sekundenbruchteil wollte ihn ein Gefühl gehässigen Triumphs überkommen, doch sogleich stieg ihm deswegen die Schamröte ins Gesicht. Er verdrängte mit Gewalt jedes Gefühl der Rechthaberei, des Sieges und empfand nichts anderes mehr als Schmerz darüber, daß seine Frau, seine andere Hälfte, sich so quälte. Er küßte sie noch einmal aufs Haar, und als er fühlte, wie ihre Schluchzer abebbten, hielt er sie an den Schultern von sich weg. »Alles wieder gut, Paola?«

Sie nickte, konnte aber nicht sprechen und hielt den Kopf gesenkt, damit er ihr Gesicht nicht sehen konnte.

Er griff in die Hosentasche und holte sein Taschentuch hervor. Es war nicht unbedingt bügelfrisch, aber das spielte jetzt wohl keine Rolle. Er tupfte ihr das Gesicht damit ab, unter den Augen, unter der Nase, dann drückte er es ihr fest in die Hand. Sie nahm es, wischte sich auch das übrige Gesicht ab und schneuzte sich zuletzt vernehmlich. Dann hielt sie sich das Taschentuch vor ihre Augen, um sich vor ihm zu verstecken.

»Paola«, sagte er mit einer Stimme, die wieder halbwegs, wenn auch noch nicht völlig normal war, »was du getan hast, war durch und durch ehrenhaft. Ich finde es nicht gut, daß du es gemacht hast, aber du hast ehrenhaft gehandelt.«

Im ersten Moment dachte er, das würde sie wieder zum Weinen bringen, aber dem war nicht so. Sie nahm das Taschentuch vom Gesicht und sah ihn aus geröteten Augen an. »Wenn ich gewußt hätte…«, begann sie.

Er hob die Hand, um sie zu unterbrechen. »Nicht jetzt, Paola. Vielleicht später, wenn wir beide darüber reden können. Jetzt laß uns in die Küche gehen und sehen, ob wir etwas zu trinken finden.«

Sie brauchte keine Sekunde, um anzufügen: »Und zu essen.« Sie lächelte, froh über den Aufschub.

16

Am nächsten Morgen ging Brunetti zur üblichen Zeit in die Questura und kaufte sich unterwegs drei Zeitungen. *Il Gazzettino* widmete dem Mord an Mitri noch immer ganze Seiten und beklagte einen Verlust für die Stadt, den er nicht näher bezeichnete, aber die überregionalen Blätter schienen das Interesse verloren zu haben, nur eines erwähnte ihn überhaupt noch in zwei kurzen Absätzen.

Auf seinem Schreibtisch lag Rizzardis Abschlußbericht. Der Doppelstriemen an Mitris Hals war, wie er herausgefunden hatte, auf ein »Zögern« des Mörders zurückzuführen, der das Kabel wahrscheinlich kurz losgelassen hatte, um nachzufassen, und dabei war der zweite Striemen auf Mitris Haut entstanden. Das Gewebe unter den Nägeln von Mitris linker Hand war tatsächlich Menschenhaut, dazu noch ein paar dunkelbraune Wollfasern, wahrscheinlich von einem Jackett oder Mantel, und beides mit Sicherheit das Ergebnis von Mitris verzweifeltem und vergeblichem Versuch, seinen Angreifer abzuwehren. »Liefern Sie mir einen Verdächtigen, und ich beweise die Übereinstimmung«, hatte Rizzardi an den Rand gekritzelt.

Um neun Uhr fand Brunetti, daß es nicht mehr zu früh sei, seinen Schwiegervater, den Conte Orazio Falier, anzurufen. Er wählte die Geschäftsnummer, nannte seinen Namen und wurde sofort verbunden.

»*Buon dì*, Guido«, sagte der Conte. »*Che pasticcio, eh?*«

Ja, es war ein Schlamassel, mehr als das. »Deshalb rufe

ich an.« Brunetti wartete, aber der Conte sagte nichts, also sprach er weiter. »Hast du schon etwas gehört? Oder dein Anwalt?« Wieder machte er eine kleine Pause, bevor er fortfuhr: »Ich weiß ja gar nicht, ob dein Anwalt überhaupt damit befaßt ist.«

»Noch nicht«, antwortete der Conte. »Ich warte erst einmal ab, was der Richter macht. Außerdem weiß ich nicht einmal, was Paola vorhat. Hast du eine Ahnung?«

»Wir haben gestern abend darüber gesprochen«, sagte Brunetti und hörte seines Schwiegervaters geflüstertes »Gut«.

»Sie hat gesagt«, sprach Brunetti weiter, »daß sie die Strafe bezahlen und das Schaufenster ersetzen will.«

»Und andere Forderungen?«

»Danach habe ich sie nicht gefragt. Mir hat erst einmal ihre Zusage genügt, die Strafe zu bezahlen und den Sachschaden zu ersetzen, prinzipiell zumindest. Dann könnte es sein, daß sie sich mit eventuellen anderen Forderungen auch einverstanden erklärt.«

»Gut, sehr gut. Das könnte klappen.«

Es störte Brunetti, daß der Conte offenbar annahm, sie beide heckten zusammen ein Komplott aus, um Paola zu überlisten oder zu manipulieren. Mochten sie noch so gute Motive haben und beide noch so sehr davon überzeugt sein, das Beste für sie zu tun, so mißfiel Brunetti doch die stillschweigende Unterstellung des Conte, er könne die Absicht haben, seine Frau zu täuschen.

Er wollte dieses Thema nicht weiterverfolgen. »Darum rufe ich aber nicht an. Ich möchte gern von dir hören, was du über Mitri oder Avvocato Zambino weißt.«

»Giuliano?«

»Ja.«

»Zambino ist so aufrecht wie ein Zinnsoldat.«

»Er hat Manolo verteidigt«, versetzte Brunetti. Manolo war ein Mafia-Killer, den Zambino vor drei Jahren erfolgreich verteidigt hatte.

»Manolo hat man in Frankreich entführt, um ihn hier vor Gericht zu stellen, und das war illegal.«

Da gingen die Meinungen auseinander. Manolo hatte in einer kleinen Ortschaft kurz hinter der französischen Grenze in einem Hotel gewohnt und war jeden Abend nach Monaco ins Spielkasino gefahren. Eine junge Frau, die er beim Bakkarat kennenlernte, hatte ihn eingeladen, bei ihr zu Hause auf der italienischen Seite noch etwas zu trinken. Beim Grenzübertritt war Manolo verhaftet worden, und zwar von ebendieser Frau, die ein Colonnello der Carabinieri war. Zambino hatte mit Erfolg argumentiert, sein Mandant sei in eine Polizeifalle gegangen und entführt worden.

Brunetti ließ das Thema auf sich beruhen. »Hat er schon einmal für dich gearbeitet?« fragte er den Conte.

»Ein- oder zweimal. Ich kenne ihn also. Und für Freunde von mir war er auch schon tätig. Er ist gut. Er arbeitet wie ein Pferd, um seinen Mandanten zu verteidigen. Aber er ist aufrichtig.« Der Conte machte eine lange Pause, als kämpfte er mit sich, ob er Brunetti die nächste Information anvertrauen dürfe, dann sprach er weiter: »Letztes Jahr ging das Gerücht, er sei steuerehrlich. Angeblich soll er ein Einkommen um die fünfhundert Millionen Lire angegeben haben.«

»Du glaubst, soviel hat er verdient?«

»Ja, das glaube ich«, antwortete der Conte in einem Ton, den er normalerweise für die Verkündigung von Wundern reservierte.

»Was halten seine Kollegen davon?«

»Das wirst du dir ja wohl denken können, Guido. Es macht es für sie alle schwer, wenn einer wie Zambino ein solches Einkommen angibt und die übrigen behaupten, sie hätten zweihundert Millionen oder noch weniger verdient. Es kann ihre eigenen Steuererklärungen nur in Mißkredit bringen.«

»Muß hart für sie sein.«

»Ja. Er ist...«, begann der Conte, bevor er merkte, was er da in welchem Ton von sich gab, und sich unterbrach. »Was Mitri angeht«, sagte er ohne Überleitung, »da könnte sich ein genaueres Hinsehen lohnen, glaube ich. Vielleicht ist da etwas nicht ganz sauber.«

»Womit? Mit den Reisebüros?«

»Das weiß ich nicht. Genaugenommen weiß ich über ihn gar nichts, nur was ein paar Leute nach seinem Tod gesagt haben. Du weißt ja, was so geredet wird, wenn jemand einem Gewaltverbrechen zum Opfer gefallen ist.«

Ja, das wußte Brunetti. Er hatte solches Gerede schon über Leute gehört, die bei Banküberfällen ins Feuer geraten waren, ebenso über ermordete Entführungsopfer. Immer kam da jemand und warf die Frage auf, warum der Betreffende wohl in diesem Augenblick an dieser Stelle war oder warum er und nicht ein anderer hatte sterben müssen und in welcher Weise er wohl mit den Tätern verquickt gewesen war. Nichts konnte hier in Italien einfach so sein, wie es aussah. Mochten die Umstände noch so unverdächtig sein, das Opfer noch so ehrenwert, immer kam irgendwer daher und malte das Gespenst obskurer Hintergründe an die Wand, wollte wissen, daß mehr dahinterstecke, daß jeder käuflich sei oder nur bekommen habe, was er verdiente, und daß überhaupt immer alles anders sei, als es den Anschein habe. »Was hast du denn gehört?« fragte er.

»Nichts Direktes oder Genaues. Alle haben sich sehr betont über die Sache gewundert. Aber bei einigen war so ein Unterton herauszuhören, der vermuten läßt, daß sie anders darüber denken.«

»Bei wem?«

»Guido«, sagte der Conte, und sein Ton wurde um einige Grade kühler. »Wenn ich es wüßte, würde ich es dir nicht sagen. Aber wie es so ist, ich weiß es nicht mehr. Es hat ja auch niemand direkt etwas gesagt, es wurde nur unausgesprochen angedeutet, daß es ihm nicht völlig überraschend so ergangen sei. Mehr kann ich dazu nicht sagen.«

»Wir haben diesen Zettel gefunden«, sagte Brunetti. Sicher hatte das manchen Leuten schon genügt, um darüber zu spekulieren, ob Mitri nicht in irgendwelche Machenschaften verwickelt war, die ihn nun das Leben gekostet hatten.

»Ja, ich weiß.« Der Conte schwieg kurz und fragte dann: »Was hältst du davon?«

»Warum fragst du?«

»Weil ich nicht will, daß meine Tochter bis ans Ende ihrer Tage glauben muß, der Mord sei durch etwas ausgelöst worden, was sie getan hat.«

Dieser Hoffnung konnte Brunetti sich nur von ganzem Herzen anschließen.

»Was sagt sie denn dazu?« fragte der Conte.

»Gestern abend hat sie gesagt, daß es ihr leid tut, und davon gesprochen, daß sie das alles ausgelöst habe.«

»Ist das deine Meinung? Daß sie der Auslöser war?«

»Ich weiß es nicht«, gestand Brunetti. »Heutzutage laufen so viele Verrückte durch die Gegend.«

»Man muß schon verrückt sein, um jemanden umzubringen, weil er eine Agentur hat und Reisen organisiert.«

»Sexreisen«, verbesserte Brunetti.

»Sexreisen. Reisen zu den Pyramiden«, erwiderte der Conte hitzig. »Ob das eine oder das andere, deswegen geht keiner hin und bringt einen Menschen um.«

Brunetti verkniff sich die Erwiderung, daß Leute normalerweise auch nicht hingingen und Steine in Schaufenster warfen. Vielmehr sagte er: »Die Leute tun vieles aus den verrücktesten Gründen, darum glaube ich, daß wir die Möglichkeit nicht ganz ausschließen können.«

»Aber glaubst du es?« bohrte der Conte, und Brunetti hörte an seinem angespannten Ton, was es ihn kostete, seinen Schwiegersohn das zu fragen.

»Wie ich dir schon sagte, ich möchte es nicht glauben«, antwortete Brunetti. »Ich weiß nicht genau, ob es ganz dasselbe ist, jedenfalls soll es heißen, daß ich nicht bereit bin, es zu glauben, solange wir nicht triftige Gründe dafür finden.«

»Und was für Gründe könnten das sein?«

»Ein Tatverdächtiger zum Beispiel.« Er selbst war mit der bisher einzigen Tatverdächtigen verheiratet und wußte, daß sie zur Mordzeit neben ihm gesessen hatte, also blieb entweder jemand, der wegen der Sexreisen zu morden bereit war, oder jemand, der es aus völlig anderen Gründen getan hatte. Er war ganz und gar gewillt, entweder den einen oder den anderen zu finden, solange er nur überhaupt jemanden fand. »Sagst du mir Bescheid, wenn du etwas Genaueres hörst?« fragte er. Und bevor der Conte seine Bedingungen stellen konnte, fügte er hinzu: »Du brauchst mir keine Namen zu nennen. Erzähl mir nur weiter, was er oder sie gesagt hat.«

»Na gut«, willigte der Conte ein. »Und läßt du mich wissen, wie es Paola geht?«

»Du könntest sie mal anrufen. Führ sie zum Essen aus. Tu irgend etwas, was ihr Freude macht.«

»Danke, Guido. Das werde ich tun.« Brunetti glaubte schon, der Conte habe ohne ein weiteres Wort aufgelegt, so lange zog sich das Schweigen hin, aber dann meldete er sich doch wieder: »Ich hoffe, du findest den Täter. Und ich will dir dabei helfen, so gut ich kann.«

»Danke«, sagte Brunetti.

Diesmal legte der Conte wirklich auf.

Brunetti zog seine Schublade auf und nahm die Fotokopie des Zettels heraus, den man bei Mitri gefunden hatte. Was sollte dieser Vorwurf der Pädophilie? Und wem galt er? Mitri persönlich? Oder Mitri, dem Eigentümer eines Reisebüros, das ihr durch seine Angebote Vorschub leistete? Wenn der Mörder verrückt genug war, so etwas zu schreiben und dann hinzugehen und den Menschen umzubringen, den er beschuldigte – wäre das dann jemand, den einer wie Mitri abends in seine Wohnung lassen würde? Brunetti wußte zwar, daß es ein überholtes Vorurteil war, aber er glaubte eben doch daran, daß man den total Verrückten mit einem Blick ansah, was sie waren. Um dafür Bestätigung zu finden, brauchte er nur an die zu denken, die er frühmorgens oft um den Palazzo Boldù sah.

Aber dieser Mensch hatte es geschafft, in Mitris Wohnung zu gelangen. Außerdem hatte er – oder sie, räumte Brunetti ein, obwohl er diese Möglichkeit nicht ernsthaft in Betracht zog; auch so ein Vorurteil von ihm – Mitri so in Sicherheit wiegen können, daß dieser ihm den Rücken zuwandte und er ihm von hinten die Schnur oder den Draht, was immer es gewesen war, um den Hals legen konnte. Und er war ungesehen gekommen und wieder gegangen, denn keinem der Hausbewohner – sie waren alle befragt worden – war an diesem Abend irgend etwas Ungewöhnliches aufgefallen; die meisten hatten sich die ganze Zeit in ihren Wohnungen aufgehalten und erst gemerkt, daß etwas nicht in Ordnung war, als Signora Mitri schreiend ins Treppenhaus rannte.

Nein, das sah für Brunetti alles nicht nach einem Verrückten aus oder nach jemandem, der solch eine ominöse Botschaft hinterlassen würde. Abgesehen davon, konnte er sich auch nur schwer mit dem Paradox anfreunden, daß jemand, der bereit war, gegen ein von ihm so empfundenes Unrecht vorzugehen – und hier kam ihm als Beispiel unvermittelt wieder Paola in den Sinn –, einen Mord begehen würde, um dieses Unrecht aus der Welt zu schaffen.

Er verfolgte diese Gedanken weiter, schloß Irre beiderlei Geschlechts aus und ließ Fanatiker und Eiferer außer acht. Blieb am Ende genau die eine Frage übrig, die es bei allen Mordermittlungen zu klären galt: *cui bono?* Und das rückte die Möglichkeit, daß Mitris Tod mit den Aktivitäten des Reisebüros zusammenhing, in noch größere Ferne. Sein Ableben änderte ja nichts. Das Aufsehen würde sich rasch legen. Signor Dorandi würde allenfalls noch von der Geschichte profitieren, und sei es nur, weil sich durch den Medienrummel der Name des Unternehmens ins Gedächtnis der Leute gebrannt hatte; und er hatte das öffentliche Forum, das ihm die Presse bot, wahrlich gut genutzt, um immer wieder seinen Abscheu und Ekel vor jeder Form des Sextourismus zu betonen.

Also etwas anderes. Brunetti senkte den Kopf und starrte den Zettel an, die mit ausgeschnittenen Buchstaben zusammengeklebten Worte. Etwas anderes. »Sex oder Geld«, sagte er laut und hörte Signorina Elettra erschrocken nach Luft schnappen. Sie war hereingekommen, ohne daß er es gehört hatte, und stand vor seinem Schreibtisch, einen Aktenordner in der Hand.

Er sah zu ihr auf und lächelte.

»Entschuldigung, Commissario, was war das?«

»Der Grund, warum er umgebracht wurde, Signorina. Sex oder Geld.«

Sie verstand sofort. »Beides sehr beliebt«, meinte sie, während sie ihm die Akte hinlegte. »Hier geht es um letzteres.«

»Bei wem von beiden?«

»Beiden.« Sie runzelte mißmutig die Stirn. »Aus diesen Zahlen da, denen von Dottor Mitri, werde ich nicht schlau.«

»Inwiefern?« fragte Brunetti. Wenn Signorina Elettra schon aus irgendwelchen Zahlen nicht schlau wurde, hatte er selbst erst recht keine Chance, etwas damit anfangen zu können.

»Er war sehr reich.«

Brunetti nickte; er hatte die Wohnung gesehen.

»Aber die Fabriken und Geschäfte, die ihm gehörten, werfen gar nicht soviel Geld ab.«

Das war nun allerdings, wie Brunetti wußte, ein weitverbreitetes Phänomen. Nach den Steuererklärungen zu urteilen, hatte niemand in Italien genug zum Leben; sie waren ein Volk von armen Leuten, die nur so gerade die Kurve kriegten, indem sie ihre Kragen wendeten, die Schuhe bis zur Brandsohle auftrugen und, wie er annehmen mußte, von Kleie und Brennesseln lebten. Und doch waren die Restaurants voll von gutgekleideten Menschen, jeder schien ein neues Auto zu besitzen, und die Flughäfen schickten Ladung um Ladung fröhlicher Touristen in alle Welt. Denk dir deinen Teil, konnte man da nur sagen.

»Ich kann mir nicht vorstellen, daß Sie das überrascht«, sagte Brunetti.

»Das tut es auch nicht. Wir schummeln alle bei der Steuer. Aber ich habe mir die Bücher aller seiner Firmen angesehen, und sie scheinen zu stimmen. Das heißt, keine bringt ihm mehr als etwa zwanzig Millionen Lire im Jahr ein.«

»Was zusammen ergibt...?«

»Rund zweihundert Millionen.«

»Gewinn?«

»Die hat er jedenfalls angegeben«, antwortete sie. »Nach Steuern blieb ihm davon weniger als die Hälfte.«

Es war erheblich mehr, als Brunetti im Jahr verdiente, und bedeutete wohl kaum ein Leben in Armut. »Aber warum sind Sie sich so sicher?« fragte er.

»Weil ich auch seine Kreditkartenabrechnungen geprüft habe.« Sie deutete mit dem Kopf zu dem Aktenordner. »Das sind nicht die Ausgaben eines Mannes, der so wenig verdient.«

Brunetti wußte nicht recht, wie er auf dieses wegwerfende »so wenig« reagieren sollte, und fragte: »Wieviel hat er denn so ausgegeben?« Er bedeutete ihr, Platz zu nehmen.

Sie raffte ihren langen Rock unter sich zusammen und setzte sich auf die vorderste Stuhlkante, wobei ihr Rücken mit der Lehne nicht einmal flirtete. Mit einer Handbewegung antwortete sie: »Die genaue Summe weiß ich nicht mehr. Über fünfzig Millionen, glaube ich. Wenn man die normalen Lebenshaltungskosten hinzuaddiert, die Ausgaben fürs Haus und so weiter, läßt sich nicht recht erklären, wie er zu fast einer Milliarde Lire in Sparguthaben und Wertpapieren kommt.«

»Vielleicht hat er in der Lotterie gewonnen«, meinte Brunetti lächelnd.

»Niemand gewinnt in der Lotterie«, antwortete Signorina Elettra, ohne zu lächeln.

»Warum läßt einer soviel Geld auf der Bank?« fragte Brunetti.

»Ich denke, weil niemand mit dem Sterben rechnet. Aber er hat es kräftig hin und her geschoben. Im letzten Jahr ist so einiges davon verschwunden.«

»Wohin?«

Sie zuckte die Achseln. »Wohin Geld eben verschwindet, nehme ich an: in die Schweiz, nach Luxemburg, auf die Kanalinseln.«

»Wieviel?«

»Etwa eine halbe Milliarde.«

Brunetti blickte auf die vor ihm liegende Mappe, schlug sie aber nicht auf. Er hob den Blick. »Können Sie das herausfinden?«

»Ich habe noch gar nicht richtig zu suchen angefangen, Commissario. Das heißt, angefangen habe ich schon, aber mich sozusagen nur ein bißchen umgesehen. Ich habe noch nicht angefangen, Schubladen aufzubrechen oder in seinen privaten Unterlagen zu schnüffeln.«

»Ob Sie dafür wohl die Zeit finden könnten?«

Brunetti konnte sich nicht erinnern, wann er das letztemal einem Kind ein Bonbon angeboten hatte, aber im Geiste sah er so ein ähnliches Lächeln vor sich, wie es jetzt auf Signorina Elettras Gesicht erblühte. »Nichts könnte mir größere Freude bereiten«, sagte sie, wobei ihn nur ihre Wortwahl überraschte, nicht die Antwort an sich. Sie stand so eilig auf, als könnte sie es kaum erwarten.

»Und Zambino?«

»Überhaupt nichts. Ich bin noch nie einem Menschen begegnet, dessen Geldgeschäfte so klar und...« Sie unterbrach sich und mußte nach dem richtigen Wort suchen. »So klar und so ehrlich sind«, sagte sie und vermochte ihr Erstaunen über den Klang des letzten Wortes nicht zu unterdrücken. »Noch nie.«

»Wissen Sie etwas über ihn?«

»Privat?« Brunetti nickte, aber statt zu antworten, fragte sie zurück: »Warum möchten Sie das wissen?«

»Aus keinem bestimmten Grund«, antwortete er, neugierig gemacht durch ihr offenkundiges Widerstreben. »Also, wissen Sie etwas?«

»Er ist ein Patient von Barbara.«

Brunetti überlegte. Er kannte Signorina Elettra gut genug, um sich darüber klar zu sein, daß sie niemals etwas preisgeben würde, das für ihre Begriffe unter Familiengeheimnisse fiel; und ihre Schwester war durch ihre ärztliche Schweigepflicht gebunden. Er ließ das Thema fallen. »Und beruflich?«

»Freunde von mir haben ihn schon engagiert.«

»Als Anwalt?«

»Ja.«

»Warum? Ich meine, in was für Angelegenheiten?«

»Erinnern Sie sich an den Überfall auf Lily?« fragte sie.

Brunetti erinnerte sich an den Fall, der ihn sprachlos vor Zorn gemacht hatte. Vor drei Jahren war Lily Vitale, eine Architektin auf dem Heimweg von der Oper überfallen worden. Es hatte wie ein Straßenraub begonnen, aber als schwere Körperverletzung geendet, bei der sie mehrere Faustschläge ins Gesicht bekommen und ein gebrochenes Nasenbein davongetragen hatte. Gestohlen hatte man ihr nichts; ihre Handtasche hatte unberührt neben ihr gelegen, als auf ihre Hilferufe hin die Leute aus den umliegenden Häusern gerannt kamen.

Ihr Angreifer wurde noch in derselben Nacht festgenommen und schnell als derjenige identifiziert, der schon mindestens drei andere Frauen in der Stadt zu vergewaltigen versucht hatte. Aber er hatte ihnen nie etwas gestohlen und war, wie sich herausstellte, gar nicht zu einer Vergewaltigung fähig, und so hatte er drei Monate Hausarrest bekommen, aber erst, nachdem seine Mutter und seine Freundin vor Gericht aufgetreten waren und ein Loblied auf seine

Tugend, seine Treue und seine Ehrenhaftigkeit gesungen hatten.

»Lily hat ihn dann auf Schadenersatz verklagt. Zambino war ihr Anwalt.«

Davon wußte Brunetti nichts. »Und?«

»Sie hat verloren.«

»Warum?«

»Weil der Mann ja nicht versucht hatte, sie zu berauben. Er hatte ihr nur das Nasenbein gebrochen, und das war für den Richter kein so schweres Verbrechen wie ein Handtaschendiebstahl. Er hat ihr nicht einmal Schmerzensgeld zugesprochen. Er meinte, der Hausarrest sei Strafe genug.«

»Und Lily?«

Signorina Elettra zuckte die Achseln. »Sie geht nicht mehr allein aus und kommt dadurch weniger unter die Leute.«

Der junge Mann saß zur Zeit im Gefängnis, weil er seine Freundin niedergestochen hatte, aber Brunetti glaubte nicht, daß dies für Lily etwas änderte oder daß es überhaupt etwas änderte.

»Wie hat Zambino es aufgenommen, daß er den Fall verloren hat?«

»Das weiß ich nicht. Lily hat nie darüber gesprochen.« Mehr sagte Signorina Elettra nicht; sie wandte sich vielmehr zum Gehen. »Ich muß mich auf die Suche begeben«, meinte sie, womit sie ihn daran erinnerte, daß es hier um Mitri ging, nicht um eine Frau, deren Mut gebrochen worden war.

»Ach ja, und vielen Dank. Ich glaube, ich werde mich einmal mit Avvocato Zambino unterhalten.«

»Wie Sie meinen, Commissario.« Sie ging zur Tür. »Aber glauben Sie mir, wenn einer eine reine Weste hat, dann er.« Da die Person, von der sie sprachen, Rechtsanwalt war, nahm Brunetti diese letzte Bemerkung so ernst wie das Gebrabbel der Irren vor dem Palazzo Boldù.

17

Er beschloß, Vianello nicht mitzunehmen, damit sein Besuch bei dem Anwalt hoffentlich einen inoffiziellen Charakter bekam, obwohl er andererseits nicht glaubte, daß ein Mann, der mit dem ganzen Justizwesen so vertraut war wie Zambino, sich von einer Uniform beeindrucken ließ. Gerade fiel ihm ein Satz von Chaucer ein, den Paola oft zitierte: »...und schien sogar beschäftigter, als er es wirklich war«, hieß es da über den Mann des Rechts, weshalb Brunetti es für besser hielt, vorher bei dem Anwalt anzurufen; das würde es ihm vielleicht ersparen, warten zu müssen, während der Advokat noch seiner Juristerei nachging.

Seine Sekretärin, oder wer auch immer sich am anderen Ende meldete, sagte ihm, Zambino werde in ungefähr einer halben Stunde frei sein und den Commissario empfangen können.

Die Kanzlei befand sich am Campo San Polo, so daß Brunetti den Vormittag nicht weit von zu Hause beenden konnte und damit reichlich Zeit für die Mittagspause hätte. Er rief Paola an, um ihr das zu sagen. Beide sprachen ausschließlich über die Zeit und das Essen.

Nach diesem Anruf ging Brunetti hinunter in den Bereitschaftsraum, wo Vianello an seinem Schreibtisch saß und die Morgenzeitung las. Als er Brunetti kommen hörte, schlug er sie zu.

»Irgendwas Neues?« fragte Brunetti. »Ich hatte noch keine Zeit, alles zu lesen.«

»Nein, das Interesse läßt nach, wohl weil es nicht mehr viel zu sagen gibt. Jedenfalls nicht, bevor wir jemanden festnehmen.«

Vianello wollte aufstehen, aber Brunetti sagte: »Nein, bleiben Sie nur sitzen, Sergente. Ich gehe zu Zambino. Allein.« Bevor Vianello dazu etwas sagen konnte, sprach Brunetti weiter: »Signorina Elettra will Mitris Finanzen etwas genauer durchleuchten, und da dachte ich, Sie möchten ihr dabei vielleicht gern zusehen.«

Vianello interessierte sich in letzter Zeit zunehmend dafür, wie Signorina Elettra mit Hilfe ihres Computers und vieler Freunde, die sie zum Teil nur über das Internet kannte, an Informationen herankam. Keinerlei nationale oder sprachliche Grenzen behinderten anscheinend mehr den freien Austausch von Informationen, von denen viele für die Polizei hochinteressant waren. Brunettis eigene Versuche, auf diesem Gebiet Schritt zu halten, waren kläglich gescheitert, und so freute er sich über Vianellos Begeisterung. Er wollte, daß noch jemand anderer in der Lage war, zu tun, was Signorina Elettra tat, oder wenigstens verstand, wie sie es machte, falls sie einmal ohne sie auskommen müßten. Noch während er das dachte, betete er stumm, daß es dahin nie kommen möge.

Vianello war mit dem Zusammenfalten der Zeitung fertig und legte sie auf den Schreibtisch. »Gern. Sie hat mir schon vieles gezeigt, aber ihr fällt immer noch etwas Neues ein, wenn es auf den normalen Wegen nicht klappt. Meine Kinder können es gar nicht fassen«, fuhr er fort. »Sie haben mich immer gehänselt, weil ich so wenig von dem verstand, was sie aus der Schule mit nach Hause brachten oder wovon sie redeten, aber jetzt kommen sie schon zu mir und fragen mich, wenn sie Probleme haben oder keinen *access* zu irgendwas bekommen.« Ja, Vianello beherrschte sogar schon die international übliche Terminologie.

Leicht irritiert von diesem kurzen Gespräch verließ Brunetti die Questura. Ein einzelner Kameramann stand draußen, aber mit dem Rücken zum Eingang, weil er sich gerade gegen den Wind eine Zigarette anzündete, und so kam Brunetti unbemerkt an ihm vorbei. Am Canal Grande angekommen, entschied er sich wegen des Windes gegen das *traghetto* und nahm den Weg über den Rialto-Markt. Beim Gehen achtete er nicht auf die Schönheit, die ihn auf allen Seiten umgab, sondern überlegte nur, was für Fragen er Avvocato Zambino stellen wollte. Nur einmal ließ er sich ablenken, als er an einem der Gemüsestände Pilze sah, die er für *porcini* hielt. Er hoffte, auch Paola würde sie sehen und sie ihnen vielleicht mit Polenta zum Mittagessen servieren.

Er ging mit raschen Schritten die Rughetta entlang, an seiner eigenen *calle* vorbei, durch die Unterführung und hinaus auf den *campo*. Die Bäume hatten ihre Blätter schon längst verloren, so daß der große Platz seltsam nackt und ungeschützt wirkte.

Die Anwaltskanzlei befand sich im ersten Stock des Palazzo Soranzo, und Brunetti war überrascht, als Zambino ihm persönlich die Tür öffnete.

»Ah, Commissario Brunetti. Sehr erfreut«, sagte der Anwalt und begrüßte Brunetti mit einem festen Händedruck. »Ich kann nicht sagen: ›Es freut mich, Sie kennenzulernen‹, denn wir kennen uns ja schon, aber ich freue mich, daß Sie zu mir gekommen sind und mit mir sprechen wollen.« Bei ihrem ersten Zusammentreffen hatte Brunetti sich fast ausschließlich auf Mitri konzentriert und den Anwalt nicht weiter beachtet.

Der Mann war klein und untersetzt, und seine Figur deutete auf gutes Essen und wenig Bewegung hin. Brunetti glaubte denselben Anzug zu erkennen, den er schon bei dem Gespräch mit Patta getragen hatte, aber ganz sicher war er sich nicht. Schütteres Haar bedeckte einen Schädel, der irritierend rund war; dasselbe konnte man von seinem Gesicht und den Wangen sagen. Er hatte die Augen einer Frau: dicht bewimpert, mandelförmig, kobaltblau und auffallend schön.

»Danke«, sagte Brunetti und wandte den Blick von dem Anwalt, um sich in dessen Vorzimmer umzusehen. Es war, wie er überrascht feststellte, ein betont schlichter Raum, wie er eher bei einem frisch niedergelassenen jungen Arzt zu erwarten gewesen wäre. Die Stühle hatten Metallrahmen, die Sitzflächen und Lehnen waren aus Plastik, das schlecht als Holz getarnt war. In der Mitte stand ein niedriger Tisch, auf dem ein paar alte Zeitschriften lagen.

Zambino führte ihn durch eine offene Tür in einen zweiten Raum, der offenbar sein Büro war. Hier waren die Wände mit Bücherregalen vollgestellt, und Brunetti erkannte juristische Kommentare, Fallstudien und die Gesetzestexte des italienischen Zivil- und Strafrechts. Die Regale reichten alle vom Boden bis zur Decke. Vier oder fünf Bücher lagen aufgeschlagen auf Zambinos Schreibtisch.

Während Brunetti auf einem der drei Stühle vor dem

Schreibtisch Platz nahm, ging Zambino zu seinem eigenen Stuhl und klappte die Bücher zu, nachdem er gewissenhaft kleine Papierschnipsel in jedes gesteckt hatte, dann legte er die Bücher auf einen Stapel und schob diesen beiseite.

»Um gleich zur Sache zu kommen, ich nehme an, daß Sie gekommen sind, um mit mir über Dottor Mitri zu sprechen«, begann Zambino. Brunetti nickte. »Gut. Wenn Sie mir dann sagen, was Sie wissen möchten, will ich versuchen, Ihnen zu helfen, so gut ich kann.«

»Sehr freundlich von Ihnen, Avvocato«, antwortete Brunetti überaus höflich.

»Das hat nichts mit Freundlichkeit zu tun, Commissario. Es ist meine Pflicht als Bürger und mein Wunsch als Anwalt, auf jede erdenkliche Weise dazu beizutragen, daß Sie Dottor Mitris Mörder finden.«

»Sie nennen ihn nicht Paolo, Avvocato?«

»Wen, Mitri?« fragte der Anwalt zurück, und als Brunetti nickte, antwortete er: »Nein. Dottor Mitri war ein Klient, kein Freund.«

»Gibt es einen Grund dafür, daß er kein Freund war?«

Zambino war schon zu lange Anwalt, um auf irgendeine Frage mit Überraschung zu reagieren, und antwortete ruhig: »Nein, es gibt dafür keinen Grund außer dem, daß wir nie etwas miteinander zu tun hatten, bevor er mich um Rat wegen des Vorfalls im Reisebüro gebeten hat.«

»Meinen Sie denn, er hätte Ihr Freund werden können?« erkundigte sich Brunetti.

»Darüber kann ich nicht spekulieren, Commissario. Ich habe einmal mit ihm telefoniert, mich hier in meiner Kanzlei mit ihm getroffen und bin dann mit ihm zum Vice-Questore gegangen. Das war der einzige Kontakt, den ich je mit ihm hatte, also kann ich nicht wissen, ob er mein Freund hätte werden können.«

»Aha«, sagte Brunetti. »Können Sie mir sagen, was er wegen des Vorfalls im Reisebüro, wie Sie das nennen, zu tun beschlossen hatte?«

»Sie meinen, hinsichtlich einer Klage?«

»Ja.«

»Nach dem Gespräch mit Ihnen und dann mit dem Vice-Questore habe ich ihm vorgeschlagen, Schadenersatz für das Schaufenster und den geschätzten Umsatzausfall für das Reisebüro zu fordern, an dem er ja prozentual beteiligt war.«

»War es schwer, ihn zu überreden, Avvocato?«

»Nein, überhaupt nicht«, antwortete Zambino, fast als hätte er diese Frage schon erwartet gehabt. »Ich möchte sogar behaupten, er hatte sich schon vor seinem Gespräch mit mir zu diesem Kurs entschieden und wollte sich seine Meinung nur noch von einem Anwalt bestätigen lassen.«

»Haben Sie irgendeine Ahnung, warum er sich dafür Sie ausgesucht hat?« fragte Brunetti.

Ein Mann, der sich seiner Position weniger gewiß gewesen wäre, hätte jetzt sicher gestutzt und sich erst einmal erstaunt darüber gegeben, daß jemand auch nur die Frage zu stellen wagte, warum man ihn zum Anwalt erwählte. Zambino aber sagte nur: »Nein, nicht die mindeste. Er hatte es sicher nicht nötig, zu einem wie mir zu kommen.«

»Meinen Sie damit, zu einem, der sich in erster Linie mit Handelsrecht befaßt, oder einem, der so angesehen ist wie Sie?«

Zambino lächelte, und das nahm Brunetti noch mehr für ihn ein.

»Das haben Sie schön gesagt, Commissario. Sie lassen mir kaum eine andere Möglichkeit, als mein eigenes Loblied zu singen.« Als er Brunettis Lächeln sah, fuhr er fort: »Wie gesagt, ich weiß es nicht. Kann sein, daß ein Bekannter von ihm mich empfohlen hat. Es könnte aber ebensogut sein, daß er meinen Namen rein zufällig aus dem Telefonbuch herausgesucht hat.« Bevor Brunetti den Einwand machen konnte, fügte Zambino schon selbst hinzu: »Obwohl ich eigentlich nicht glaube, daß Dottor Mitri der Mensch war, der seine Entscheidungen auf diese Weise traf.«

»Waren Sie denn lange genug mit ihm zusammen, um sich ein Urteil darüber zu bilden, was er für ein Mensch war, Avvocato?«

Zambino antwortete nach einigem Nachdenken: »Ich hatte den Eindruck, er war ein mit allen Wassern gewaschener Geschäftsmann und sehr auf Erfolg bedacht.«

»War es für Sie überraschend, daß er so ohne weiteres auf eine Klage gegen meine Frau zu verzichten bereit war?« Als Zambino nicht gleich antwortete, fuhr Brunetti fort: »Ich meine, mit einem Urteil zu seinen Ungunsten war ja auf keinen Fall zu rechnen. Sie hat die Verantwortung übernommen« – beiden Männern war sehr wohl bewußt, daß Brunetti das Wort »Schuld« vermied –, »das hat sie schon zu dem festnehmenden Polizisten gesagt. Mitri hätte sie also auf jede beliebige Summe verklagen können, und wahrscheinlich hätte er den Prozeß gewonnen.«

»Trotzdem hat er sich anders entschieden«, sagte Zambino.

»Was glauben Sie, warum?«

»Kann sein, daß er einfach keine Rachegelüste hatte.«

»Hatten Sie diesen Eindruck?«

Zambino überlegte. »Nein, eigentlich glaube ich, daß er die Rache sehr genossen hätte. Er war sehr, sehr wütend.« Bevor Brunetti dazu etwas sagen konnte, fuhr Zambino fort: »Und er war nicht nur wütend auf Ihre Frau, sondern auch auf den Geschäftsführer des Reisebüros, dem er ausdrücklich auferlegt hatte, diese Art von Tourismus um jeden Preis zu vermeiden.«

»Sextourismus?«

»Ja. Er hat mir die Durchschrift eines Briefes und des Vertrages gezeigt, den er vor drei Jahren an Signor Dorandi geschickt hat, und darin heißt es ausdrücklich, daß er sich auf so etwas nicht einlassen dürfe, andernfalls werde ihm die Pacht gekündigt. Ich bin mir nicht sicher, wie juristisch verbindlich dieser Vertrag gewesen wäre, wenn Dorandi ihn angefochten hätte – ich habe ihn nicht aufgesetzt –, aber ich glaube, man sieht daran, daß es Mitri Ernst damit war.«

»Waren dafür nach Ihrem Eindruck moralische Gründe ausschlaggebend?«

Zambino ließ sich mit der Antwort lange Zeit, als müßte er erst abwägen, inwieweit er gegenüber einem Klienten, der jetzt tot war, noch eine Verpflichtung hatte. »Nein. Ich glaube, ihm war nur klar, daß es geschäftlich unklug gewesen wäre. In einer Stadt wie Venedig kann Aufsehen solcher Art für ein Reisebüro verheerend sein. Nein, meiner Ansicht nach war das für ihn keine Frage der Moral, es war eine rein geschäftliche Entscheidung.«

»Ist es für Sie eine Frage der Moral, Avvocato?«

»Ja«, antwortete der Anwalt kurz und bündig, ohne erst überlegen zu müssen.

Brunetti ließ das Thema auf sich beruhen und fragte: »Wissen Sie, was er in bezug auf Dorandi vorhatte?«

»Ich weiß, daß er ihm einen Brief geschrieben hat, in dem er ihn an den Vertrag erinnerte und eine Erklärung zu den Reisen forderte, gegen die Ihre Frau protestiert hat.«

»Hat er diesen Brief abgeschickt?«

»Er hat ihn an Signor Dorandi gefaxt und dann noch per Einschreiben an ihn abgeschickt.«

Brunetti ließ sich das durch den Kopf gehen. Wenn Paolas Ideale als triftiger Grund für einen Mord gelten sollten, dann erst recht der drohende Verlust eines sehr lukrativen Geschäfts. »Es wundert mich noch immer, daß er sich an Sie gewandt hat, Avvocato.«

»Menschen tun seltsame Dinge, Commissario.« Der Anwalt lächelte. »Vor allem wenn sie sich genötigt sehen, sich mit der Justiz auseinanderzusetzen.«

»Nehmen Sie es bitte nicht persönlich, Avvocato, aber Geschäftsleute geben selten Geld für nichts und wieder nichts aus.« Und bevor Zambino es doch übelnehmen konnte, fügte Brunetti hinzu: »Denn in diesem Fall scheint mir ein Anwalt kaum vonnöten zu sein. Er brauchte dem Vice-Questore nur seine Bedingungen zu nennen, entweder telefonisch oder brieflich. Niemand hat den Bedingungen widersprochen. Trotzdem hat er sich einen Anwalt genommen.«

»Zu nicht unbeträchtlichen Kosten, wenn ich das hinzufügen darf«, sagte Zambino.

»Eben. Und verstehen Sie das?«

Zambino lehnte sich zurück und verschränkte die Hände hinter dem Kopf, wobei er einen stattlichen Bauch zur Schau stellte. »Ich halte das auch für ›*overkill*‹, wie die Amerikaner es nennen«, meinte er. Und noch immer mit Blick zur Decke fuhr er fort: »Ich glaube, er wollte keinen Zweifel daran aufkommen lassen, daß auf seine Forderungen einzugehen war, daß Ihre Frau seine Bedingungen zu akzeptieren hatte und die Sache damit erledigt sein sollte.«

»Erledigt?«

»Ja.« Der Anwalt beugte sich wieder vor, legte die Arme auf den Schreibtisch und sagte: »Ich hatte das starke Gefühl, daß er die Sache ohne Ärger und öffentliches Aufsehen hinter sich bringen wollte. Letzteres war ihm vielleicht sogar das Wichtigere. Einmal habe ich ihn gefragt, was er denn tun wolle, wenn Ihre Frau, die ja offenbar aus Überzeugung gehandelt hat, es ablehne, den Schaden zu ersetzen; ob er dann eine Klage in Betracht ziehe. Er sagte, nein. Und in diesem Punkt ließ er auch nicht mit sich reden. Ich sagte ihm, er könne den Prozeß gar nicht verlieren, und trotzdem wollte er absolut nichts davon wissen.«

»Das heißt, wenn meine Frau sich zu zahlen geweigert hätte, wäre er nicht einmal gerichtlich gegen sie vorgegangen?«

»Genau das heißt es.«

»Und das sagen Sie mir, obwohl Sie wissen, daß sie es sich immer noch anders überlegen und die Zahlung verweigern kann?«

Zambino sah auf, und zum erstenmal wirkte er überrascht. »Natürlich.«

»Obwohl Sie wissen, daß ich es ihr weitererzählen und ihre Entscheidung damit beeinflussen könnte?«

Zambino lächelte wieder. »Commissario, ich stelle mir vor, daß Sie, bevor Sie hierherkamen, sehr viel Zeit aufgewendet haben, um über mich und meinen Ruf in der Stadt soviel wie möglich zu erfahren.« Ehe Brunetti das zugeben oder abstreiten konnte, fuhr der Anwalt fort: »Ich habe umgekehrt dasselbe getan, wie es jeder täte. Und was ich erfahren habe, sagt mir, daß ich Ihnen das alles beruhigt erzählen kann, weil keine Gefahr besteht, daß Sie es Ihrer Frau weitersagen oder aufgrund dieses Wissens versuchen könnten, sie in irgendeiner Weise zu beeinflussen.«

Verlegenheit hielt Brunetti davon ab, dies ausdrücklich zu bestätigen. Er nickte nur und fragte dann: »Haben Sie Mitri gefragt, warum es ihm so wichtig war, jedes öffentliche Aufsehen zu vermeiden?«

Zambino schüttelte den Kopf. »Ich gebe zu, es hätte mich interessiert, aber es gehörte nicht zu meinen Aufgaben, das herauszubekommen. Das Wissen hätte mir als seinem Anwalt nichts genützt, und als Anwalt hat er mich schließlich bezahlt.«

»Aber Sie haben sich Ihre Gedanken darüber gemacht?«

Wieder dieses Lächeln. »Natürlich, Commissario. Es schien so gar nicht zu dem Mann zu passen, wie ich ihn sah: reich, mit guten Beziehungen ausgestattet und, wenn Sie so wollen, mächtig. Solchen Leuten gelingt es für gewöhnlich, alles zu vertuschen, selbst die schlimmsten Sachen. Und hier war er ja nicht einmal selbst verantwortlich, oder?«

Brunetti schüttelte schweigend den Kopf und wartete, was der Anwalt noch zu sagen hatte.

»Es bedeutete also, daß er entweder aus ethischen Erwägungen die Umtriebe der Reiseagentur für unrecht hielt – und diese Möglichkeit hatte ich ja schon ausgeschlossen – oder daß es einen anderen Grund persönlicher oder geschäftlicher Art gab, warum er jedes negative Aufsehen und das damit verbundene nähere Hinsehen vermeiden wollte oder mußte.«

Diesen Schluß hatte Brunetti auch schon gezogen, und er war froh, ihn von jemandem bestätigt zu bekommen, der Mitri gekannt hatte. »Und haben Sie sich schon überlegt, was das sein könnte?«

Diesmal lachte Zambino aus vollem Hals. Das Spielchen begann ihm Spaß zu machen. »Wenn wir in einem anderen Jahrhundert lebten, würde ich sagen, er fürchtete für seinen guten Namen. Aber da sich den jetzt jeder auf dem freien Markt kaufen kann, sage ich, er fürchtete, daß bei solch genauerem Hinsehen etwas an den Tag kommen könnte, was er lieber versteckt halten wollte.«

Wieder waren die Gedanken des Anwalts mit denen Brunettis spiegelgleich. »Haben Sie eine Ahnung?«

Zambino zögerte lange, bevor er antwortete. »Ich fürchte, jetzt wird es für mich knifflig, Commissario. Obwohl der Mann tot ist, bin ich ihm als Anwalt nach wie vor verpflichtet und kann es mir nicht erlauben, die Polizei auf etwas aufmerksam zu machen, was ich weiß oder möglicherweise auch nur vermute.«

Brunetti spitzte sofort die Ohren. Er überlegte schon, was Zambino womöglich wußte und wie er es ihm entlocken könnte, aber bevor er sich auch nur die erste Frage zurechtlegen konnte, fuhr der andere schon fort: »Wenn ich

Ihnen damit Zeit sparen kann, Commissario, sage ich Ihnen besser gleich – und zwar ganz unter uns –, daß ich keine Ahnung habe, was da in ihm vorgegangen sein könnte. Er hat mit mir über keine seiner anderen Angelegenheiten gesprochen, nur über diesen Fall. Ich weiß also gar nichts, aber ich wiederhole, selbst wenn ich etwas wüßte, würde ich Ihnen nichts davon sagen.«

Brunetti setzte sein offenherzigstes Lächeln auf, während er sich fragte, wieviel von dem, was er soeben gehört hatte, wohl der Wahrheit entsprach. Mit den Worten: »Sie haben mir sehr großzügig Ihre Zeit gewidmet, Avvocato, und ich will nicht noch mehr davon in Anspruch nehmen«, stand er auf und wandte sich zur Tür.

Zambino kam ihm nach. »Ich hoffe, Sie können den Fall aufklären, Commissario«, sagte er auf dem Weg nach draußen. Er streckte die Hand aus, und Brunetti nahm sie mit allen Anzeichen der Herzlichkeit, während er noch immer darüber nachgrübelte, ob dieser Anwalt einfach ein ehrlicher Mensch oder ein sehr geschickter Lügner war.

»Das hoffe ich auch, Avvocato«, sagte er abschließend und machte sich auf den Heimweg zu seiner Frau.

18

Schon den ganzen Tag spukte in Brunettis Hinterkopf das Wissen herum, daß er und Paola heute zum Abendessen eingeladen waren. Seit jenem Ereignis, das Brunetti um keinen Preis »ihre Festnahme« nennen wollte, hatten beide es vermieden, Einladungen anzunehmen oder auszusprechen, aber dieser Abend war schon vor Monaten verabredet worden, weil Paolas bester Freund und engster Verbündeter an der Universität, Giovanni Morosini, seinen fünfundzwanzigsten Hochzeitstag feierte, und sie konnten sich da nicht mit Anstand herausreden. Giovanni war derjenige gewesen, der zweimal Paolas Karriere gerettet hatte: einmal, indem er einen Brief von Paola an den Magnifico Rettore vernichtete, in dem sie ihn einen machthungrigen Nichtskönner genannt hatte, das zweite Mal, indem er sie überredete, ihren Kündigungsbrief an denselben Rektor nicht abzuschicken.

Giovanni lehrte an der Universität italienische Literatur, seine Frau Kunstgeschichte an der Accademia di Belle Arti, und die vier waren im Lauf der Jahre gute Freunde geworden. Da die anderen drei den größten Teil ihres Berufslebens mit Büchern verbrachten, fühlte Brunetti sich in ihrer Gesellschaft manchmal etwas unbehaglich, weil er überzeugt war, daß sie die Künste ernster nahmen als das Alltagsleben. Aber die Zuneigung der Morosinis zu Paola stand außer Frage, und so hatte Brunetti zugestimmt, die Einladung anzunehmen, zumal Clara noch anrief und klarstellte, daß sie nicht in ein Restaurant gehen, sondern zu Hause essen würden. In der Öffentlichkeit hielt Brunetti sich sowieso nicht gern auf, schon gar nicht, solange Paolas rechtliche Situation nicht geklärt war.

Paola sah keinen Grund, ihre Lehrveranstaltungen an der Universität abzusagen, also kam sie um fünf nach Hause. Damit hatte sie noch Zeit, das Essen für die Kinder vorzubereiten, ein Bad zu nehmen und sich fertigzumachen, bevor Brunetti kam.

»Du bist schon umgezogen?« fragte er, als er in die Wohnung trat und sie in einem kurzen Kleid sah, das auf ihn den Eindruck machte, als wäre es aus Blattgold. »Das habe ich ja noch nie gesehen«, fügte er hinzu, während er seinen Mantel aufhängte.

»Und?« fragte sie.

»Es gefällt mir«, meinte er, »besonders die Schürze.«

Sie blickte überrascht an sich hinunter, aber bevor sie sich darüber ärgern konnte, daß er sie gefoppt hatte, drehte er sich um und ging in ihrer beider Schlafzimmer. Sie ging wieder in die Küche und band sich dort wirklich eine Schürze um, während er im Schlafzimmer seinen dunkelblauen Anzug anlegte.

Während er noch seinen Hemdkragen unter dem Jackett geradezog, ging er in die Küche. »Wann sollen wir da sein?«

»Um acht.«

Brunetti schob seine Manschette hoch und sah auf die Uhr. »Aufbruch in zehn Minuten?« Paola, den Kopf über einen Topf gebeugt, brummelte nur etwas zur Antwort. Brunetti bedauerte, daß kaum mehr Zeit für ein Gläschen Wein blieb. »Weißt du, wer sonst noch kommt?« fragte er.

»Nein.«

»Hm«, machte Brunetti. Er öffnete die Kühlschranktür und nahm eine Flasche Pinot Grigio heraus, schenkte sich ein halbes Glas ein und trank.

Paola setzte den Deckel wieder auf den Topf und stellte die Gasflamme ab. »Das wäre soweit«, sagte sie. »Damit die beiden uns nicht verhungern.« Dann zu ihm: »Stört dich das?«

»Daß wir nicht wissen, wer sonst noch eingeladen ist?«

Statt darauf zu antworten, fragte sie zurück: »Erinnerst du dich an diese Amerikaner?«

Brunetti stellte seufzend sein Glas ins Spülbecken. Ihre Blicke trafen sich, und beide lachten. »Die Amerikaner« waren zwei Gastprofessoren aus Harvard gewesen, die Morosini vor zwei Jahren einmal eingeladen hatte, Assyriologen, die den ganzen Abend nur miteinander gesprochen und sich dabei so betrunken hatten, daß man sie mit einem Taxi nach Hause schicken mußte. Die Rechnung dafür hatte am nächsten Morgen im Briefkasten der Morosinis gesteckt.

»Hast du überhaupt gefragt?« erkundigte sich Brunetti.
»Wer kommt?«
»Ja.«
»Konnte ich doch nicht«, antwortete Paola, und als sie sah, daß er nicht überzeugt war, fügte sie hinzu: »So was kann man nicht machen, Guido. Ich jedenfalls nicht. Und was hätte ich tun sollen, wenn es irgendwelche unmöglichen Leute gewesen wären? Sagen, ich sei krank?«

Er zuckte die Achseln und dachte an die Abende, die er schon als Gefangener der allumfassenden Toleranz und vielgestaltigen Freundschaften der Morosinis verbracht hatte.

Paola holte ihren Mantel und zog ihn an, bevor er ihr dabei helfen konnte. Zusammen verließen sie die Wohnung und schlugen die Richtung nach San Polo ein. Sie überquerten den *campo,* gingen über eine Brücke und bogen in eine schmale *calle* zur Rechten ein. Kurz dahinter gingen sie auf die rechte Seite hinüber und klingelten bei den Morosinis. Die Tür klickte fast augenblicklich auf, und sie stiegen zum *piano nobile* hinauf, wo Giovanni Morosini schon in der offenen Tür zu seiner Wohnung stand, aus der ein Stimmengewirr herausdrang.

Morosini war groß und trug noch immer den Bart, den er sich als wilder 68er Student hatte wachsen lassen. Der Bart war im Lauf der Jahre grau geworden, und Morosini behauptete oft im Scherz, es sei ihm mit seinen Idealen und Prinzipien ebenso ergangen. Er war etwas größer und ein beachtliches Stück breiter als Brunetti, so daß er die ganze Türöffnung auszufüllen schien. Er begrüßte Paola mit Küßchen auf beide Wangen und schüttelte Brunetti herzlich die Hand.

»Willkommen, ihr beiden. Kommt herein und laßt euch etwas zu trinken geben«, sagte er, wobei er ihnen die Mäntel abnahm und sie in einen Schrank neben der Tür hängte. »Clara ist in der Küche, aber ich möchte euch gern mit ein paar Leuten bekannt machen.« Wie immer staunte Brunetti über die Gegensätzlichkeit zwischen der Größe des Mannes und seiner leisen Stimme, die kaum mehr als ein Flüstern war, als fürchtete er ständig, belauscht zu werden.

Er machte Platz, damit sie eintreten konnten, und ging ihnen über den Flur voran in den großen *salotto,* von dem aus man in alle anderen Zimmer gelangte. In einer Ecke standen vier Leute, und Brunetti fiel sofort auf, wie sehr zwei von ihnen miteinander verheiratet wirkten und wie wenig die beiden anderen.

Alle drehten sich um, als sie die Neuankömmlinge hörten, und Brunetti sah die Augen der nicht verheiratet aussehenden Frau aufblitzen, als ihr Blick auf Paola fiel. Es war nicht schön anzusehen.

Morosini führte sie um eine niedrige Couch herum zu den anderen. »Paola und Guido Brunetti«, begann er. »Darf ich vorstellen, Dottor Klaus Rotgeiger, ein Freund, der auf der anderen Seite des *campo* wohnt, und seine Frau Bettina.« Die beiden, die nach Ehepaar aussahen, stellten ihre Gläser hinter sich auf den Tisch, drehten sich wieder um und streckten die Hände aus. Ihr Händedruck war ebenso herzlich wie vorhin der von Morosini. Sie äußerten die üblichen Nettigkeiten auf italienisch mit leichtem Akzent. Brunetti fiel auf, wie ähnlich sie einander im Körperbau waren, wie ähnlich auch ihr klarer Blick.

»Und«, fuhr Morosini fort, »Dottoressa Filomena Santa Lucia und ihr Mann Luigi Bernardi.« Die Angesprochenen stellten ihre Gläser neben die der anderen und streckten ebenfalls die Hände aus. Dieselben Nettigkeiten. Nur spürte Brunetti diesmal ein gewisses Zögern bei den beiden, ihre Hände allzulange mit denen der Fremden in Kontakt zu lassen. Er merkte auch, daß beide, obwohl sie mit ihm wie mit Paola sprachen, viel mehr Augen für Paola hatten. Die Frau hatte dunkle Augen und verriet mit ihrem ganzen Gehabe, daß sie zu denen gehörte, die sich für weitaus schöner halten, als sie sind. Der Mann sprach mit dem tonlosen R der Milanesen.

Von hinten rief Claras Stimme: »*A tavola, a tavola, ra-*

gazzi«, und Giovanni führte sie ins angrenzende Zimmer, wo ein großer ovaler Tisch parallel zu einer Reihe hoher Fenster stand, aus denen man zu den Häusern auf der gegenüberliegenden Seite des *campo* blickte.

Jetzt kam Clara aus der Küche, den Kopf eingehüllt in eine Dampfwolke aus der Terrine, die sie vor sich hertrug wie eine Opfergabe. Brunetti roch Anchovis und Broccoli und merkte, daß er Hunger hatte.

Während der Vorspeise drehten die Gespräche sich um Allgemeines, ein vorsichtiges Abtasten, wie es immer stattfindet, wenn acht Leute, die ihre jeweiligen Vorlieben nicht kennen, herauszufinden versuchen, welche Themen auf Interesse stoßen. Brunetti fiel dabei wieder einmal auf, wie schon so oft in den letzten Jahren, daß nicht über Politik gesprochen wurde. Er wußte nicht recht, ob sich dafür niemand mehr interessierte oder ob sie einfach ein zu heißes Eisen war, um Fremde da heranzulassen. Aber aus welchem Grund auch immer, jedenfalls war die Politik der Religion in jenen Gulag gefolgt, in den sich hineinzubegeben niemand mehr wagte oder Lust hatte.

Dottor Rotgeiger erklärte gerade in einem Italienisch, das Brunetti recht gut fand, mit welchen Schwierigkeiten er beim Ufficio Stranieri zu kämpfen habe, wenn er seine Aufenthaltsgenehmigung für Venedig um ein Jahr verlängern wolle. Jedesmal werde er von selbsternannten »Agenten« angegangen, die sich zwischen den Wartenden herumtrieben und behaupteten, sie könnten helfen, den Papierkrieg abzukürzen.

Brunetti ließ sich eine zweite Portion Pasta auftun und schwieg.

Als der Fisch aufgetragen wurde – ein riesiger gedünsteter Seebarsch, der mindestens einen halben Meter lang gewesen sein mußte –, war die Gesprächsführung inzwischen auf Dottoressa Santa Lucia übergegangen, die als Kultur-Anthropologin gerade von einer Forschungsreise nach Indonesien zurückgekehrt war, wo sie ein Jahr lang familiäre Machtstrukturen studiert hatte.

Obwohl sie ihre Worte an alle um den Tisch richtete, merkte Brunetti, daß sie dabei die ganze Zeit Paola ansah. »Man muß verstehen«, sagte sie, nicht direkt lächelnd, aber mit dem selbstzufriedenen Gesicht derer, die in der Lage sind, die Feinheiten einer fremdartigen Kultur zu begreifen, »daß die ganze Familienstruktur auf die Bewahrung derselben ausgerichtet ist. Das heißt, es muß alles getan werden, um die Familie intakt zu halten, selbst wenn es bedeutet, daß ihre unbedeutendsten Mitglieder geopfert werden.«

»Und wer bestimmt das?« fragte Paola, während sie eine winzige Gräte aus ihrem Mund nahm und sie übertrieben vorsichtig auf den Tellerrand legte.

»Das ist eine sehr interessante Frage«, sagte Dottoressa Santa Lucia in genau dem Ton, in dem sie wahrscheinlich ihren Studenten zum hundertsten Mal dasselbe erklärte. »Aber ich glaube, dies ist einer der wenigen Fälle, in denen sich die gesellschaftlichen Vorstellungen dieser sehr komplexen und hochstehenden Kultur mit unserer eher vereinfachenden Sicht vertragen.« Sie legte eine kleine Pause ein und wartete, ob jemand um Erläuterung bat.

Bettina Rotgeiger tat ihr den Gefallen. »Inwiefern vertragen?«

»Insofern, als wir uns darüber einig sind, wer das ist, die

unbedeutendsten Mitglieder der Gesellschaft.« Nach diesen Worten hielt die Dottoressa erneut inne, und als sie sah, daß ihr die ganze Tischgesellschaft zuhörte, nippte sie an ihrem Weinglas, während die anderen auf ihre Antwort warteten.

»Lassen Sie mich raten«, sprach Paola lächelnd dazwischen, das Kinn auf die Hand gestützt, den Fisch vergessend. »Die jungen Mädchen?«

Nach einer kurzen Pause sagte Dottoressa Santa Lucia: »Genau«, ohne sich anmerken zu lassen, ob sie sich darüber ärgerte, daß jemand ihr den Clou gestohlen hatte. »Finden Sie das vielleicht merkwürdig?«

»Nicht im mindesten«, antwortete Paola, lächelte noch einmal und wandte sich wieder ihrem Seebarsch zu.

»Ja«, fuhr die Anthropologin fort, »in gewissem Sinne und nach den vorhandenen gesellschaftlichen Normen sind sie entbehrlich, wenn man zum einen bedenkt, daß von ihnen mehr geboren werden, als die meisten Familien ernähren können, und daß zum anderen männlicher Nachwuchs viel wünschenswerter ist.« Sie warf einen Blick in die Runde, um zu sehen, wie das ankam, bevor sie mit deutlich zur Schau gestellter Sorge, sie könne womöglich irgend jemandes starre abendländische Empfindlichkeit verletzt haben, hastig hinzufügte: »Natürlich ganz aus ihrer Vorstellungswelt heraus. Wer anders soll schließlich für die alt gewordenen Eltern sorgen?«

Brunetti nahm die Flasche Chardonnay und beugte sich über den Tisch, um Paolas Glas nachzufüllen, dann goß er sich selbst ein. Ihre Blicke trafen sich; sie lächelte kaum merklich und nickte ihm noch unmerklicher zu.

»Ich halte es für unbedingt notwendig, daß wir diese

Frage mit ihren Augen betrachten und versuchen, uns damit so auseinanderzusetzen wie sie, wenigstens soweit unsere eigenen kulturellen Vorurteile es uns gestatten«, verkündete Dottoressa Santa Lucia und erklärte dann in einem mehrminütigen Vortrag, wie wichtig es für uns sei, unsere Sichtweise so zu erweitern, daß wir kulturelle Unterschiede hinnehmen und ihnen den Respekt zollen könnten, den sie schon deshalb verdienten, weil sie sich in Jahrtausenden so entwickelt hätten, daß sie den speziellen Bedürfnissen der jeweiligen Gesellschaft gerecht würden.

Nach einer Weile – Brunetti schätzte, daß es ungefähr so lange dauerte, wie er brauchte, um sein frisch gefülltes Glas Wein auszutrinken und seine Portion Kartoffeln aufzuessen – kam sie zum Schluß und ergriff lächelnd ihr Glas, als wartete sie, daß ihre dankbaren Studenten ans Podium kamen, um ihr zu sagen, wie erhellend ihr Vortrag gewesen sei. Aber das Schweigen dehnte und dehnte sich, bis Paola es endlich brach, indem sie sagte: »Komm, Clara, ich helfe dir, das Geschirr abzuräumen.« Brunetti war nicht der einzige, der erleichtert aufseufzte.

Später auf dem Heimweg fragte Brunetti: »Warum hast du sie so davonkommen lassen?«

Paola zuckte die Achseln.

»Sag's mir doch. Warum?«

»Zu simpel«, meinte Paola wegwerfend. »Es war von Anfang an klar, daß sie mich nur dazu bringen wollte, darüber zu reden, warum ich es getan habe. Wozu hätte sie sonst diesen ganzen Unsinn über entbehrliche Mädchen aufs Tapet gebracht?«

Brunetti ging neben ihr, ihren Ellbogen fest in seiner Armbeuge. Er nickte. »Vielleicht glaubt sie ja daran.« Sie gingen ein paar Schritte weiter und dachten darüber beide nach, bis er sagte: »Ich kann solche Frauen nicht ausstehen.«

»Was für Frauen?«

»Die keine Frauen mögen.« Sie gingen wieder ein paar Schritte weiter. »Kannst du dir vorstellen, wie es in ihren Vorlesungen zugeht?« Bevor Paola darauf antworten konnte, fuhr er fort: »Sie ist von allem, was sie sagt, so überzeugt, so vollkommen sicher, daß sie die einzige Wahrheit gepachtet hat.« Er schwieg kurz. »Und stell dir vor, wie es ist, so jemanden in seinem Prüfungsausschuß zu haben. Du brauchst nur in einem Punkt anderer Meinung zu sein als sie, schon bist du durchgefallen.«

»Wer will sich schon in Kultur-Anthropologie prüfen lassen?« warf Paola ein.

Er lachte laut, ganz ihrer Meinung. Als sie in ihre *calle* einbogen, verlangsamte er seine Schritte, blieb dann stehen und drehte sie zu sich. »Danke, Paola«, sagte er.

»Wofür?« fragte sie mit Unschuldsmiene.

»Daß du die Schlacht vermieden hast.«

»Die hätte doch nur damit geendet, daß sie mich gefragt hätte, warum ich mich habe festnehmen lassen, und ich glaube nicht, daß sie zu denen gehört, mit denen ich darüber reden möchte.«

»Diese dumme Kuh«, brummelte Brunetti.

»Das war eine sexistische Äußerung«, bemerkte Paola.

»Ja, genau.«

19

Nach diesem Ausflug ins Gesellschaftsleben war beiden der Appetit auf dergleichen vergangen, und sie kehrten zu ihrer Strategie zurück, keinerlei Einladungen anzunehmen. Und wenn auch Paola und er darunter litten, Abend für Abend zu Hause bleiben zu müssen, und Raffi ihr ständiges Daheimsein schon mit ironischen Bemerkungen kommentierte, fand Chiara es einfach herrlich, sie allabendlich für sich zu haben, und ließ es sich nicht nehmen, sie zu Kartenspielen zu animieren, mit ihnen einen Tierfilm nach dem anderen im Fernsehen anzugucken und sogar ein Monopoly-Turnier zu veranstalten, das sich bis ins neue Jahr auszudehnen drohte.

Paola ging täglich in die Universität und Brunetti in die Questura. Zum erstenmal in ihrem Berufsleben waren beide froh über die Berge von Papierkram, mit denen der byzantinische Staat, für den sie beide arbeiteten, sie eindeckte.

Wegen Paolas Verwicklung in den Fall ging Brunetti nicht zu Mitris Beerdigung, was er normalerweise getan hätte. Zwei Tage danach nahm er sich noch einmal die Berichte des Labors und der Spurensicherung zu dem Fall sowie Rizzardis vierseitigen Autopsiebericht vor. Er brauchte dafür einen großen Teil des Vormittags und fragte sich am Ende, warum er eigentlich in seinem beruflichen wie privaten Leben soviel Zeit darauf verwandte, immer wieder dieselben Dinge durchzugehen. Während seines vorübergehenden Exils von der Questura hatte er Gibbon zu Ende gelesen und beschäftigte sich zur Zeit mit Herodot, und für die Zeit danach hatte er schon die Ilias bereitliegen. Alle diese Tode, alle diese gewaltsam verkürzten Leben.

Er nahm den Autopsiebericht und ging damit hinunter zu Signorina Elettra, die ihm wieder einmal als das reine Gegengift zu allem erschien, worüber er gerade nachgedacht hatte. Ihr Blazer war so rot, wie er noch keinen gesehen hatte, und an ihrer weißen Seidenbluse war der oberste Knopf offen. Sonderbarerweise tat sie gerade nichts, als er in ihr Zimmer kam, sondern saß nur an ihrem Schreibtisch, das Kinn auf die Hand gestützt, und starrte durchs Fenster zur Kirche San Lorenzo hinüber, von der man in der Ferne ein Eckchen sehen konnte.

»Ist alles in Ordnung, Signorina?« fragte er, als er sie so dasitzen sah.

Sie richtete sich auf und lächelte. »Natürlich, Commissario. Ich habe nur über ein Gemälde nachgedacht.«

»Ein Gemälde?«

»Mhm«, machte sie, stützte das Kinn wieder auf die Hand und sah erneut aus dem Fenster.

Brunetti drehte sich um und folgte ihrem Blick, als glaubte er, das fragliche Bild dort sehen zu können, doch er sah nur das Fenster und die Kirche dahinter. »Welches?« fragte er.

»Das im Museo Correr, die Kurtisanen mit ihren Hündchen.«

Er kannte das Bild, wußte aber nie, wer es gemalt hatte. Darauf saßen die Damen ebenso geistesabwesend und gelangweilt da wie Signorina Elettra bei seinem Eintreten und blickten zur Seite, als interessierten sie sich nicht für das Leben, das sie umfing.

»Und was ist damit?«

»Ich weiß nie so recht, ob es wirklich Kurtisanen oder nur reiche Damen aus jener Zeit sind, die es so langweilt, alles zu besitzen und tagein, tagaus nichts zu tun zu haben, daß sie nur dasitzen und in die Gegend stieren können.«

»Wie kommen Sie darauf?«

»Ach, ich weiß nicht«, antwortete sie achselzuckend.

»Langweilen Sie sich hier?« fragte er und deutete auf das kleine Büro und alles, was damit einherging. Er hoffte sehr auf ein Nein von ihr.

Sie wandte den Kopf und sah zu ihm auf. »Soll das ein Witz sein, Commissario?«

»Nein, keineswegs. Warum fragen Sie?«

Sie sah ihm eine ganze Weile ins Gesicht, bevor sie antwortete: »Nein, ich langweile mich hier überhaupt nicht. Ganz im Gegenteil.« Brunetti wunderte sich gar nicht darüber, wie froh ihn diese Antwort machte. Nach einer kleinen Pause fügte sie hinzu: »Obwohl ich nie so genau weiß, welche Stellung ich hier eigentlich habe.«

Brunetti verstand nicht, was sie damit meinte. Offiziell war sie die Sekretärin des Vice-Questore. Außerdem sollte sie zeitweise noch Brunetti und einem anderen Commissario als Sekretärin zur Verfügung stehen, aber sie hatte für beide noch nie einen Brief oder auch nur eine Aktennotiz geschrieben. »Sie meinen sicher Ihre wirkliche Stellung im Unterschied zu Ihrer offiziellen?« fragte er.

»Ja, natürlich.«

Brunetti hatte während dieses Gesprächs die Hand mit

dem Bericht sinken lassen. Jetzt hob er sie wieder, streckte die Mappe ein Stückchen zu ihr hinüber und sagte: »Ich finde, daß Sie unsere Augen, unsere Nase und der lebendige Geist unserer Neugier sind, Signorina.«

Sie hob den Kopf und belohnte ihn mit ihrem strahlendsten Lächeln. »Wäre schön, so etwas in meiner Stellenbeschreibung zu lesen, Commissario.«

»Ich halte es für das beste«, antwortete Brunetti, wobei er mit der Mappe zu Pattas Tür deutete, »wir rühren nicht an Ihrer Stellenbeschreibung, wie sie geschrieben steht.«

»Aha«, war alles, was sie dazu sagte, aber ihr Lächeln wurde noch herzlicher.

»Und machen uns keine Gedanken darüber, als was wir die Hilfe bezeichnen, die Sie für uns sind.«

Signorina Elettra streckte die Hand nach der Mappe aus, und Brunetti gab sie ihr. »Ich habe überlegt, ob es nicht möglich wäre, einmal nachzuprüfen, ob diese Mordmethode schon früher angewandt wurde, und wenn ja, von wem und an wem.«

»Die Garrotte?«

»Ja.«

Sie schüttelte ein wenig unwirsch den Kopf. »Wenn ich nicht so damit beschäftigt gewesen wäre, mich selbst zu bedauern, hätte ich von mir aus darauf kommen müssen«, sagte sie. Dann fragte sie rasch: »In ganz Europa oder nur Italien, und wie weit zurück?«

»Fangen Sie mit Italien an, und wenn Sie da nichts finden, gehen Sie weiter, zuerst nach Süden.« In Brunettis Augen war das eine mediterrane Mordmethode. »Gehen Sie fünf

Jahre zurück. Dann zehn, wenn Sie noch nichts gefunden haben.«

Sie drehte sich um und schaltete ihren Computer ein, und Brunetti wurde plötzlich klar, wie sehr das Gerät für ihn schon zu einer Verlängerung ihres Gehirns geworden war. Er lächelte und ging, und dabei fragte er sich, ob das nun wieder ein sexistisches Verhalten von ihm war oder ob es sie in seinen Augen herabsetzte, wenn er sie als eine Einheit mit ihrem Computer betrachtete. Auf der Treppe mußte er lachen, aus vollem Hals, als ihm bewußt wurde, was das Leben an der Seite einer Zelotin aus einem Mann machen konnte, und er sich gleichzeitig voll Freude klarwurde, daß es ihm völlig egal war.

Als er nach oben kam, stand Vianello vor seiner Tür und wartete offensichtlich auf ihn. »Kommen Sie rein, Sergente. Was gibt's?«

Der Sergente folgte ihm ins Zimmer. »Iacovantuono«, sagte er. Als Brunetti nicht reagierte, fuhr er fort: »Die in Treviso haben sich umgehört.«

»Wonach?« fragte Brunetti, wobei er Vianello zu einem Stuhl winkte.

»Nach seinen Freunden.«

»Und seiner Frau?« fragte Brunetti. Einen anderen Grund konnte Vianellos Besuch nicht haben.

Der Sergente nickte.

»Und?«

»Es scheint, daß die Frau, die bei uns angerufen hat, recht hatte, obwohl man sie noch nicht gefunden hat. Die beiden hatten viel Streit.« Brunetti hörte schweigend zu. Vianello fuhr fort: »Eine Frau aus dem Nachbarhaus sagt, er hat sie geschlagen, und einmal war sie sogar im Krankenhaus.«

»Stimmt das?«

»Ja. Sie war im Bad gestürzt – so hat sie es jedenfalls erzählt.« Beide hatten schon viele Frauen so etwas sagen hören.

»Wurden die Zeiten geprüft?« fragte er, ohne das näher erklären zu müssen.

»Der Mann hat sie um zwanzig vor zwölf auf der Treppe gefunden. Iacovantuono ist kurz nach elf zur Arbeit erschienen.« Bevor Brunetti etwas sagen konnte, fuhr Vianello fort: »Nein, keiner weiß, wie lange sie da schon gelegen hatte.«

»Wer hat die Fragen gestellt?«

»Der, mit dem wir gesprochen haben, als wir das erstemal dort waren. Negri. Als ich ihm von dem Anruf bei uns erzählte, sagte er mir, er hätte schon angefangen, die Nachbarn auszufragen. Das ist bei denen auch Routine. Ich habe ihm gesagt, daß wir diesen Anruf für fingiert halten.«

»Und?«

Vianello zuckte die Achseln. »Niemand hat ihn zur Arbeit gehen sehen. Keiner weiß genau, wann er dort angekommen ist. Keiner weiß, wie lange sie da schon lag.«

Obwohl viel passiert war, seit Brunetti den Mann zuletzt gesehen hatte, konnte er das Gesicht des *pizzaiolo* noch deutlich vor sich sehen, diese von Leid getrübten Augen. »Da können wir nichts machen«, meinte er schließlich.

»Ich weiß. Ich dachte nur, Sie wüßten gern Bescheid.«

Brunetti dankte mit einem Nicken, und Vianello ging wieder nach unten.

Eine halbe Stunde später klopfte Signorina Elettra an seine Tür. Sie kam herein, in der rechten Hand ein paar Blätter Papier.

»Bringen Sie mir, was ich vermute?« fragte er.

Sie nickte. »In den letzten sechs Jahren hat es drei ähnliche Morde gegeben. Zweimal war es die Mafia, oder es sah zumindest so aus.« Sie kam an seinen Schreibtisch, legte ihm die beiden ersten Blätter nebeneinander auf den Tisch und zeigte auf zwei Namen. »Einer in Palermo, einer in Reggio Calabria.«

Brunetti las die Namen und die Daten. Ein Mann war am Strand gefunden worden, der andere in seinem Auto. Beide waren mit einer dünnen Schnur erdrosselt worden, wahrscheinlich einem mit Plastik ummantelten Draht: Bei keinem der Opfer hatte man am Hals irgendwelche Fäden oder Textilfasern gefunden.

Sie legte noch ein Blatt neben die beiden anderen. Davide Narduzzi war vor einem Jahr in Padua umgebracht worden, und man hatte die Tat einem marokkanischen Straßenhändler zur Last gelegt. Aber bevor man ihn verhaften konnte, war er verschwunden. Brunetti las die Einzelheiten: Wie es aussah, war Narduzzi von hinten angegriffen und erdrosselt worden, bevor er sich wehren konnte. Dieselbe Hergangsbeschreibung traf auch auf die beiden anderen Morde zu. Und auf den an Mitri.

»Der Marokkaner?«

»Keine Spur.«

»Warum kommt mir der Name so bekannt vor?« fragte Brunetti.

»Narduzzi?«

»Ja.«

Signorina Elettra legte das letzte Blatt vor Brunetti. »›Rauschgift, bewaffneter Raubüberfall, Körperverletzung, Kontakte zur Mafia und Verdacht auf Erpressung‹«, las sie aus der Liste der Anzeigen vor, die Narduzzi sich im Lauf seines kurzen Lebens eingehandelt hatte. »Stellen Sie sich vor, was für Freunde so einer haben muß. Da wundert es nicht, daß der Marokkaner verschwunden ist.«

Brunetti hatte rasch den Rest durchgelesen. »Falls es ihn je gegeben hat.«

»Wie meinen Sie?«

»Sehen Sie mal her«, sagte er, den Finger auf einem der Namen. Zwei Jahre vorher war Narduzzi in eine Schlägerei mit Ruggiero Palmieri verwickelt gewesen, dem mutmaßlichen Mitglied einer der gewalttätigsten Verbrecherbanden in Norditalien. Palmieri war im Krankenhaus gelandet, hatte aber keine Anzeige erstatten wollen. Brunetti wußte genug über solche Leute, um sich darüber im klaren zu sein, daß sie derlei Angelegenheiten unter sich regelten.

»Palmieri?« fragte Signorina Elettra. »Den Namen kenne ich nicht.«

»Das ist auch besser so. Er hat nie hier gearbeitet – falls das der richtige Ausdruck ist. Gott sei Dank.«

»Kennen Sie ihn?«

»Ich bin ihm einmal begegnet, vor Jahren. Schlimm. Ein ganz schlimmer Mensch.«

»Würde er so etwas tun?« fragte sie und tippte mit dem Finger auf die beiden anderen Blätter.

»Ich glaube, das ist sein Beruf – Menschen aus dem Weg zu räumen«, antwortete Brunetti.

»Wie kommt es dann, daß dieser andere, Narduzzi, sich mit ihm angelegt hat?«

Brunetti schüttelte den Kopf. »Keine Ahnung.« Er las noch einmal die drei kurzen Berichte durch und stand auf. »Sehen wir mal, was Sie über Palmieri herausfinden können«, sagte er und begleitete sie hinunter in ihr Büro.

Es war leider nicht sehr viel. Palmieri war vor einem Jahr untergetaucht, nachdem man ihn als einen der drei Männer identifiziert hatte, die einen gepanzerten Geldtransport überfallen hatten. Zwei Wachmänner waren dabei verletzt worden, aber den Dieben war es nicht gelungen, an die gut acht Milliarden Lire heranzukommen, die in dem Wagen transportiert wurden.

Zwischen den Zeilen las Brunetti, daß die Polizei wohl keine großen Anstrengungen unternommen hatte, Palmieri zu finden: Es hatte keine Toten gegeben, nichts war gestohlen worden. Aber jetzt ging es um Mord.

Brunetti dankte Signorina Elettra und ging zu Vianello. Der Sergente saß, die Stirn in die Handflächen gestützt, über einen Stapel Papiere gebeugt. Es war sonst niemand im Raum, also konnte Brunetti ihn ein Weilchen beobachten, bevor er an seinen Schreibtisch ging. Vianello hörte ihn kommen und sah auf.

»Ich glaube, ich möchte ein paar Gefälligkeiten einfordern«, sagte Brunetti ohne Einleitung.

»Von wem?«

»Von Leuten in Padua.«

»Guten oder bösen?«

»Sowohl als auch. Wie viele kennen wir?«

Wenn Vianello sich geschmeichelt fühlte, weil er durch

den Plural mit einbezogen wurde, ließ er es sich nicht anmerken. Er dachte kurz nach und antwortete schließlich: »Einige. Von beiden Sorten. Was wollen wir sie fragen?«

»Ich interessiere mich für Ruggiero Palmieri.« Brunetti sah, daß Vianello mit dem Namen etwas anzufangen wußte, und wartete, während der Sergente sein Gedächtnis nach Leuten durchforstete, die ihnen etwas über den Mann sagen könnten.

»Welcher Art sind die Informationen, die Sie brauchen, Commissario?«

»Ich möchte wissen, wo er war, als diese Männer ums Leben kamen«, sagte Brunetti und legte ihm Signorina Elettras Computerausdrucke auf den Tisch. »Und dann möchte ich noch wissen, wo er an dem Abend war, als Mitri ermordet wurde.«

Vianello hob fragend das Kinn, und Brunetti erklärte: »Ich habe gehört, daß er ein bezahlter Killer ist. Er hatte vor ein paar Jahren Ärger mit einem gewissen Narduzzi.« Vianello zeigte mit einem Nicken, daß der Name ihm etwas sagte.

»Erinnern Sie sich, was aus ihm geworden ist?« fragte Brunetti.

»Er ist umgekommen, aber ich weiß nicht mehr, wie.«

»Erdrosselt, möglicherweise mit einem Elektrokabel.«

»Und diese beiden?« Vianello deutete mit einer Kopfbewegung zu den Papieren.

»Dasselbe.«

Vianello nahm die Blätter und las sie aufmerksam durch. »Ich habe noch von keinem dieser beiden gehört. Der Mord an Narduzzi war vor ungefähr einem Jahr, nicht wahr?«

»Ja. In Padua.« Die dortige Polizei war höchstwahrscheinlich froh, Narduzzi los zu sein. Jedenfalls haben die Ermittlungen sich nie bis nach Venedig erstreckt. »Fällt Ihnen jemand ein, der etwas wissen könnte.«

»Vielleicht der Kollege aus Padua, mit dem Sie mal zusammengearbeitet haben?«

»Della Corte«, sagte Brunetti. »Ja, an den hatte ich auch schon gedacht. Er kennt vermutlich ein paar dunkle Gestalten, die er mal fragen kann. Aber ich dachte, Sie kennen vielleicht jemanden.«

»Zwei«, antwortete Vianello, ohne das näher zu erläutern.

»Gut. Dann fragen Sie die mal.«

»Was kann ich ihnen im Gegenzug anbieten, Commissario?«

Darüber mußte Brunetti ein Weilchen nachdenken und genau abwägen, was er von Kollegen erbitten und wozu er sich selbst gefahrlos verpflichten konnte. Schließlich sagte er: »Ich bin dann ihnen einen Gefallen schuldig, und wenn ihnen in Padua etwas zustößt, steht della Corte dafür ein.«

»Nicht gerade viel«, meinte Vianello unverhohlen skeptisch.

»Mehr liegt nicht drin.«

20

Die nächste Stunde war ausgefüllt mit Anrufen nach und aus Padua. Brunetti rief bei Polizei und Carabinieri an und stürzte sich in das heikle Geschäft, Gefälligkeiten einzusammeln, die er sich im Lauf seiner Jahre bei der Polizei verdient hatte. Die meisten dieser Gespräche gingen von der Questura zu anderen Dienststellen. Della Corte erklärte sich bereit, in Padua herumzufragen, und machte sich Brunettis Vorschlag zu eigen, für eventuelle Tips entsprechende Gefälligkeiten in Aussicht zu stellen. Danach verließ Brunetti die Questura und ging zu den öffentlichen Telefonen an der Riva degli Schiavoni, wo er einen kleinen Stapel Telefonkarten zu je fünfzehntausend Lire aufbrauchte, um die Handys verschiedener kleiner und nicht ganz so kleiner Ganoven anzurufen, mit denen er in der Vergangenheit zu tun gehabt hatte.

Wie alle Italiener wußte er, daß viele dieser Anrufe von allen möglichen staatlichen Stellen abgehört und aufgezeichnet werden konnten, vielleicht in diesem Moment sogar wurden, darum nannte er nie seinen Namen und sprach immer nur in Andeutungen, sagte zum Beispiel, daß eine gewisse Person in Venedig sich für Ruggiero Palmieris momentanen Aufenthaltsort interessiere, aber diese Person wolle auf keinen Fall mit ihm Kontakt aufnehmen, und Signor Palmieri dürfe auch nicht erfahren, daß nach ihm gefragt werde. Sein sechster Anruf galt einem Drogenhändler, dessen Sohn Brunetti vor ein paar Jahren nicht festgenommen hatte, nachdem der Junge ihn am Tag nach der letzten Verurteilung seines Vaters tätlich angegriffen hatte. Der Mann sagte, er werde sehen, was er tun könne.

»Und Luigino?« fragte Brunetti, um zu zeigen, daß er nicht nachtragend war.

»Den habe ich nach Amerika geschickt. Um Betriebswirtschaft zu studieren«, sagte der Vater, bevor er auflegte. Das bedeutete wahrscheinlich, daß Brunetti ihn würde festnehmen müssen, wenn er ihm das nächstemal begegnete. Vielleicht würde er mit einem Diplom von einer angesehenen amerikanischen Universität aber auch solch schwindelerregende Höhen in der Organisation erklimmen, daß ein kleiner *commissario di polizia* aus Venedig gar nicht mehr an ihn herankam.

Mit der letzten Telefonkarte rief Brunetti bei Mitris Witwe an, deren Nummer er von einem Zettel ablas, und wie am Tag nach Mitris Tod bekam er nur eine Ansage des Anrufbeantworters zu hören, daß wegen des Trauerfalls niemand von der Familie zu sprechen sei. Er nahm den Hörer ans andere Ohr und wühlte in seiner Tasche, bis er einen weiteren Zettel mit der Nummer von Mitris Bruder fand, aber auch dort bekam er nur den Anrufbeantworter mit der gleichen Ansage. Kurzerhand beschloß er, zu Mitris Wohnung zu gehen und zu sehen, ob irgend jemand von der Familie zu Hause war.

Er nahm das 82er Boot nach San Marcuola und fand ohne weiteres den Weg zu dem Haus. Er klingelte, und gleich darauf hörte er eine Männerstimme aus der Sprechanlage, die fragte, wer da sei. Er sagte, er sei von der Polizei, nannte seinen Dienstgrad, aber nicht seinen Namen, hörte eine

Zeitlang gar nichts und wurde schließlich zum Eintreten aufgefordert. Das Salz fraß immer noch an den Mauern, und wie zuvor lagen kleine Häufchen Putz und abgeblätterte Farbe auf den Treppenstufen.

Oben erwartete ihn ein Mann im dunklen Anzug an der offenen Tür. Er war groß und sehr schlank, hatte ein schmales Gesicht und dunkles, kurzgeschnittenes Haar, das an den Schläfen grau wurde. Als er Brunetti sah, machte er Platz, um ihn eintreten zu lassen, und streckte die Hand aus. »Ich bin Sandro Bonaventura«, sagte er, »Paolos Schwager.« Wie seine Schwester zog er es offenbar vor, Italienisch zu sprechen, nicht Veneziano, obwohl der Akzent deutlich hörbar war.

Brunetti nahm die Hand und trat in die Wohnung, ohne seinen Namen zu nennen. Bonaventura führte ihn in ein großes Zimmer am Ende des kurzen Flurs. Brunetti bemerkte, daß hier noch die ursprünglichen Eichendielen lagen, kein Parkett, und die Vorhänge an den Fenstern schienen echtes Fortuny-Tuch zu sein.

Bonaventura deutete auf einen Sessel, und als Brunetti saß, nahm er ihm gegenüber Platz. »Meine Schwester ist nicht da«, begann er. »Sie und ihre Enkelin sind für ein paar Tage zu meiner Frau gefahren.«

»Ich hatte gehofft, sie anzutreffen«, sagte Brunetti. »Wissen Sie, wann sie zurückkommt?«

Bonaventura schüttelte den Kopf. »Sie und meine Frau stehen sich sehr nahe, wie Schwestern, darum haben wir sie zu uns eingeladen, nachdem... das passiert war.« Er blickte auf seine Hände, schüttelte langsam den Kopf und sah dann wieder zu Brunetti auf. »Ich kann einfach nicht glauben, was da passiert ist, schon gar nicht bei Paolo. Es gab keinen Grund dafür, wirklich keinen.«

»Es gibt oft keinen Grund, wenn jemand einen Einbrecher überrascht, der daraufhin in Panik gerät...«

»Sie glauben, das war ein Einbruch? Und dieser Zettel?« fragte Bonaventura.

Brunetti ließ sich etwas Zeit, bevor er antwortete: »Es könnte sein, daß der Einbrecher ihn sich aufgrund des Aufsehens um das Reisebüro ausgesucht hat. Den Zettel hatte er womöglich bei sich, um ihn hinterher in der Wohnung liegen zu lassen.«

»Aber wozu diese Umstände?«

Brunetti hatte keine Ahnung und fand die Erklärung selbst lächerlich. »Um uns abzulenken, damit wir nicht nach einem professionellen Einbrecher suchen.«

»Völlig unmöglich«, erwiderte Bonaventura. »Paolo wurde von einem Fanatiker umgebracht, der ihn für irgendwelche Vorgänge verantwortlich machte, von denen Paolo gar keine Ahnung hatte. Das Leben meiner Schwester ist vernichtet. Es ist einfach irre. Erzählen Sie mir nichts von Einbrechern, die sich solche Zettel einstecken, und verschwenden Sie nicht Ihre Zeit mit der Suche nach ihnen. Suchen Sie lieber den Wahnsinnigen, der das getan hat.«

»Hatte Ihr Schwager Feinde?« fragte Brunetti.

»Nein, natürlich nicht.«

»Das finde ich aber merkwürdig«, sagte Brunetti.

»Was wollen Sie damit sagen?« brauste Bonaventura auf, wobei er sich weit zu Brunetti herüberbeugte.

»Fühlen Sie sich bitte nicht gekränkt, Signor Bonaventura.« Brunetti hob beschwichtigend die Hand. »Ich meine nur, daß Dottor Mitri Geschäftsmann war, ein erfolgreicher dazu. Ich bin überzeugt, daß er im Lauf der Jahre Entscheidungen treffen mußte, die anderen nicht gefallen haben und die ihm auch verübelt wurden.«

»Leute bringen sich nicht wegen schlechter Geschäfte gegenseitig um«, erklärte Bonaventura entschieden.

Brunetti, der wußte, wie oft das vorkam, sagte eine Weile nichts. Dann fragte er: »Fällt Ihnen jemand ein, mit dem er vielleicht Ärger hatte?«

»Nein«, antwortete Bonaventura prompt, und nach einigem Nachdenken fügte er hinzu: »Da ist niemand.«

»Aha. Sind Sie mit den Geschäften Ihres Schwagers vertraut? Haben Sie für ihn gearbeitet?«

»Nein. Ich leite unsere Fabrik in Castelfranco im Veneto. Interfar. Sie gehört mir, ist aber auf den Namen meiner Schwester eingetragen.« Als er sah, daß Brunetti damit nicht zufrieden war, fügte er hinzu: »Aus steuerlichen Gründen.«

Brunetti nickte verständnisvoll, geradezu priesterlich, wie er fand. Manchmal dachte er, daß einem Menschen in Italien jede Scheußlichkeit, jede Gemeinheit nachgesehen wurde, wenn er nur sagte, er habe es aus steuerlichen Gründen getan. Man konnte seine Familie auslöschen, seinen Hund erschießen, dem Nachbarn das Haus anzünden, und kein Richter und kein Geschworener würde einen verurteilen, solange man nur behauptete, man habe es aus steuerlichen Gründen getan. »War Dottor Mitri an dieser Fabrik in irgendeiner Weise beteiligt?«

»Nein, überhaupt nicht.«

»Was ist das für eine Fabrik, wenn ich fragen darf?«

Bonaventura empfand die Frage offenbar nicht als seltsam. »Natürlich dürfen Sie fragen. Pharmazeutische Produkte. Aspirin, Insulin, viele homöopathische Mittel.«

»Und Sie sind Pharmazeut und leiten das Ganze?«

Bonaventura zögerte, bevor er antwortete: »Nein. Ich bin nur Geschäftsmann. Ich rechne Zahlenreihen zusammen, höre den Wissenschaftlern zu, die das Zeug zusammenbrauen, und denke mir erfolgreiche Marktstrategien aus.«

»Man braucht also keine pharmakologische Ausbildung?« fragte Brunetti, denn er dachte an Mitri, der Pharmazeut gewesen war.

»Nein. Da geht es nur um geschäftliche Entscheidungen. Das Produkt ist nebensächlich: Schuhe, Schiffe, Siegelwachs...«

»Verstehe«, sagte Brunetti. »Ihr Schwager war aber Pharmazeut, nicht wahr?«

»Ich glaube, ja, ursprünglich, am Anfang seiner Karriere.«

»Aber dann nicht mehr?«

»Er hat seit Jahren nicht mehr in diesem Metier gearbeitet.«

»Was hat er denn dann in seinen Fabriken gemacht?« Brunetti fragte sich, ob Mitri wohl auch dem Glauben an Marktstrategien verfallen war.

Bonaventura stand auf. »Entschuldigen Sie, daß ich unhöflich sein muß, Commissario, aber ich habe hier noch zu tun, und das sind Fragen, die ich wirklich nicht beantworten kann. Ich denke, Sie sollten sich lieber mit den Direktoren von Paolos Fabriken in Verbindung setzen. Ich weiß wirklich nichts über seine Geschäfte oder wie er seine Firmen geführt hat. Tut mir leid.«

Brunetti stand ebenfalls auf. Es klang alles plausibel.

Daß Mitri von Haus aus Pharmazeut war, mußte ja nicht unbedingt heißen, daß er den Alltagsbetrieb seiner Fabriken leitete. In der vielgesichtigen Geschäftswelt von heute brauchte niemand mehr etwas von dem zu verstehen, was seine Firma machte, um sie zu leiten. *Denk an Patta,* sagte er sich, *dann weißt du, wie wahr das ist.* »Ich danke Ihnen, daß Sie mir Ihre Zeit zur Verfügung gestellt haben«, sagte er und gab Bonaventura die Hand. Dieser begleitete ihn noch zur Tür, und Brunetti ging zur Questura zurück, wobei er den Weg durch die Gassen von Cannaregio wählte, für ihn das schönste Viertel der Stadt. Was wiederum für ihn gleichbedeutend war mit dem schönsten der Welt.

Als er ankam, waren die meisten Mitarbeiter der Questura schon in die Mittagspause gegangen, und er begnügte sich damit, eine Notiz auf Signorina Elettras Schreibtisch zu legen, in der er sie bat, soviel wie möglich über Alessandro Bonaventura herauszufinden, Mitris Schwager. Als er sich aufrichtete und sich die Freiheit nahm, die obere Schublade ihres Schreibtischs zu öffnen, um den Stift zurückzulegen, den er benutzt hatte, kam ihm der Gedanke, daß er ihr diese Nachricht gern als E-Mail hätte zukommen lassen. Er hatte keine Ahnung, wie das ging und was er dafür hätte tun müssen, trotzdem hätte er es gern getan, und sei es nur, um ihr zu zeigen, daß er auf technischem Gebiet nicht der Neandertaler war, für den sie ihn zu halten schien. Schließlich hatte Vianello es auch gelernt; er sah keinen Grund, warum er nicht computerkundig werden sollte. Immerhin hatte er ein abgeschlossenes Jurastudium; das mußte doch zu etwas gut sein.

Er betrachtete den Computer: kein Ton, keine fliegenden Toaster, der Bildschirm dunkel. Wie schwierig konnte das sein? Aber da kam ihm der rettende Gedanke: Vielleicht war er ja, wie Mitri, viel besser dafür geeignet, im Hintergrund die Fäden zusammenzuhalten als zu wissen, wie so eine Maschine funktionierte. Mit diesem Trostpflaster auf dem Gewissen ging er in die Bar bei der Brücke, um sich ein Tramezzino und ein Glas Wein zu genehmigen und darauf zu warten, daß die anderen vom Essen zurückkamen.

Das taten sie schließlich eher gegen vier als gegen drei Uhr, aber Brunetti machte sich über den Fleiß der Leute, mit denen er zusammenarbeitete, schon lange keine Illusionen mehr, und so störte es ihn auch nicht, eine gute Stunde still in seinem Zimmer zu sitzen und die Tageszeitung zu lesen, sogar sein Horoskop zu studieren, neugierig auf die blonde Fremde, der er demnächst begegnen sollte, und froh über die Mitteilung, daß er »bald eine gute Nachricht erhalten« werde. Die konnte er brauchen.

Kurz nach vier summte seine Gegensprechanlage, und er nahm ab. Er wußte gleich, daß es Patta war, und fand es interessant, wie rasch sich Dinge herumsprachen. Er war richtig neugierig darauf, was der Vice-Questore von ihm wollte.

»Können Sie bitte zu mir herunterkommen, Commissario?« fragte sein Vorgesetzter, worauf Brunetti höflich antwortete, er sei schon unterwegs.

Signorina Elettras Blazer hing über ihrer Stuhllehne, und auf ihrem Computerbildschirm stand eine Liste mit Namen und offenbar Zahlen in ordentlichen Reihen, aber von ihr selbst war nichts zu sehen. Er klopfte an Pattas Tür und trat ein, als er von drinnen dazu aufgefordert wurde.

Dort sah er Signorina Elettra vor Pattas Schreibtisch sitzen, die Knie züchtig zusammengedrückt, einen Notizblock auf dem Schoß und den Stift darüber, weil Pattas letztes Wort noch nachhallte. Da es aber nur das gebrüllte »*Avanti*« war, mit dem er Brunetti hereingerufen hatte, schrieb sie es nicht auf.

Patta nahm Brunettis Ankunft kaum zur Kenntnis, nickte ihm nur so knapp wie möglich zu und widmete sich wieder seinem Diktat. »Und sagen Sie ihnen, ich wünsche nicht... Nein, schreiben Sie lieber: Ich dulde nicht... Das klingt doch viel entschiedener, finden Sie nicht, Signorina?«

»Unbedingt, Vice-Questore«, sagte sie, den Blick auf ihren Notizen.

»Ich dulde nicht«, fuhr Patta fort, »daß Polizeiboote und -kraftfahrzeuge weiterhin für nicht genehmigte Fahrten benutzt werden. Wenn jemand von der Belegschaft...« Hier unterbrach er sich und fuhr in zwangloserem Ton fort: »Würden Sie bitte nachsehen, welche Dienstgrade zur Benutzung der Boote und Autos befugt sind, und das noch einsetzen, Signorina?«

»Selbstverständlich, Vice-Questore.«

»Wenn jemand von der Belegschaft«, nahm er sein Diktat wieder auf, »ein polizeiliches Transportmittel benötigt, hat er... ja, bitte, Signorina?« Patta unterbrach sich wieder, als er das verwirrte Gesicht sah, mit dem sie bei seinen letzten Worten zu ihm aufblickte.

»Vielleicht sollte es besser ›hat sie oder er‹ heißen«, riet sie ihm, »damit es nicht so klingt, als ob nur Männer berechtigt wären, ein Boot anzufordern.« Sie senkte den Kopf und blätterte auf eine neue Seite ihres Notizblocks um.

»Natürlich, natürlich, wenn Sie das für ratsam halten«, pflichtete Patta bei und fuhr fort: »...hat sie oder er die entsprechenden Formulare auszufüllen und von einer dazu befugten Person abzeichnen zu lassen.« Seine ganze Haltung veränderte sich, und sein Gesicht bekam einen weniger gebieterischen Ausdruck, als hätte er soeben seinem Kinn verboten, weiterhin wie das von Mussolini auszusehen. »Wenn Sie so freundlich wären, nachzusehen, wer dazu befugt ist, und diese Namen hinzuzufügen...?«

»Natürlich, Vice-Questore«, sagte sie und schrieb noch ein paar Worte. Dann blickte sie lächelnd auf. »Ist das alles?«

»Ja, ja«, sagte Patta, und vor Brunettis ungläubigen Augen machte er im Sitzen eine regelrechte Verbeugung, als sie aufstand, fast als wollte er ihr damit ritterlich auf die Beine helfen.

An der Tür drehte sie sich um und lächelte ihnen beiden zu. »Ich werde das gleich morgen früh erledigen, Vice-Questore«, sagte sie.

»Geht es nicht früher?« fragte Patta.

»Leider nicht, Vice-Questore. Vorher muß ich noch unser Budget für den nächsten Monat berechnen.« Ihr Lächeln vereinte Bedauern mit Strenge.

»Ach so, ja.«

Sie ging ohne eine weiteres Wort und machte die Tür hinter sich zu.

»Brunetti«, sagte Patta ohne Einleitung, »was tut sich im Fall Mitri?«

»Ich habe heute mit seinem Schwager gesprochen«, begann Brunetti, innerlich gespannt, ob Patta schon davon gehört hatte. Dessen leeres Gesicht sagte ihm aber, daß dem nicht so war, weshalb er fortfuhr: »Und ich habe in Erfahrung gebracht, daß es in den letzten Jahren drei weitere Morde gegeben hat, bei denen irgendein mit Plastik ummantelter Draht verwendet wurde, vielleicht ein Elektrokabel. Und alle Opfer wurden anscheinend von hinten angegriffen, genau wie Mitri.«

»Was für Verbrechen waren das?« fragte Patta. »Solche wie dieses?«

»Nein, Vice-Questore. Da bestand eher der Verdacht, daß es Hinrichtungen waren, vermutlich durch die Mafia.«

»Dann«, tat Patta diese Möglichkeit von vornherein ab, »können sie mit unserem Fall nichts zu tun haben. Hier handelt es sich um die Tat eines Irren, irgendeines Fanatikers, zum Mord angestachelt durch...« Entweder verlor Patta hier den Faden seines Arguments, oder ihm war wieder eingefallen, mit wem er sprach, denn er brach unvermittelt ab.

»Ich möchte weiter der Möglichkeit nachgehen, daß zwischen diesen Morden irgendeine Verbindung besteht«, erklärte Brunetti, als hätte Patta gar nichts gesagt.

»Wo haben diese Morde stattgefunden?«

»Einer in Palermo, einer in Reggio Calabria und der letzte in Padua.«

»Ah.« Patta seufzte hörbar auf. Und nach kurzem Nachdenken erklärte er: »Wenn es da eine Verbindung gibt, würde das doch heißen, daß wir gar nicht zuständig sind, oder? Ich meine, dann müßten die Polizeien dieser anderen

Städte unseren Fall als Teil einer Serie in ihre Ermittlungen einbeziehen.«

»Das ist durchaus möglich, Vice-Questore.« Brunetti sparte sich den Hinweis, daß dies auch umgekehrt für die venezianische Polizei gelte, sie also die anderen Morde ebenfalls als Teil einer Serie in ihre Ermittlungen einbeziehen müßten.

»Also gut, dann sagen Sie denen allen Bescheid, was hier passiert ist, und lassen Sie mich ihre Antworten wissen.«

Es war eine geniale Lösung, das mußte Brunetti zugeben. Damit war die Arbeit ausgelagert, an die Polizeien der anderen Städte zurückgegeben, und Patta hatte ganz nach Vorschrift gehandelt: den Fall weitergereicht und damit seiner Pflicht genügt, äußerlich zumindest, was das Wichtigere war, sollte diese Entscheidung je in Frage gestellt werden. Brunetti stand auf. »Ja, Vice-Questore. Ich setze mich gleich mit ihnen in Verbindung.«

Patta senkte gnädig den Kopf, um zu zeigen, daß Brunetti hiermit entlassen war. Wie selten kam es doch vor, daß dieser schwierige, eigensinnige Brunetti sich so bereitwillig der Vernunft beugte!

21

Als Brunetti aus Pattas Zimmer kam, zog Signorina Elettra gerade ihren Blazer über. Auf dem Schreibtisch lagen ihre Handtasche und eine Einkaufstasche, daneben ihr Mantel. »Und das Budget?« fragte Brunetti.

»Das Budget«, antwortete sie in einem Ton, dem nicht viel zu einem amüsierten Prusten fehlte, »das ist doch jeden Monat gleich. Kostet mich fünf Minuten, es auszudrucken. Ich ändere nur den Monatsnamen.«

»Guckt sich das denn niemals einer genauer an?« fragte Brunetti, der an die vielen frischen Blumen dachte und gern gewußt hätte, was sie kosteten.

»Doch, der Vice-Questore, aber das ist schon eine Weile her«, sagte sie und griff nach ihrem Mantel.

Brunetti nahm ihn ihr ab und half ihr hinein. Beide sahen sich nicht veranlaßt, etwas darüber zu sagen, daß es bis Dienstschluß eigentlich noch drei Stunden waren. »Und was hat er gesagt?«

»Er wollte wissen, wie es kommt, daß wir jeden Monat mehr für Blumen als für Bürobedarf ausgeben.«

»Was haben Sie geantwortet?«

»Ich habe mich entschuldigt und gesagt, ich hätte offenbar die Spalten verwechselt, und es werde nicht wieder vorkommen.« Sie nahm ihre Handtasche und hängte sich den kräftigen Lederriemen über die Schulter.

»Und?« konnte Brunetti sich nicht zu fragen enthalten.

»Es ist nicht wieder vorgekommen. Das ist das erste, was

ich jeden Monat mache, wenn ich die Abrechnung erstelle – ich tausche die Beträge für Blumen und Büromaterial gegeneinander aus. Jetzt ist er viel zufriedener.« Sie nahm ihre Einkaufstasche – Bottega Veneta, wie er sah – und ging zur Tür.

»Signorina –«, begann er stockend, denn es war ihm peinlich, jetzt danach zu fragen. »Diese Namen?«

»Morgen früh, Commissario. Ist schon in Arbeit.« Bei diesen Worten deutete sie mit dem Kinn zu ihrem Computer, weil sie in der einen Hand schon die Tasche hatte und sich mit der anderen gerade eine Locke aus der Stirn strich.

»Aber der ist ausgeschaltet«, sagte Brunetti.

Sie schloß nur ganz kurz die Augen, aber er sah es doch. »Glauben Sie mir, Commissario. Morgen früh.« Da er nicht gleich beruhigt zu sein schien, fügte sie hinzu: »Vergessen Sie nicht: Ich bin Ihre Augen und Nase. Alles, was es zu finden gibt, wird morgen früh vorliegen.«

Obwohl die Tür schon offen war, ging Brunetti hin und hielt sie ihr auf, als wollte er sicherstellen, daß sie gut hindurchkam. »*Arrivederci, Signorina. E grazie.*«

Mit einem Lächeln entschwand sie.

Brunetti stand noch eine Weile da und überlegte, was er mit dem Rest des Tages anfangen sollte. Da es ihm an Signorina Elettras lässiger Courage mangelte, ging er wieder hinauf in sein Dienstzimmer. Auf seinem Schreibtisch fand er eine Notiz, daß Conte Orazio Falier um seinen Anruf bitte.

»Hier ist Guido«, sagte er, als der Conte sich am anderen Ende meldete.

»Gut, daß du anrufst. Können wir reden?«

»Geht es um Paola?« fragte Brunetti.

»Nein, es geht um die andere Sache, um die ich mich auf deine Bitte hin kümmern sollte. Ich habe mit jemandem gesprochen, über den ich einiges an Bankgeschäften abwickle, und er hat mir gesagt, auf einem von Mitris Auslandskonten habe es bis vor einem Jahr große Bewegungen gegeben.« Bevor Brunetti etwas dazu sagen konnte, sprach der Conte weiter: »Es war von insgesamt fünf Millionen Franken die Rede.«

»Franken oder Francs?«

»Keine Francs«, sagte der Conte in einem Ton, der die französische Währung auf eine Stufe mit dem lettischen Lat stellte.

Brunetti fragte lieber nicht, wo oder wie sein Schwiegervater diese Information bekommen hatte, war aber klug genug, sich voll darauf zu verlassen. »Ist das sein einziges Konto?«

»Das einzige, über das ich etwas erfahren habe«, antwortete der Conte. »Aber ich habe noch ein paar Leute gefragt und kann dir im Lauf der Woche vielleicht mehr sagen.«

»Hat dein Informant gesagt, woher das Geld kam?«

»Die Einzahlungen kamen aus allerlei verschiedenen Ländern. Augenblick, ich sag's dir gleich; irgendwo habe ich sie mir doch notiert.« Der Telefonhörer wurde hingelegt, und Brunetti zog sich ein Blatt Papier heran. Er hörte Schritte sich entfernen, dann wiederkommen. »Hier sind sie«, begann der Conte. »Nigeria, Ägypten, Kenia, Bangladesch, Sri Lanka und Elfenbeinküste.« Es folgte eine längere Pause, nach der er fortfuhr: »Ich habe schon überlegt, was es bedeuten könnte: Drogen, Waffen, Frauen. Aber immer paßt es zu einem der Länder nicht.«

»Weil sie zum Beispiel zu arm sind«, meinte Brunetti.

»Genau. Aber von dort kam das Geld. Es gab auch noch Einzahlungen aus europäischen Ländern, viel kleinere Beträge, und ein paar aus Brasilien, aber die Masse kam aus den genannten Ländern. Das heißt, das Geld kam aus diesen Ländern in der jeweiligen Landeswährung, und ein Teil wurde dann dorthin zurücküberwiesen, aber in Dollar, immer in Dollar.«

»Aber in dieselben Länder?«

»Ja.«

»Wieviel ging denn zurück?«

»Das weiß ich nicht.« Bevor Brunetti nachhaken konnte, sagte der Conte: »Mehr wollte er mir nicht sagen. Mehr war er mir auch nicht schuldig.«

Brunetti verstand. Mehr gab es nicht zu holen, selbst wenn er noch so sehr nachhakte. »Danke«, sagte er.

»Was meinst du, was dahintersteckt?«

»Ich weiß es nicht. Darüber muß ich nachdenken.« Er beschloß, den Conte um weitere Hilfe zu bitten. »Ich muß noch jemanden ausfindig machen.«

»Wen?«

»Einen Mann namens Palmieri, einen Berufskiller; oder zumindest muß er so etwas Ähnliches sein.«

»Was hat das mit Paola zu tun?« wollte der Conte wissen.

»Er könnte mit dem Mord an Mitri zu tun haben.«

»Palmieri?«

»Ja, Ruggiero. Soviel ich weiß, kommt er ursprünglich

aus Portogruaro. Aber nach unseren letzten Informationen könnte er sich in Padua aufhalten. Warum fragst du?«

»Ich kenne sehr viele Leute, Guido. Ich will mal sehen, was ich in Erfahrung bringen kann.«

Brunetti wollte dem Conte im ersten Moment schon sagen, er solle sich vorsehen, aber eine Stellung wie die des Conte erreichte niemand, der sich nicht Vorsicht zur Lebensgewohnheit gemacht hatte.

»Ich habe gestern mit Paola gesprochen«, sagte Falier. »Es scheint ihr ja gutzugehen.«

»Ja.« Brunetti merkte plötzlich, wie kleinlich das klang, und fügte rasch hinzu: »Wenn das stimmt, was ich allmählich vermute, hatte sie mit Mitris Tod überhaupt nichts zu tun.«

»Natürlich hatte sie nichts mit seinem Tod zu tun«, kam es sofort zurück. »Sie war an diesem Abend mit dir zusammen.«

Brunetti unterdrückte seine erste Reaktion und sagte ruhig: »Ich meine das in Paolas Sinne, nicht so, wie wir es verstehen – daß ihr Handeln jemanden zu diesem Mord angestachelt hat.«

»Selbst wenn es so wäre...«, begann der Conte, dann verlor er aber plötzlich das Interesse an der Erörterung dieser hypothetischen Möglichkeit und sagte in seinem normalen Ton: »Ich würde an deiner Stelle herauszufinden versuchen, was er mit diesen Ländern zu tun hatte.«

»Das werde ich.« Brunetti verabschiedete sich höflich und legte auf.

Kenia, Ägypten und Sri Lanka hatten alle Probleme mit blutigen Unruhen, aber nach allem, was Brunetti gelesen hatte, konnte er da keinen gemeinsamen Nenner erkennen, denn alle diese Gruppen und Grüppchen hatten völlig gegensätzliche Ziele. Rohstoffe? Darüber wußte Brunetti nicht gut genug Bescheid, um beurteilen zu können, ob sie etwas hatten, worauf ein gefräßiger Westen erpicht war.

Er warf einen Blick auf die Uhr und sah, daß es schon nach sechs war; da würde ein ausgewachsener Commissario, zumal einer, der offiziell noch immer suspendiert war, doch wohl beruhigt nach Hause gehen können.

Unterwegs grübelte er weiter, blieb einmal sogar stehen und betrachtete erneut den Zettel mit den Ländern. Dann ging er ins Antico Dolo und genehmigte sich ein Glas Weißwein und zwei *calamaretti*, aber er war mit den Gedanken so sehr woanders, daß er kaum etwas davon schmeckte.

Es war kurz vor sieben, als er in die leere Wohnung kam. Er ging in Paolas Arbeitszimmer, nahm sich den Weltatlas, setzte sich auf das schäbige alte Sofa, den aufgeschlagenen Atlas auf dem Schoß, und betrachtete grübelnd die bunten Karten der jeweiligen Regionen. Schließlich machte er es sich etwas bequemer und legte den Kopf an die Rückenlehne.

So fand Paola ihn eine halbe Stunde später in tiefem Schlaf. Sie rief einmal seinen Namen, dann noch einmal, aber erst, als sie sich neben ihn setzte, wachte er auf.

Wenn er tagsüber schlief, wachte er immer ganz benommen und dösig auf und hatte einen komischen Geschmack im Mund.

»Was ist das?« fragte sie und zeigte, während sie ihn aufs Ohr küßte, auf den Atlas.

»Sri Lanka. Und hier sind noch Bangladesch, Ägypten, Kenia, die Elfenbeinküste und Nigeria«, sagte er umblätternd.

»Laß mich raten – die Route für unsere zweite Hochzeitsreise durch die Armutshauptstädte der Welt?« fragte sie lachend. Als sie ihn lächeln sah, fuhr sie fort: »Und ich darf die gute Fee spielen und immer die Taschen voller Kleingeld haben, das ich bei den Sehenswürdigkeiten unters Volk werfe?«

»Interessant«, sagte Brunetti. Er klappte den Atlas zu, behielt ihn aber auf dem Schoß. »Dir fällt dabei auch als erstes Armut ein.«

»Armut oder – in den meisten dieser Länder – Unruhen.« Sie dachte kurz nach und fügte dann hinzu: »Oder billiges Imodium.«

»Wie?«

»Weißt du noch, wie wir in Ägypten waren und ein Mittel gegen Durchfall brauchten?«

Brunetti erinnerte sich an ihre Ägyptenreise vor zehn Jahren, als sie beide schrecklichen Durchfall bekommen hatten und zwei Tage lang von Joghurt, Reis und Imodium leben mußten. »Ja«, sagte er. Aber so ganz genau wußte er es doch nicht mehr.

»Kein Rezept, keine Fragen, und billig, billig, billig. Wenn ich damals eine Liste mit den Sachen bei mir gehabt hätte, die meine neurotischen Freunde so nehmen, hätte ich für die nächsten fünf Jahre meine Weihnachtseinkäufe erledigen können.« Sie sah, daß er über den Witz nicht lachen konnte, und wandte ihre Aufmerksamkeit wieder dem Atlas zu. »Aber was ist mit diesen Ländern?«

»Mitri hat von dort Geld bekommen, große Summen.

Oder seine Firmen, das weiß ich nicht so genau, weil alles in die Schweiz gegangen ist.«

»Geht dahin nicht letztlich alles Geld?« fragte sie mit einem müden Seufzer.

Er schüttelte den Gedanken an diese Länder ab und legte den Atlas neben sich aufs Sofa. »Wo sind die Kinder?« fragte er.

»Sie essen bei meinen Eltern zu Abend.«

»Dann könnten wir ja mal ausgehen?«

»Du willst mich wieder ausführen, dich mit mir sehen lassen?« fragte sie obenhin.

Brunetti wußte nicht recht, ob sie das scherzhaft gemeint hatte, darum antwortete er nur: »Ja.«

»Wohin?«

»Wohin du willst.«

Sie kuschelte sich an ihn und streckte die Beine neben den seinen aus, die länger waren. »Ich möchte nicht weit weg. Wie wär's mit einer Pizza bei Due Colonne?«

»Wann kommen denn die Kinder heim?« fragte er, wobei er seine Hand auf die ihre legte.

»Nicht vor zehn, denke ich«, antwortete sie mit einem Blick auf die Uhr.

»Fein«, sagte er und hob ihre Hand an seine Lippen.

22

Weder am nächsten noch am übernächsten Tag erfuhr Brunetti etwas über Palmieri. Im *Gazzettino* erschien ein Artikel, in dem es hieß, es gebe noch keine Fortschritte im Mordfall Mitri, Paola aber wurde darin nicht erwähnt, woraus Brunetti schloß, daß sein Schwiegervater in der Tat mit einigen Leuten gesprochen hatte, die er kannte. Die überregionale Presse hüllte sich ebenfalls in Schweigen; dann verbrannten elf Menschen in der Sauerstoffkammer eines Mailänder Krankenhauses, und die Geschichte um Mitris Tod mußte allgemeinen Beschimpfungen gegen das gesamte Gesundheitssystem weichen.

Signorina Elettra hielt Wort und übergab ihm drei Seiten mit Informationen über Sandro Bonaventura. Er hatte mit seiner Frau zwei Kinder, die beide schon studierten; außerdem besaßen sie ein Haus in Padua und eine Wohnung in Castelfranco. Die dortige Fabrik, Interfar, lief auf den Namen seiner Schwester, genau wie Bonaventura gesagt hatte. Der Kaufpreis dafür war vor anderthalb Jahren in bar entrichtet worden, einen Tag nachdem von Mitris Konto bei einer venezianischen Bank ein hoher Betrag abgehoben worden war.

Bonaventura hatte eine von Mitris Fabriken als Direktor geleitet, bevor er den Betrieb übernahm, der seiner Schwester gehörte. Und das war alles: das klassische Beispiel einer erfolgreichen mittelständischen Karriere.

Am dritten Tag wurde ein Mann bei einem Raubüberfall

auf das Postamt am Campo San Polo gefaßt. Nach fünfstündigem Verhör gestand er den Überfall auf die Bank am Campo San Luca. Es war derselbe Mann, den Iacovantuono zuerst auf einem Foto identifiziert, nach dem Tod seiner Frau aber nicht mehr erkannt hatte. Während seines Verhörs ging Brunetti einmal nach unten und sah sich den Mann durch die Einwegscheibe des Vernehmungszimmers an. Er sah einen gedrungenen, robust gebauten Mann mit schütterem braunem Haar; der Mann, den Iacovantuono beim zweitenmal beschrieben hatte, war mindestens zwanzig Kilo leichter gewesen und hatte rote Haare gehabt.

Er ging wieder nach oben und rief Negri in Treviso an, der im Fall von Signora Iacovantuono ermittelte – dem Fall, der keiner war. Brunetti sagte ihm, daß sie jemanden im Zusammenhang mit dem Bankraub festgenommen hätten, dieser Mann aber nicht die mindeste Ähnlichkeit mit dem habe, den Iacovantuono ihnen beim zweitenmal beschrieben hatte.

Nachdem er diese Information weitergegeben hatte, fragte Brunetti: »Was macht er?«

»Er geht zur Arbeit, kommt nach Hause, versorgt seine Kinder und geht jeden zweiten Tag auf den Friedhof, um frische Blumen auf ihr Grab zu legen«, antwortete Negri.

»Gibt es eine andere Frau?«

»Noch nicht.«

»Wenn er es war, ist er ein guter Schauspieler«, bemerkte Brunetti.

»Ich fand ihn absolut überzeugend, als ich mit ihm sprach. Ich habe am Tag nach ihrem Tod sogar ein paar

Mann zum Schutz der Familie abgestellt, die auch ein Auge auf das Haus haben sollten.«

»Ist ihnen etwas aufgefallen?«

»Nichts.«

»Geben Sie mir Bescheid, wenn sich etwas tut«, bat Brunetti.

»Zu rechnen ist damit wohl nicht, oder?«

»Nein.«

Gewöhnlich warnte ein Instinkt Brunetti, wenn jemand ihn anlog oder etwas zu verbergen versuchte, aber bei Iacovantuono hatte er ein solches Gefühl nicht gehabt, keinerlei Verdacht geschöpft. Unwillkürlich stellte Brunetti sich die Frage, was ihm eigentlich lieber wäre: daß er recht behielt oder daß der kleine Pizzabäcker sich als Mörder entpuppte?

Er hatte noch die Hand auf dem Hörer, als sein Telefon klingelte und ihn aus diesen müßigen Überlegungen riß.

»Guido, hier della Corte.«

Brunettis Gedanken waren sofort in Padua, dann bei Mitri und Palmieri. »Was gibt's?« fragte er, viel zu aufgeregt, um sich mit den üblichen Höflichkeitsfloskeln aufzuhalten. Iacovantuono war augenblicklich vergessen.

»Kann sein, daß wir ihn gefunden haben.«

»Wen, Palmieri?«

»Ja.«

»Wo?«

»Nördlich von hier. Wie es aussieht, fährt er einen Lieferwagen.«

»Einen Lieferwagen?« wiederholte Brunetti verdutzt. Das erschien ihm doch zu banal für einen Mann, der womöglich vier Menschen ermordet hatte.

»Er benutzt einen anderen Namen. Michele de Luca.«

»Wie seid ihr auf ihn gestoßen?«

»Ein Kollege vom Rauschgiftdezernat hat sich umgehört, und einer seiner Informanten hat es ihm gesagt. Er war sich nicht ganz sicher, darum haben wir jemanden hingeschickt, und der konnte ihn ziemlich zuverlässig identifizieren.«

»Könnte Palmieri etwas gemerkt haben?«

»Nein, unser Mann ist gut.« Eine kleine Weile sagten beide nichts, bis della Corte schließlich fragte: »Möchtest du, daß wir ihn kassieren?«

»Ich fürchte, das dürfte nicht ganz einfach sein.«

»Wir wissen, wo er wohnt. Wir können nachts hin.«

»Wo wohnt er denn?«

»In Castelfranco. Den Lieferwagen fährt er für eine pharmazeutische Fabrik namens Interfar.«

»Ich komme. Ich will ihn haben. Heute nacht.«

Um Palmieri mit der Polizei von Padua aus seiner Wohnung holen zu können, mußte Brunetti seine Frau belügen. Beim Mittagessen erzählte er ihr, die Polizei in Castelfranco habe einen Verdächtigen in Gewahrsam und wolle, daß Brunetti hinkomme und mit dem Mann rede. Als sie fragte, wieso er dazu die ganze Nacht fortbleiben müsse, erklärte er, der Mann könne erst spät vorgeführt werden und nach zehn gehe kein Zug mehr. Tatsächlich fuhr schon den ganzen Nachmittag im Veneto kein Zug mehr. Die Fluglotsen waren mittags in einen wilden Streik getreten und hatten den Flughafen lahmgelegt, so daß ankommende Maschinen nach Bologna oder Triest ausweichen mußten, und die Eisenbahnergewerkschaft hatte beschlossen, aus Sympathie mit den

Forderungen der Lotsen ebenfalls zu streiken, worauf der gesamte Zugverkehr im Veneto zum Erliegen gekommen war.

»Dann nimm doch ein Auto.«

»Das tue ich ja, bis Padua. Mehr genehmigt Patta nicht.«

»Das heißt doch, er will nicht, daß du da hinfährst, oder?« fragte sie und sah ihn über die abgegessenen Teller hinweg an. Die Kinder waren schon in ihre Zimmer verschwunden, so daß sie offen reden konnten. »Oder weiß er gar nichts davon?«

»Das ist zum Teil der Grund«, sagte er. Er nahm sich einen Apfel aus dem Obstkorb und begann ihn zu schälen. »Gute Äpfel«, bemerkte er, nachdem er sich das erste Stück in den Mund gesteckt hatte.

»Weich mir nicht aus, Guido. Was ist der andere Grund?«

»Kann sein, daß ich ziemlich lange mit ihm reden muß. Ich weiß nicht, wann ich zurückkomme.«

»Die haben also diesen Mann festgenommen, nur damit du ihn in die Mangel nimmst?« fragte sie skeptisch.

»Ich muß ihn wegen Mitri ausfragen«, sagte Brunetti, was nicht die ganze Wahrheit, aber auch nicht direkt gelogen war.

»Ist er vielleicht der Täter?« erkundigte sie sich.

»Könnte sein. Er wurde im Zusammenhang mit noch drei anderen Morden gesucht.«

»Was heißt das, ›im Zusammenhang‹?«

Brunetti hatte die Akte gelesen und wußte daher, daß es einen Zeugen gab, der ihn mit dem zweiten Opfer am Abend vor dessen Tod gesehen hatte. Hinzu kam die Schlägerei mit Narduzzi. Und nun fuhr er Lieferwagen für eine pharmazeutische Fabrik. In Castelfranco. Für Bonaventuras Firma. »Er ist darin verwickelt.«

»Aha«, sagte sie, denn sie hörte an seinem Ton, daß er sich nicht genauer äußern wollte. »Dann kommst du also morgen vormittag zurück?«

»Ja.«

»Wann fährst du?« fragte sie, plötzlich einlenkend.

»Um acht.«

»Gehst du vorher noch mal in die Questura?«

»Ja.« Gerade wollte er noch hinzufügen, er müsse fragen, ob der Mann auch wirklich in Untersuchungshaft genommen worden sei, aber er sagte es nicht. Er haßte es zu lügen, aber es erschien ihm besser, als daß Paola sich Sorgen machte, weil er sich wissentlich in Gefahr begab. Wenn sie es wüßte, würde sie sagen, daß sowohl sein Alter als auch seine Stellung ihn eigentlich davon ausnehmen müßten.

Er hatte keine Ahnung, ob oder wo er in dieser Nacht zum Schlafen kommen würde, dennoch ging er ins Schlafzimmer und packte ein paar Sachen in eine kleine Tasche. Dann öffnete er die linke Tür des großen *armadio* aus Walnußholz, den Conte Orazio ihnen zur Hochzeit geschenkt hatte, und zog seinen Schlüsselbund aus der Tasche. Mit einem der Schlüssel schloß er eine Schublade auf, mit einem anderen eine rechteckige Metallkassette. Dieser entnahm er seine Pistole und das Holster, steckte beides in die Tasche und schloß Kassette und Schublade gewissenhaft wieder zu.

Er mußte dabei an die Ilias denken, an Achilles, wie er seine Rüstung anlegte, bevor er in den Zweikampf mit Hektor ging: schwerer Schild, Beinschienen, Speer, Schwert und Helm. Wie mickrig und unedel erschien dagegen dieses kleine Eisending an seiner Hüfte, die Pistole, die Paola immer als Taschenpenis bezeichnete. Und doch, wie schnell hatte die Erfindung des Schießpulvers mit aller Ritterlichkeit, allen von Achilles hergeleiteten Vorstellungen von Ruhm aufgeräumt! Er blieb noch einmal an der Tür stehen und ermahnte sich zur Vorsicht: Er fuhr dienstlich nach Castelfranco und mußte sich von seiner Frau verabschieden.

Er hatte della Corte schon Jahre nicht mehr gesehen, trotzdem erkannte er ihn sofort, als er in die Questura von Padua kam: dieselben dunklen Augen, derselbe ungebärdige Schnurrbart.

Brunetti rief seinen Namen, und della Corte drehte sich augenblicklich um. »Guido«, rief er und kam mit schnellen Schritten auf ihn zu. »Wie schön, dich wiederzusehen.«

Auf dem Weg zu della Cortes Dienstzimmer erzählten sie einander, was sie in den letzten Jahren so gemacht hatten, und dort angekommen, setzten sie diese Unterhaltung bei einer Tasse Kaffee fort, bevor sie anfingen, ihre Pläne für den Abend zu besprechen. Della Corte schlug vor, sie sollten erst nach zehn in Padua aufbrechen, dann wären sie gegen elf in Castelfranco, wo sie mit der dortigen Polizei zusammentreffen würden, die über Palmieri informiert worden war und unbedingt dabeisein wollte.

Als sie wenige Minuten vor elf in der Questura von Castelfranco ankamen, wurden sie von Commissario Bonino und zwei Beamten in Jeans und Lederjacken in Empfang genommen. Sie hatten eine Lageskizze von der Gegend um das Haus vorbereitet, in dem Palmieri wohnte. Darauf war jede Einzelheit eingezeichnet: die Stellplätze auf dem Parkplatz neben dem Haus, alle Türen des Gebäudes, sogar der Grundriß der Wohnung.

»Woher haben Sie das?« fragte Brunetti mit aufrichtiger Bewunderung.

Bonino nickte dem jüngeren der beiden Polizisten zu. »Das Haus ist erst ein paar Jahre alt«, erklärte dieser, »und ich wußte, daß die Baupläne im Katasteramt liegen mußten, da bin ich heute nachmittag hingegangen und habe mir einen Grundriß vom zweiten Stock geben lassen. Er wohnt im dritten, aber der Grundriß ist derselbe.« Er verstummte und blickte wieder auf den Plan, dem nun alle ihre Aufmerksamkeit widmeten.

Es sah ganz einfach aus: Eine Treppe führte zu einem Korridor hinauf, an dessen Ende Palmieris Wohnung lag. Sie brauchten nur zwei Mann unter seinen Fenstern zu postieren, einen am Fuß der Treppe, dann konnten zwei in die Wohnung gehen, während zwei weitere als Rückendeckung auf dem Korridor blieben. Brunetti wollte schon sagen, daß er sieben Mann ein bißchen übertrieben fand, aber da fiel ihm ein, daß Palmieri möglicherweise vier Menschen auf dem Gewissen hatte, und er sagte nichts.

Sie parkten die beiden Autos ein paar hundert Meter vom Haus entfernt, und alle stiegen aus. Die beiden jungen Männer in Jeans waren dazu bestimmt worden, mit Brunetti und della Corte zur Wohnung hinaufzugehen, und letztere sollten die eigentliche Festnahme vornehmen. Bonino sagte, er werde die Treppe bewachen, und die beiden Beamten aus Padua bezogen Posten unter den drei dicken Kiefern, die zwischen dem Haus und der Straße standen, einer mit Blick zum Vordereingang, der andere zum hinteren.

Brunetti, della Corte und die beiden jungen Polizisten gingen die Treppe hinauf. Oben trennten sie sich. Die jungen Männer blieben im Treppenhaus, und einer stellte den Fuß in die Korridortür, damit sie offenblieb.

Brunetti und della Corte gingen zu Palmieris Wohnungstür. Brunetti drückte leise die Klinke, aber die Tür war abgeschlossen. Della Corte klopfte zweimal, nicht laut. Stille. Er klopfte erneut, diesmal lauter. Dann rief er: »Ruggiero, ich bin's. Ich soll dich holen. Du mußt rauskommen. Die Polizei ist unterwegs.«

Drinnen fiel etwas um und zerbrach, wahrscheinlich eine Lampe. Aber unter der Tür war kein Licht zu sehen. Della Corte hämmerte noch einmal dagegen. »Ruggiero, *per l'amor di Dio,* komm raus. Mach schon.«

Von drinnen waren wieder Geräusche zu hören; noch etwas fiel, diesmal etwas Schweres, ein Stuhl oder Tisch. Von unten ertönten Rufe, wohl von den anderen Polizisten. Daraufhin sprangen Brunetti und della Corte von der Tür zurück und drückten sich mit dem Rücken an die Wand.

Keinen Augenblick zu früh. Eine Kugel durchschlug das dicke Holz der Tür, dann noch zwei und noch einmal zwei. Brunetti fühlte ein Brennen im Gesicht, und als er an sich hinuntersah, entdeckte er zwei Blutstropfen auf seinem Mantel. Plötzlich knieten die beiden jungen Polizisten mit gezogenen Pistolen rechts und links der Tür. Der eine warf sich wendig wie ein Aal auf den Rücken, zog die Beine an und stieß die Füße wie eine Dampframme gegen die Tür, gleich neben dem Rahmen. Das Holz gab nach, und beim zweiten Tritt flog die Tür auf. Noch ehe sie drinnen gegen die Wand schlug, war der Mann, der auf dem Boden gelegen hatte, wie ein Kreisel in die Wohnung gewirbelt.

Brunetti hatte kaum seine Pistole gehoben, als er zwei Schüsse hörte, einen dritten. Dann Stille. Sekunden verrannen, dann rief eine Männerstimme: »Alles klar, Sie können reinkommen.«

Brunetti huschte hinein, dicht gefolgt von della Corte. Der Polizist kniete hinter einem umgekippten Sofa, die Waffe noch im Anschlag. Auf dem Boden lag mit dem Kopf in dem Lichtkegel, der vom Flur hereinfiel, ein Mann, in dem Brunetti sofort Ruggiero Palmieri erkannte. Ein Arm war nach vorn gereckt, die Finger zur Tür und der Freiheit, die einmal dahinter gelegen hatte; der andere lag verdreht unter ihm. Wo sein linkes Ohr hätte sein sollen, war nur ein rotes Loch zu sehen, die Austrittswunde von der zweiten Kugel aus der Waffe des Polizisten.

23

Brunetti war schon zu lange Polizist und hatte zu vieles schiefgehen sehen, um seine Zeit damit zu vertun, herauszufinden zu wollen, was eigentlich passiert war, oder über einen anderen Plan nachzudenken, der vielleicht hätte klappen können. Aber die anderen waren jünger und hatten noch nicht die Erfahrung gemacht, daß man aus Mißerfolgen sehr wenig lernen konnte, darum hörte er ihnen eine Weile zu, nicht sehr aufmerksam, aber zu allem nickend, was sie sagten, während er auf die Leute von der Spurensicherung wartete.

Als dann der Polizist, der Palmieri erschossen hatte, sich auf den Boden legte, um zu zeigen, aus welchem Winkel er in die Wohnung gesprungen war, ging Brunetti ins Bad, feuchtete sein Taschentuch mit kaltem Wasser an und betupfte die kleine Wunde an seiner Wange, wo ein Holzsplitter von der zerschossenen Tür ihm ein hemdenknopfgroßes Stück Haut weggerissen hatte. Das Taschentuch noch an der Wange, öffnete er mit der anderen Hand das kleine Arzneischränkchen auf der Suche nach einem Stück Mull oder etwas Ähnlichem, womit er das Blut stillen konnte. Dabei stellte er fest, daß dieses Schränkchen voll war, aber nicht mit Verbandszeug.

Es hieß, daß Gäste gern in fremden Badezimmern im Arzneischrank stöberten; Brunetti hatte das noch nie getan. Er wunderte sich sehr über das, was er sah: drei Reihen mit allerlei Medikamenten, mindestens fünfzig Fläschchen und

Schächtelchen unterschiedlichster Größe und Verpackung, alle jedoch mit dem Aufkleber und dem neunstelligen Zifferncode des Gesundheitsministeriums. Aber kein Verbandszeug. Er machte die Tür wieder zu und ging in das Zimmer zurück, in dem Palmieri lag.

Während Brunetti im Bad gewesen war, hatten sich auch die anderen Polizisten eingefunden, und die jüngeren standen jetzt zusammen an der Tür und spielten den Schußwechsel noch einmal durch, wobei Brunetti bei ihnen angewidert dieselbe Begeisterung beobachtete, mit der sie sich vielleicht ein Action-Video angesehen hätten. Die älteren hatten sich im Zimmer verteilt und standen dort schweigend herum. Brunetti ging zu della Corte. »Können wir mit der Durchsuchung anfangen?«

»Erst wenn die Spurensicherung da war, denke ich.«

Brunetti nickte. Es spielte ja im Grunde keine Rolle. Höchstens zeitlich, aber sie hatten die ganze Nacht zur Verfügung. Er wünschte sich nur, die Leute kämen bald, damit sie die Leiche abtransportieren konnten. Er vermied es, hinzusehen, aber während die Minuten vergingen und die jungen Leute allmählich aufhörten, die Geschichte ein ums andere Mal durchzukauen, wurde das immer schwieriger. Brunetti war gerade ans Fenster gegangen, als er Schritte im Treppenhaus hörte. Er drehte sich um und sah die vertrauten Uniformen: Techniker, Fotografen – die Lakaien des gewaltsamen Todes.

Er ging wieder ans Fenster und sah hinunter auf die Autos, die auf dem Parkplatz standen, und die wenigen, die um diese späte Stunde noch vorbeifuhren. Er hätte gern Paola angerufen, aber da sie ihn wohlbehalten im Bett irgendeines kleinen Hotels glaubte, ließ er es. Er drehte sich nicht um, als das Blitzlicht des Fotografen wiederholt aufflammte, auch nicht, als noch jemand eintraf, wahrscheinlich der *medico legale*. Hier gab es keine Geheimnisse.

Erst als er die beiden weißbekittelten Männer vom Leichenschauhaus ächzen und den Griff ihrer Tragbahre gegen den Türrahmen stoßen hörte, drehte er sich um. Er ging zu Bonino, der sich mit della Corte unterhielt, und fragte: »Können wir anfangen?«

Bonino nickte. »Ja, natürlich. Das einzige, was er bei sich trug, war eine Brieftasche mit über zwölf Millionen Lire in den neuen Fünfhunderttausenderscheinen.« Und bevor Brunetti nachfragen konnte, fügte er hinzu: »Die sind schon auf dem Weg ins Labor und werden auf Fingerabdrücke untersucht.«

»Gut«, sagte Brunetti, dann wandte er sich an della Corte und fragte: »Nehmen wir uns das Schlafzimmer vor?«

Della Corte nickte stumm, und sie gingen zusammen in das angrenzende Zimmer. Die übrige Wohnung überließen sie den hiesigen Kollegen.

Sie hatten noch nie zusammen ein Zimmer durchsucht, aber als hätten sie es so vereinbart, ging della Corte zum Schrank und begann, die Taschen der dort hängenden Hosen und Jacken zu durchsuchen.

Brunetti fing bei der Kommode an, ohne sich erst Plastikhandschuhe überzuziehen, nachdem er überall die Pulverreste der Spurensicherung sah. Er zog die erste Schublade auf und fand darin Palmieris Sachen zu seiner Überraschung ordentlich zusammengelegt. Warum hatte er eigentlich angenommen, ein Mörder müsse unordentlich sein?

Die Unterwäsche bildete zwei Stapel, die Socken waren zusammengerollt und anscheinend nach Farben sortiert.

In der nächsten Schublade waren Pullover und Sportkleidung, wie es aussah. Die unterste war leer. Er drückte sie mit dem Fuß wieder zu und drehte sich zu della Corte um. Im Schrank hingen nur wenige Sachen: ein wattierter Anorak, ein paar Jacketts und offenbar eine Hose, die noch in der Plastikhülle von der Reinigung steckte.

Auf der Kommode stand ein geschnitztes Holzkästchen, dessen Deckel die Techniker ungeöffnet gelassen hatten, denn ihr graues Pulver stob in einer Wolke davon auf, als Brunetti ihn hochklappte. In dem Kästchen lagen Papiere. Er nahm sie heraus und legte sie daneben.

Er begann sie gründlich durchzusehen und legte ein Blatt nach dem anderen auf die Seite, wenn er damit fertig war. Es waren Gas- und Stromrechnungen auf den Namen Michele de Luca – keine Telefonrechnung, aber das erklärte sich durch das auf der Kommode liegende Handy.

Zuunterst fand er einen Umschlag, der an »R. P.« adressiert und am sauber aufgeschlitzten oberen Rand schon ganz grau vom vielen Anfassen war. Darin steckte ein hellblaues Blatt Papier, darauf unter einem Datum von vor über fünf Jahren ein kurzer Brief in sauberer Handschrift: »Wir sehen uns morgen um acht im Restaurant. Mein Herzschlag wird mir Zeugnis ablegen, wie langsam die Minuten vergehen.« Unterschrieben war er nur mit einem M. Maria? spekulierte Brunetti. Mariella? Monica?

Er faltete den Brief zusammen, schob ihn wieder in den Umschlag und legte ihn auf die Rechnungen. Sonst war nichts in dem Kästchen.

Brunetti sah sich zu della Corte um. »Etwas gefunden?«

»Nur die hier«, antwortete della Corte und hielt einen großen Schlüsselbund hoch. »Zwei gehören zu einem Auto.«

»Einem Lieferwagen vielleicht?« meinte Brunetti.

Della Corte nickte. »Wir können ja mal rausgehen und nachsehen, was draußen so steht.«

Das Wohnzimmer war leer, allerdings sah Brunetti zwei Männer in der Kochnische, wo der Kühlschrank und alle Schränke offenstanden. Aus dem Bad drangen Licht und Geräusche, aber Brunetti glaubte nicht, daß sie dort etwas finden würden.

Er und della Corte begaben sich nach unten und gingen auf den Parkplatz. Bei einem Blick zurück sahen sie, daß im Haus viele Lichter brannten. Jemand öffnete jetzt in der Wohnung über Palmieri das Fenster und rief zu ihnen herunter: »Was ist denn los?«

»Polizei«, rief della Corte zurück. »Alles in Ordnung.«

Zuerst dachte Brunetti, der Mann da oben würde jetzt weitere Fragen stellen, eine Erklärung für die Schüsse verlangen, aber die italienische Angst vor der Obrigkeit gewann die Oberhand, er zog den Kopf zurück und schloß das Fenster.

Hinter dem Haus standen sieben Fahrzeuge, fünf Personen- und zwei Lieferwagen. Della Corte ging zum ersten, einem grauen Kastenwagen mit dem Firmennamen eines Spielzeuggeschäfts auf der Seite. Unter dem Namen ritt ein Teddybär auf einem Steckenpferd nach links davon. Keiner der Schlüssel paßte. Zwei Plätze weiter stand noch ein grauer Kastenwagen, ein Iveco ohne Firmennamen. Die

Schlüssel paßten weder dazu noch zu einem der anderen Autos.

Als sie schon kehrtmachen und wieder ins Haus gehen wollten, sahen sie auf der anderen Seite des Parkplatzes eine Reihe von Garagentoren. Es dauerte eine Weile, bis sie alle Schlüssel an den ersten drei Toren ausprobiert hatten, aber am vierten ließ sich endlich einer ins Schloß stecken.

Della Corte öffnete das Tor, und als sie den weißen Kastenwagen sahen, sagte er: »Ich glaube, wir rufen lieber die Jungs von der Spurensicherung zurück.«

Brunetti warf einen Blick auf seine Uhr und sah, daß es schon weit nach zwei war. Della Corte verstand. Er probierte den ersten Schlüssel an der Fahrertür. Sie ließ sich ohne weiteres aufschließen, und er öffnete die Tür. Er nahm einen Kugelschreiber aus der Jackentasche und knipste damit das Licht über dem Fahrersitz an. Brunetti nahm ihm die Schlüssel aus der Hand und ging damit zur Beifahrertür. Er öffnete sie, suchte sich einen kleineren Schlüssel heraus und schloß damit das Handschuhfach auf. In einer durchsichtigen Plastikhülle schienen sich nur die Fahrzeugpapiere zu befinden. Brunetti nahm ebenfalls einen Kugelschreiber aus der Tasche und zog damit die Hülle ins Licht, um besser lesen zu können. Der Wagen war auf »Interfar« zugelassen.

Er schob die Papiere mit der Spitze des Kugelschreibers zurück und klappte das Handschuhfach zu, dann die Tür. Er schloß wieder ab und ging zum Wagenheck. Der erste Schlüssel paßte. Der Laderaum war fast bis unters Dach mit großen Kartons gefüllt, auf denen Brunetti das Logo von Interfar zu erkennen glaubte: die Buchstaben I und F in Schwarz beiderseits eines roten Äskulapstabs. Auf den

Kartons waren Aufkleber, und darüber stand in Rot: »*Air Freight*«.

Alle waren mit Klebestreifen verschlossen, und Brunetti wollte sie nicht aufschneiden: Das sollte die Spurensicherung machen. Er stellte einen Fuß auf die Stoßstange und beugte sich weit genug nach drinnen, um die Aufschrift auf dem ersten Karton zu lesen.

»TransLanka« stand da und eine Adresse in Colombo.

Brunetti stieg wieder hinunter und verschloß die Tür. Dann ging er mit della Corte in die Wohnung zurück.

Die Polizisten, die drinnen herumstanden, hatten offenbar alles durchsucht. Als die beiden hereinkamen, schüttelte einer der Männer den Kopf, und Bonino sagte: »Nichts. Weder an seinem Körper noch in der Wohnung. Das ist mir noch nie vorgekommen.«

»Haben Sie eine Ahnung, wie lange er schon hier wohnt?« fragte Brunetti.

Der größere der beiden Polizisten – der nicht geschossen hatte – antwortete: »Ich habe mit den Leuten nebenan gesprochen. Sie meinen, er wäre vor etwa vier Monaten eingezogen. Er hat mit niemandem Ärger gehabt, keinen Lärm gemacht.«

»Bis heute nacht«, witzelte sein Partner, aber keiner reagierte darauf.

»Also«, sagte Bonino. »Dann können wir jetzt wohl nach Hause gehen.«

Sie verließen die Wohnung und gingen die Treppe hinunter. Unten blieb della Corte stehen und fragte Brunetti: »Was hast du jetzt vor? Sollen wir dich auf dem Rückweg nach Venedig bringen?«

Das war sehr großzügig von ihm, denn der Umweg zum Piazzale Roma und zurück nach Padua würde sie sicher eine Stunde kosten. »Danke, nein«, sagte Brunetti. »Ich will mit den Leuten in der Fabrik reden, da wäre es wenig sinnvoll, mit euch zurückzufahren, weil ich nur wieder herkommen müßte.«

»Wo willst du übernachten?«

»In der Questura haben sie sicher ein Bett für mich«, antwortete er und ging zu Bonino, um ihn zu fragen.

Als er dann in diesem Bett lag und glaubte, er wäre zu müde zum Einschlafen, versuchte er sich zu erinnern, wann er das letzte Mal ohne Paola neben sich eingeschlafen war, aber ihm fiel nur die Nacht ein, in der er ohne sie aufgewacht war – die Nacht, in der diese ganze Geschichte mit einem Knall begonnen hatte. Und schon war er eingeschlafen.

Am nächsten Morgen stellte Bonino ihm einen Wagen mit Fahrer zur Verfügung, und um halb zehn war er bei Interfar, einem großen, flachen Fabrikbau mitten in einem Industriegebiet an einer der vielen Schnellstraßen, die von Castelfranco strahlenförmig in alle Richtungen führten. Die Gebäude standen ohne das mindeste Zugeständnis an Schönheit etwa hundert Meter von der Straße zurückversetzt, ringsum von den Autos der dort Beschäftigten belagert wie ein Stück totes Fleisch von Ameisen.

Brunetti ließ den Fahrer an einer Bar anhalten und spendierte ihm einen Kaffee. Er hatte zwar tief geschlafen, aber lange nicht genug, und fühlte sich dumpf im Kopf und reizbar. Eine zweite Tasse schien zu helfen; entweder das Koffein oder der Zucker würde ihn über die nächsten Stunden bringen.

Kurz nach zehn betrat er das Verwaltungsgebäude von Interfar und fragte nach Signor Bonaventura. Auf Nachfrage nannte er seinen Namen und wartete dann am Empfang, während die Sekretärin telefonierte. Wie auch immer die Antwort lautete, sie kam sehr prompt, denn die Sekretärin hängte sofort ein, sprang auf und führte Brunetti durch eine Tür in einen mit hellgrauem Teppichboden belegten Flur.

An der zweiten Tür rechts blieb sie stehen, klopfte, öffnete und machte einen Schritt zur Seite, um Brunetti vorbeizulassen. Bonaventura saß hinter einem mit Schriftstücken, Prospekten und Broschüren bedeckten Schreibtisch. Er erhob sich bei Brunettis Eintreten, blieb aber hinter seinem Schreibtisch und beugte sich nur lächelnd darüber, um ihm die Hand zu geben. Beide setzten sich.

»Sie sind fern der Heimat«, sagte Bonaventura freundlich.

»Ja. Ich bin dienstlich hier.«

»In Polizeiangelegenheiten, nehme ich an?«

»Ja.«

»Betreffen diese Angelegenheiten auch mich?«

»Ich denke, ja.«

»Wenn, dann ist es das größte Wunder, von dem ich je gehört habe.«

»Ich weiß nicht, wie ich das verstehen soll«, sagte Brunetti.

»Ich habe erst vor ein paar Minuten mit meinem Werkmeister gesprochen und wollte gerade die Carabinieri anrufen.« Bonaventura sah auf die Uhr. »Das ist noch keine fünf Minuten her, und schon stehen Sie, ein Polizist, auf meiner Schwelle, als ob Sie meine Gedanken gelesen hätten.«

»Darf ich fragen, weswegen Sie die Carabinieri anrufen wollten?«

»Um einen Diebstahl zu melden.«

»Oh, und was wurde gestohlen?« fragte Brunetti, obwohl er es ziemlich genau zu wissen glaubte.

»Einer unserer Lieferwagen ist verschwunden und der Fahrer nicht zur Arbeit erschienen.«

»Ist das alles?«

»Nein, mein Werkmeister sagt, daß offenbar auch eine große Menge Waren fehlt.«

»Etwa eine Wagenladung?« fragte Brunetti, ohne sich etwas anmerken zu lassen.

»Wenn ein Wagen und der Fahrer verschwunden sind, käme das hin, meinen Sie?« Er war noch nicht verärgert, aber Brunetti hatte viel Zeit, ihn soweit zu bringen.

»Wer ist der Fahrer?«

»Michele de Luca.«

»Wie lange arbeitet er schon hier?«

»Ich weiß es nicht, ein halbes Jahr vielleicht. Um solche Dinge kümmere ich mich nicht. Ich weiß nur, daß ich ihn schon seit Monaten immer wieder hier sehe. Heute morgen sagte mir nun der Werkmeister, daß sein Lieferwagen nicht da steht, wo er stehen sollte, und daß der Fahrer nicht erschienen ist.«

»Und die fehlende Ware?«

»De Luca ist gestern voll beladen hier abgefahren und sollte den Wagen zurückbringen, bevor er nach Hause ging;

dann sollte er heute früh um sieben wieder hier sein und eine weitere Ladung übernehmen. Er ist aber nicht gekommen, und der Lieferwagen steht nicht an seinem Platz. Der Werkmeister hat ihn anzurufen versucht, aber es meldet sich keiner. Daraufhin wollte ich die Carabinieri rufen.«

Das fand Brunetti nun etwas übertrieben, wo es sich möglicherweise doch nur um die Verspätung eines Angestellten handelte, aber dann sagte er sich, daß Bonaventura die Carabinieri ja noch gar nicht wirklich angerufen hatte, und er behielt sein Erstaunen für sich und wartete erst einmal ab, wie dieses Spiel weitergehen sollte. »Ja, das kann ich verstehen«, sagte er. »Woraus bestand denn die Ladung?«

»Aus Medikamenten natürlich. Die stellen wir hier ja her.«

»Und wohin sollten sie gebracht werden?«

»Das weiß ich nicht.« Bonaventura blickte auf den Papierwust auf seinem Schreibtisch. »Ich habe die Frachtpapiere hier irgendwo.«

»Könnten Sie mir die heraussuchen?« fragte Brunetti, wobei er mit dem Kopf auf die Unterlagen deutete.

»Was spielt es denn für eine Rolle, wohin sie geliefert werden sollten?« wollte Bonaventura wissen. »Wichtig ist doch nur, daß der Mann gefunden und die Ladung zurückgebracht wird.«

»Über den Mann brauchen Sie sich keine Gedanken mehr zu machen«, sagte Brunetti, der bezweifelte, daß Bonaventura wirklich die Ladung wiederhaben wollte.

»Was heißt das?«

»Er wurde vergangene Nacht von der Polizei erschossen.«

»Erschossen?« wiederholte Bonaventura, und das klang nun ehrlich überrascht.

»Die Polizei wollte ihn vernehmen, und er hat das Feuer auf die Beamten eröffnet. Er wurde erschossen, als sie in seine Wohnung drangen.« Dann wechselte Brunetti rasch das Thema und fragte: »Wohin sollte er die Ladung bringen?«

Aus dem Konzept gebracht durch den plötzlichen Themenwechsel, zögerte Bonaventura zuerst, bevor er schließlich antwortete: »Zum Flughafen.«

»Der Flughafen war gestern geschlossen. Die Fluglotsen haben gestreikt«, sagte Brunetti, aber er sah Bonaventuras Gesicht an, daß er dies schon wußte. »Welche Anweisungen hatte er denn für den Fall, daß er die Ware nicht abliefern konnte?«

»Dieselbe wie alle anderen Fahrer auch: den Wagen zurückbringen und in die Garage stellen.«

»Könnte er ihn in seine eigene Garage gestellt haben?«

»Woher soll ich wissen, was er getan haben könnte?« brauste Bonaventura auf. »Der Wagen ist weg, und wie Sie sagen, ist der Fahrer tot.«

»Der Wagen ist nicht weg«, erwiderte Brunetti leise und beobachtete dabei Bonaventuras Gesicht. Er sah, wie der Mann seinen Schrecken zu verbergen versuchte und dann rasch Erleichterung mimte, was ihm allerdings nur zur Karikatur geriet.

»Wo ist er denn?« fragte Bonaventura.

»Inzwischen steht er bei der Polizei.« Er wartete, was Bonaventura fragen würde, und als dieser schwieg, fuhr er fort: »Die Kartons waren im Laderaum.«

Bonaventura versuchte wieder seinen Schrecken zu verbergen, doch es gelang ihm nicht.

»Sie wurden auch nicht nach Sri Lanka verfrachtet«, sagte Brunetti, und dann: »Könnten Sie mir jetzt vielleicht diese Frachtpapiere besorgen, Signor Bonaventura?«

»Gewiß.« Bonaventura beugte sich über seinen Schreibtisch. Plan- und ziellos schob er Papiere von einer Seite zur anderen, legte endlich alle auf einen Stapel und sah sie einzeln durch. »Das ist ja merkwürdig«, sagte er, als er fertig war, und sah zu Brunetti auf. »Ich finde sie hier nicht.« Er stand auf. »Wenn Sie einen Augenblick warten wollen, bitte ich meine Sekretärin, sie zu holen.«

Bevor er den ersten Schritt zur Tür machen konnte, war Brunetti ebenfalls aufgestanden. »Sie könnten sie vielleicht anrufen«, schlug er vor.

Bonaventura verzog den Mund zu einem Lächeln. »Genauer gesagt sollte der Werkmeister sie haben, und der ist hinten an der Laderampe.«

Er wollte rasch vorbei, aber Brunetti legte ihm die Hand auf den Arm. »Ich komme mit, Signor Bonaventura.«

»Das ist wirklich nicht nötig, Commissario«, meinte dieser, wieder mit verzogenem Mund.

»Ich glaube, doch«, sagte Brunetti darauf nur. Er hatte keine Ahnung, wie seine rechtliche Position war, welche Befugnis er hatte, Bonaventura aufzuhalten oder ihm zu folgen. Er war hier nicht in Venedig, nicht einmal mehr in der Provinz Venetien, und gegen Bonaventura lag nichts Konkretes vor. Noch nicht. Aber das war ihm egal. Er trat zur Seite, ließ Bonaventura die Tür öffnen und folgte ihm über den Korridor in den hinteren Teil des Gebäudes.

Dort führte eine Tür zu einer langen betonierten Laderampe. Zwei große Lieferwagen waren rückwärts herangefahren, die Hecktüren offen, und vier Männer kamen mit Rollkarren voller Kartons aus anderen, weiter hinten gelegenen Türen und schoben sie über die Rampe auf die Ladeflächen der Wagen. Sie blickten auf, als sie die beiden Männer kommen sahen, wandten sich dann aber wieder ihrer Arbeit zu. Unter ihnen standen zwischen den Lieferwagen zwei Männer und unterhielten sich, die Hände in den Jackentaschen.

Bonaventura ging an die Kante der Laderampe. Als die beiden Männer aufblickten, rief er einem von ihnen zu: »De Lucas Wagen ist gefunden worden. Die Ware ist noch drin. Dieser Polizeibeamte möchte die Frachtpapiere sehen.«

Kaum war das Wort »Polizei« gefallen, sprang der größere der Männer zur Seite und griff in seine Jacke. Die Hand kam mit einer Pistole wieder zum Vorschein, aber Brunetti war, als er seine Bewegung sah, durch die noch offene Tür gesprungen und zog seine eigene Waffe aus dem Holster.

Nichts geschah. Kein Lärm, kein Schuß, kein Brüllen. Er hörte Schritte, das Zuschlagen einer Autotür, dann einer weiteren; gleich darauf sprang ein starker Motor an. Statt wieder auf die Laderampe hinauszugehen, um zu sehen, was vor sich ging, rannte Brunetti über den Korridor zurück zum Vordereingang des Gebäudes, wo sein Fahrer im Wagen wartete, bei laufendem Motor, um das Auto warm zu halten, und in *Il Gazzettino dello Sport* las.

Brunetti riß die Seitentür auf und sprang auf den Beifahrersitz. Er sah aus dem Augenwinkel, wie der Schrecken aus dem Gesicht des Mannes wich, als er ihn erkannte. »Ein

Lieferwagen, er fährt durchs hintere Tor hinaus. Wenden Sie, und dann ihm nach«, keuchte Brunetti. Und bevor er noch nach dem Autotelefon greifen konnte, hatte der Fahrer schon die Zeitung auf den Rücksitz geworfen, wendete und fuhr um das Gebäude herum. Als sie um die Ecke bogen, riß der Fahrer das Lenkrad nach links, um den Karton nicht zu überfahren, der aus dem offenen Lieferwagen gefallen war. Aber dem nächsten konnte er nicht ausweichen, und sie fuhren mit den linken Rädern darüber, so daß er aufplatzte und lauter kleine Fläschchen durch die Gegend flogen. Kurz hinter dem Tor sah Brunetti den Lieferwagen mit hin und her schlagenden Hecktüren auf die Schnellstraße nach Padua einbiegen.

Der Rest war ebenso vorhersehbar wie tragisch. Kurz hinter Resana hatten Carabinieri zwei Fahrzeuge quergestellt, um den Verkehr aufzuhalten. Bei dem Versuch, rechts vorbeizukommen, geriet der Fahrer des Lieferwagens auf das erhöhte Bankett. Im selben Moment verlangsamte ein kleiner Fiat, dessen Fahrerin auf dem Weg zum Kindergarten war, um ihre Tochter abzuholen, angesichts der Straßensperre seine Fahrt. Der Lieferwagen schleuderte auf die Gegenfahrbahn, krachte dem Fiat voll in die Seite und tötete die Frau auf der Stelle. Die beiden Männer, Bonaventura und der Fahrer, waren angeschnallt gewesen und unverletzt geblieben, obwohl der Zusammenprall sie kräftig durchgeschüttelt hatte.

Ehe sie sich aus ihren Sicherheitsgurten befreien konnten, waren sie von Carabinieri eingekreist, die sie aus dem Wagen zogen und mit dem Gesicht an die Türen stellten. Schnell kamen noch vier mit Maschinenpistolen bewaffnete

Carabinieri hinzu und umringten sie, während zwei andere zu dem Fiat rannten, aber mit einem Blick sahen, daß nichts mehr zu machen war.

Brunettis Wagen hielt, und er stieg aus. Eine unnatürliche Stille lag über der Szene. Er hörte seine eigenen Schritte, als er auf die beiden Männer zuging, die schwer atmend dastanden. Irgendwo neben dem Lieferwagen fiel etwas Metallenes zu Boden.

Brunetti wandte sich an den Sergente: »In den Wagen mit ihnen«, sagte er nur.

24

Es wurde hin und her diskutiert, wohin die Männer zum Verhör zu bringen seien: nach Castelfranco, in dessen Zuständigkeitsbereich der Ort und die Festnahme lagen, oder nach Venedig, von wo die Ermittlungen ausgegangen waren? Brunetti hörte sich das eine Weile an, dann unterbrach er die Männer mit eherner Stimme: »Ich habe gesagt, bringen Sie die Männer ins Auto. Wir bringen sie nach Castelfranco zurück.« Die anderen Polizisten warfen einander verstohlene Blicke zu, aber keiner widersprach, also geschah es so.

In Boninos Dienstzimmer wurde Bonaventura darüber belehrt, daß er seinen Anwalt verständigen dürfe, und als der andere sich als Roberto Sandi, Werkleiter der Fabrik, zu erkennen gab, sagte man ihm dasselbe. Bonaventura nannte einen Anwalt mit großer Strafrechtspraxis und bat um die Erlaubnis, ihn anzurufen. Sandi beachtete er überhaupt nicht.

»Und was ist mit mir?« fragte Sandi, an Bonaventura gewandt.

Bonaventura gab ihm keine Antwort.

»Was ist mit mir?« wiederholte Sandi.

Bonaventura schwieg.

Sandi, der mit einem deutlich piemontesischen Akzent sprach, drehte sich zu dem Uniformierten neben ihm um und sagte: »Wo ist Ihr Chef? Ich will Ihren Chef sprechen.«

Bevor dieser antworten konnte, trat Brunetti vor und

sagte: »Ich leite die Ermittlungen«, obwohl er sich dessen gar nicht sicher war.

»Dann will ich mit Ihnen reden«, erklärte Sandi und sah ihn mit bösartig schillernden Augen an.

»Aber, aber, Roberto«, mischte Bonaventura sich plötzlich ein, wobei er Sandi eine Hand auf den Arm legte. »Du weißt doch, daß du meinen Anwalt haben kannst. Sobald er hier ist, reden wir mit ihm.«

Sandi schüttelte die Hand mit einem leisen Fluch von sich ab. »Keinen Anwalt. Schon gar nicht deinen. Ich will mit dem Polizisten reden.« Und an Brunetti gewandt: »Also, wo können wir uns unterhalten?«

»Roberto«, sagte Bonaventura in einem Ton, der drohend klingen sollte, »du wirst doch nicht wirklich mit ihm reden wollen.«

»Du sagst mir nicht mehr, was ich zu tun habe«, zischte Sandi.

Brunetti drehte sich um, machte die Tür auf und ging mit Sandi auf den Korridor hinaus. Einer der Uniformierten folgte ihnen nach draußen und führte sie zu einem kleinen Verhörzimmer, öffnete die Tür und sagte: »Hier, Commissario«, dann wartete er, bis sie hineingegangen waren.

Brunetti sah einen kleinen Tisch und vier Stühle. Er setzte sich und wartete auf Sandi. Als dieser ebenfalls saß, warf Brunetti einen Blick zu ihm hinüber und fragte: »Nun?«

»Nun was?« fragte Sandi zurück. Man hörte ihm noch immer die Wut an, die Bonaventura heraufbeschworen hatte.

»Was wollten Sie mir über diese Lieferungen sagen?«

»Was wissen Sie denn schon?« erkundigte sich Sandi.

Brunetti tat, als habe er die Frage nicht gehört, und hakte nach: »Wie viele von Ihnen sind daran beteiligt?«

»Woran?«

Statt zu antworten, stützte Brunetti die Ellbogen auf den Tisch, faltete die Hände und legte den Mund auf seine Fingerknöchel. So blieb er fast eine Minute sitzen und starrte zu Sandi hinüber, dann wiederholte er: »Wie viele sind daran beteiligt?«

»Woran?« fragte Sandi erneut zurück, wobei er sich diesmal ein winziges Lächeln gestattete, etwa wie ein Kind, wenn es eine Frage stellt, mit der es den Lehrer in Verlegenheit zu bringen hofft.

Brunetti hob den Kopf, legte die Hände auf den Tisch und stemmte sich hoch. Ohne ein Wort ging er zur Tür und klopfte. Hinter dem Maschendraht der Sprechöffnung erschien ein Gesicht. Dann ging die Tür auf, und Brunetti verließ den Raum und machte die Tür hinter sich zu. Er bedeutete der Wache dazubleiben und ging über den Korridor zurück. Er spähte in das Zimmer, in dem man Bonaventura festgehalten hatte, und sah, daß er noch da war, wenn auch allein. Brunetti blieb zehn Minuten vor der Einwegscheibe stehen und beobachtete den Mann dahinter. Bonaventura saß seitlich zur Tür, offenbar bemüht, nicht hinzusehen und auch nicht auf die Schritte der draußen Vorbeigehenden zu reagieren.

Schließlich öffnete Brunetti die Tür, ohne anzuklopfen, und ging hinein. Bonaventuras Kopf flog zu ihm herum. »Was wollen Sie?« fragte er, als er Brunetti sah.

»Ich will mit Ihnen über die Lieferungen sprechen.«

»Was für Lieferungen?«

»Arzneimittel. Nach Sri Lanka. Und Kenia. Und Bangladesch.«

»Was soll damit sein? Die sind vollkommen legal. Wir haben alle erforderlichen Dokumente dafür im Büro.«

Daran zweifelte Brunetti nicht. Er blieb vor der Tür stehen, mit dem Rücken daran gelehnt und einen Fuß dagegen gestemmt, die Arme vor der Brust gekreuzt. »Signor Bonaventura, wollen Sie mit mir darüber reden, oder soll ich wieder zu Ihrem Werkmeister gehen und noch einmal mit ihm sprechen?« Brunetti ließ seine Stimme sehr müde klingen, fast gelangweilt.

»Was hat er gesagt?« fragte Bonaventura, bevor er es sich anders überlegen konnte.

Brunetti stand da und sah ihn eine Weile an, dann sagte er noch einmal: »Ich will mit Ihnen über diese Lieferungen sprechen.«

Bonaventura traf einen Entschluß. Er verschränkte die Arme vor der Brust, genau wie Brunetti. »Ich sage nichts, bevor mein Anwalt da ist.«

Brunetti ließ ihn allein und ging wieder zu dem anderen Zimmer, vor dem noch derselbe Polizist stand. Als dieser den Commissario kommen sah, trat er zurück und öffnete ihm die Tür.

Sandi blickte auf, als Brunetti eintrat. Dann sagte er ohne Einleitung: »Also gut, was wollen Sie wissen?«

»Die Lieferungen, Signor Sandi«, fragte Brunetti – den Namen sprach er eigens für die in der Decke versteckten Mikrophone – und setzte sich ihm gegenüber, »wohin gehen die?«

»Nach Sri Lanka, wie die von gestern abend. Und nach Kenia und Nigeria. In alle möglichen Länder.«

»Immer Medikamente?«

»Ja, wie die in dem Lieferwagen, die Sie gesehen haben.«

»Was sind das für Medikamente?«

»Vieles ist gegen erhöhten Blutdruck. Etwas Hustensaft. Und Stimmungsaufheller. Die sind sehr beliebt in der dritten Welt. Ich glaube, man kriegt sie dort ohne Rezept. Und Antibiotika.«

»Wie viele davon sind in Ordnung?«

Sandi zuckte die Achseln; solche Einzelheiten interessierten ihn nicht. »Keine Ahnung. Die meisten sind abgelaufen oder werden nicht mehr hergestellt. Sachen, die wir in Europa nicht mehr verkaufen können, jedenfalls nicht im Westen.«

»Was machen Sie damit? Tauschen Sie die Etiketts aus?«

»Das weiß ich nicht genau. Davon hat mir niemand etwas gesagt. Ich habe sie nur versandfertig gemacht.« Sandis Ton hatte die ruhige Sicherheit des geübten Lügners.

»Aber Sie haben doch wohl eine gewisse Vorstellung«, drängte Brunetti mit sanfter Stimme, als wollte er sagen, daß ein so kluger Mann wie Sandi das bestimmt schon herausbekommen hatte. Als Sandi nicht darauf einging, wurde Brunettis Stimme weniger sanft. »Signor Sandi, ich glaube, es wird Zeit, daß Sie uns die Wahrheit sagen.«

Sandi überlegte, den Blick starr auf einen unerbittlichen Brunetti gerichtet. »Ich nehme an, so machen die das«, sagte er endlich, dabei deutete er mit dem Kopf in Richtung des Zimmers, in dem Bonaventura saß, um dann fortzufahren:

»Ihm gehört auch eine Firma, die abgelaufene Medikamente von den Apotheken einsammelt. Zur Entsorgung oder Vernichtung. Sie sollen eigentlich verbrannt werden.«

»Und?«

»Es werden Schachteln verbrannt.«

»Schachteln womit?«

»Mit altem Papier. Manche sind auch einfach leer. Gerade schwer genug, damit das Gewicht stimmt. Niemand interessiert sich für den Inhalt, solange das Gewicht stimmt.«

»Hat nicht jemand zu kontrollieren, was da gemacht wird?«

Sandi nickte. »Da ist einer vom Gesundheitsministerium.«

»Und?«

»Für den ist gesorgt.«

»Dann werden diese Sachen, die Medikamente, die nicht verbrannt werden, also zum Flughafen gebracht und in die dritte Welt geschickt?«

Sandi nickte.

»Sie werden verschickt?« wiederholte Brunetti, der eine protokollfähige Antwort von Sandi brauchte.

»Ja.«

»Und bezahlt?«

»Natürlich.«

»Obwohl sie abgelaufen sind?«

Sandi schien ob dieser Frage gekränkt. »Viele von diesen Sachen sind viel länger haltbar, als das Gesundheitsministerium sagt. Ein großer Teil ist noch gut. Das Zeug hält wahrscheinlich länger, als auf der Packung angegeben ist.«

»Was wird noch verschickt?«

Sandi beobachtete ihn mit schlauem Blick, sagte aber nichts.

»Je mehr Sie mir sagen, desto besser wird es für Sie sein.«

»Besser inwiefern?«

»Die Richter werden erfahren, daß Sie uns bereitwillig geholfen haben, und das wird zu Ihren Gunsten ausschlagen.«

»Wer garantiert mir das?«

Brunetti zuckte die Achseln.

Lange sprachen beide nicht, dann fragte Brunetti: »Was haben Sie noch verschickt?«

»Werden Sie dem Richter sagen, daß ich Ihnen geholfen habe?« beharrte Sandi, nicht zufrieden, solange er nichts für sich herausschlagen konnte.

»Ja.«

»Und wer garantiert mir das?«

Brunetti zuckte wieder die Achseln.

Sandi senkte kurz den Kopf, malte mit dem Finger eine Figur auf die Tischplatte und sah dann wieder auf. »Einiges in diesen Sendungen ist nutzlos. Es ist nichts. Mehl, Zucker oder was sie sonst nehmen, wenn sie Placebos machen. Und gefärbtes Wasser oder Öl in den Ampullen.«

»Verstehe«, sagte Brunetti. »Wo wird das alles gemacht?«

»Da.« Sandi hob die Hand und zeigte in die Ferne, wo sich vielleicht, vielleicht auch nicht, Bonaventuras Fabrik befand. »Da kommt eine Nachtschicht, die stellt das Zeug her und beschriftet und verpackt es. Dann wird es zum Flughafen gebracht.«

»Warum?« fragte Brunetti, und als er sah, daß Sandi die

Frage nicht verstand, fügte er hinzu: »Warum Placebos und keine richtigen Medikamente?«

»Dieses Mittel gegen Bluthochdruck – besonders das – ist sehr teuer. Die Rohstoffe oder Chemikalien, oder was man dazu braucht. Auch einige von den Sachen gegen Diabetes, glaube ich wenigstens. Da machen sie eben Placebos, um Kosten zu sparen. Fragen Sie doch ihn danach«, sagte er und zeigte in die Richtung, wo er Bonaventura zuletzt gesehen hatte.

»Und auf dem Flughafen?«

»Nichts weiter. Läuft alles, wie es sich gehört. Wir laden die Sachen ins Flugzeug, und am anderen Ende werden sie ausgeliefert. Hat nie Probleme gegeben. Dafür ist vorgesorgt.«

»Ist das alles kommerziell?« fragte Brunetti, dem ein neuer Gedanke gekommen war. »Oder wird auch einiges davon gespendet?«

»Wir verkaufen viel an Hilfsorganisationen, falls Sie das meinen. Vereinte Nationen und so. Wir geben ihnen einen Rabatt und setzen den Rest von der Steuer ab. Als Spende.«

Brunetti hütete sich, eine Reaktion auf das Gehörte zu zeigen. Er hatte den Eindruck, daß Sandi weit mehr verstand, als einen Lieferwagen zum Flughafen zu fahren. »Prüft einer von der UN den Inhalt?«

Sandi schnaubte ungläubig. »Die haben doch nichts anderes im Sinn, als sich dabei fotografieren zu lassen, wie sie das Zeug in den Flüchtlingslagern verteilen.«

»Schicken Sie in diese Lager die gleichen Sachen wie in den regulären Sendungen?«

»Nein, da ist das meiste gegen Durchfall und Amöbenruhr. Und jede Menge Hustensaft. Die sind so mager, die haben hauptsächlich mit so was zu tun.«

»Aha«, sagte Brunetti. »Wie lange machen Sie das schon?«

»Ein Jahr.«

»Als was?«

»Als Werkmeister. Ich habe früher für Mitri gearbeitet, in seiner Fabrik. Aber dann bin ich hierhergekommen.« Er verzog bei diesen Worten das Gesicht, als bereitete die Erinnerung ihm Schmerz oder Kummer.

»Hat Mitri dasselbe gemacht?«

Sandi nickte. »Ja, bis er die Fabrik verkaufte.«

»Warum hat er sie verkauft?«

Sandi zuckte die Achseln. »Ich habe gehört, er hat ein Angebot bekommen, das er nicht ausschlagen konnte. Das heißt, es wäre nicht ungefährlich gewesen, es auszuschlagen. Es waren große Tiere, die kaufen wollten.«

Brunetti verstand sehr wohl, was er meinte, und war nur überrascht, daß Sandi sogar hier Angst hatte, die Organisation beim Namen zu nennen, die diese »großen Tiere« vertraten. »Er hat also verkauft?«

Sandi nickte. »Aber er hat mich seinem Schwager empfohlen.« Der Gedanke an Bonaventura riß ihn aus dem Reich der Erinnerungen zurück. »Und ich verfluche den Tag, an dem ich angefangen habe, für ihn zu arbeiten.«

»Deswegen?« fragte Brunetti mit einer Handbewegung, die das öde, sterile Zimmer, in dem sie saßen, und alle seine weiteren Bedeutungen umschrieb.

Sandi nickte wieder.

»Und Mitri?« fragte Brunetti.

Sandi zog in gespielter Verwirrung die Augenbrauen hoch.

»Hatte er mit der Fabrik etwas zu tun?«

»Mit welcher?«

Brunetti hob die Hand und ließ seine Faust unmittelbar vor Sandi auf den Tisch sausen. Der schrak zusammen, als hätte Brunetti ihn geschlagen. »Stehlen Sie mir nicht die Zeit, Signor Sandi«, schrie Brunetti. »Stehlen Sie mir nicht die Zeit mit dämlichen Fragen.« Als Sandi nicht antwortete, beugte er sich über den Tisch und fragte drohend: »Haben Sie mich verstanden?«

Sandi nickte.

»Na also«, sagte Brunetti. »Was war nun mit der Fabrik? Hatte Mitri die Finger drin?«

»Muß er wohl.«

»Wieso?«

»Manchmal ist er hergekommen, um irgendeine Mixtur zusammenzustellen oder seinem Schwager zu erklären, wie etwas auszusehen hat. Er mußte wohl dafür sorgen, daß die Sachen, die verpackt wurden, richtig aussahen.« Sandi blickte zu Brunetti auf und fügte hinzu: »Ich habe das nicht alles verstanden, aber ich glaube, deswegen ist er immer gekommen.«

»Wie oft?«

»Vielleicht einmal im Monat, manchmal auch öfter.«

»Wie kamen die beiden miteinander zurecht?« fragte Brunetti, und damit Sandi nicht erst fragte, wer, fügte er gleich hinzu: »Ich meine Bonaventura und Mitri.«

Sandi dachte eine Weile nach, bevor er antwortete: »Nicht gut. Mitri war mit der Schwester von Bonaventura verheiratet, also mußten sie irgendwie klarkommen, aber ich glaube, gefallen hat ihnen das beiden nicht.«

»Und der Mord an Mitri? Was wissen Sie darüber?«

Sandi schüttelte wiederholt den Kopf. »Nichts. Gar nichts.«

Brunetti ließ sich lange Zeit, bevor er fragte: »Und hier in der Fabrik, gab's da Gerede?«

»Gerede gibt's immer.«

»Über den Mord, Signor Sandi. Gab's da Gerede?«

Sandi schwieg, entweder weil er sich zu erinnern versuchte oder weil er verschiedene Möglichkeiten abwägte. Schließlich brummelte er: »Es gab Gerüchte, daß Mitri die Fabrik übernehmen wollte.«

»Warum?«

»Warum es Gerüchte gab, oder warum er die Fabrik übernehmen wollte?«

Brunetti holte tief Luft und sprach ganz ruhig. »Warum wollte er sie übernehmen?«

»Weil er viel besser war als Bonaventura. Mit dem als Chef, das war eine Katastrophe. Nie hat einer pünktlich sein Geld gekriegt. Die Organisation war miserabel. Ich wußte nie, wann die Sachen versandfertig sein würden.« Brunetti sah ihn mißmutig den Kopf schütteln, das Bild des gewissenhaften Buchhalters, den fiskalische Verantwortungslosigkeit in die Verzweiflung trieb.

»Sie sagen, Sie sind der Werkmeister der Fabrik, Signor Sandi.« Sandi nickte. »Es klingt für mich so, als ob Sie mehr vom Betrieb verstanden hätten als der Besitzer.«

Sandi nickte wieder, als hörte er gar nicht ungern, daß jemand das einmal begriff.

Plötzlich klopfte es, und als die Tür einen Spaltbreit aufging, sah Brunetti auf dem Gang della Corte stehen und ihm Zeichen machen, er solle herauskommen. Sowie Brunetti draußen war, sagte della Corte: »Seine Frau ist hier.«
»Bonaventuras?«
»Nein, Mitris.«

25

»Wie ist sie hierhergekommen?« fragte Brunetti, und als er sah, in welche Verwirrung er della Corte mit dieser Frage stürzte, fügte er erklärend hinzu: »Ich meine, woher wußte sie Bescheid?«

»Sie sagt, sie war bei seiner Frau – Bonaventuras – und ist hergekommen, als sie von seiner Festnahme hörte.«

Brunettis Zeitgefühl war durch die Ereignisse des Vormittags durcheinandergeraten, und er war überrascht, als er auf seine Uhr sah und feststellte, daß es schon fast zwei war; es waren Stunden vergangen, seit sie die beiden Männer in die Questura gebracht hatten, er hatte es nur im Eifer des Gefechts nicht gemerkt. Plötzlich überkam ihn Hunger, und sein ganzer Körper schien zu vibrieren wie unter Strom.

Am liebsten hätte er gleich mit ihr gesprochen, wußte aber, daß dabei nichts Gutes herauskommen würde, bevor er etwas gegessen oder irgendwie sonst dieses Zittern in seinem Körper niedergekämpft hatte. Kam das vom Alter oder vom Streß, oder mußte er Sorge haben, daß womöglich eine bedrohliche Krankheit dahintersteckte? »Ich muß etwas essen«, sagte er zu della Corte, der darüber zu verblüfft war, um es sich nicht anmerken zu lassen.

»Unten an der Ecke ist eine Bar, da kriegst du sicher was.« Er ging mit Brunetti zur Eingangstür und zeigte hinüber, dann drehte er sich mit der Erklärung, er müsse in Padua anrufen, um und ging zurück.

Brunetti begab sich in die Bar, wo er ein Sandwich bestellte, von dem er nichts schmeckte, und zwei Gläser Mineralwasser trank, die seinen Durst nicht löschten. Wenigstens war aber dieses Zittern weg, und er fühlte sich wieder Herr seiner selbst, obwohl es ihn noch immer beunruhigte, daß sein Körper derart stark auf die Ereignisse des Vormittags reagiert hatte.

Er ging zur Questura zurück und ließ sich die Nummer von Palmieris Handy geben. Nachdem er sie hatte, rief er Signorina Elettra an und bat sie, alles andere liegenzulassen und eine Liste aller Anrufe zu besorgen, die in den beiden letzten Wochen von diesem Apparat aus geführt worden oder darauf angekommen waren, ebenso für die Privat- und Firmenanschlüsse von Mitri und Bonaventura. Dann bat er sie, einen Augenblick zu warten, und fragte den Beamten, dessen Telefon er benutzte, wo Palmieris Leiche jetzt sei. In der Leichenhalle des örtlichen Krankenhauses, antwortete dieser ihm, worauf er Signorina Elettra anwies, Rizzardi Bescheid zu sagen, damit dieser unverzüglich jemanden schicken konnte, der Gewebeproben nahm. Sie sollten mit denen verglichen werden, die sie unter Mitris Fingernägeln gefunden hatten.

Als das erledigt war, ließ er sich zu Signora Mitri führen. Nach jenem einen Gespräch mit ihr hatte Brunetti den Eindruck gehabt, daß sie über den Tod ihres Mannes nichts Näheres wußte, weshalb er sie nicht noch einmal ins Verhör genommen hatte. Daß sie nun aber hier aufgetaucht war, ließ ihn seine Entscheidung anzweifeln.

Ein Uniformierter kam ihn holen und führte ihn über den Korridor. Er blieb vor der Tür des Zimmers neben dem stehen, wo Bonaventura festgehalten wurde. »Sein Anwalt ist bei ihm«, sagte der Beamte zu Brunetti. Dann zeigte er auf die andere Tür und fügte hinzu: »Die Frau ist da drin.«

»Sind sie zusammen gekommen?« fragte Brunetti.

»Nein. Er ist erst kurz nach ihr angekommen, und offenbar kennen sie sich nicht.«

Brunetti dankte ihm und ging an die Einwegscheibe, um einen Blick hindurchzuwerfen. Bonaventura gegenüber saß ein Mann, von dem Brunetti nur den Hinterkopf und die Schultern sehen konnte.

Er ging weiter, zu der anderen Tür, und betrachtete ein paar Augenblicke die Frau, die dahinter saß.

Wieder überraschte es ihn, wie stämmig sie gebaut war. Heute trug sie ein Wollkostüm mit kastenförmig geschnittenem Rock, der keinerlei Zugeständnisse an Mode oder Stil machte. Solche Kostüme trugen Frauen ihrer Größe, ihres Alters und ihrer Klasse schon seit Jahrzehnten und würden sie wohl auch in künftigen Jahrzehnten noch tragen. Sie hatte kaum Make-up aufgelegt, und was sie an Lippenstift aufgetragen haben mochte, hatte sie im Lauf des Tages abgekaut. Ihre Wangen waren so rund, als hätte sie einem Kind eine komische Grimasse schneiden wollen und sie eigens dafür aufgeblasen.

Sie hielt die Hände im Schoß gefaltet und saß mit fest aneinandergepreßten Knien da. Ihr Blick war auf das Fenster im oberen Teil der Tür geheftet. Sie wirkte älter als beim letzten Mal, aber Brunetti wußte nicht, warum. Ihre Blicke begegneten sich, und Brunetti hatte das beunruhigende Gefühl, daß sie ihn geradewegs ansah, obwohl er ganz genau wußte, daß sie nur eine scheinbar schwarze Scheibe sehen konnte. Dennoch fixierten ihre Augen ihn so starr, daß er als erster den Blick abwandte.

Er öffnete die Tür und trat ein. »Guten Tag, Signora.« Er ging auf sie zu und streckte die Hand aus.

Sie sah ihn mit unbewegtem Gesicht, aber wachen Augen an. Sie stand nicht auf, nahm jedoch seine Hand und drückte sie, weder leicht noch schlaff.

Brunetti setzte sich ihr gegenüber. »Sie sind gekommen, um Ihren Bruder zu sehen, Signora?«

Ihre Augen wirkten kindlich, und es stand eine Ratlosigkeit darin, die Brunetti für echt hielt. Sie öffnete den Mund, und ihre Zunge schoß nervös hervor, fuhr einmal über die Lippen und verschwand wieder. »Ich wollte ihn fragen...«, begann sie, vollendete den Satz aber nicht.

»Was wollten Sie ihn fragen, Signora?« half Brunetti nach.

»Ich weiß nicht, ob ich das einem Polizisten sagen sollte.«

»Warum nicht?« Brunetti beugte sich ein wenig vor.

»Weil...«, begann sie, hielt aber wieder inne. Dann, als hätte sie ihm etwas erklärt und er es verstanden, sagte sie: »Ich muß es wissen.«

»Was müssen Sie wissen, Signora?« drängte Brunetti sanft.

Sie preßte die Lippen zusammen, und vor Brunettis Augen verwandelte sie sich in eine zahnlose alte Frau. »Ich muß wissen, ob er es war«, sagte sie endlich. Und nachdem sie kurz über andere Möglichkeiten nachgedacht hatte, fügte sie hinzu: »Oder ob er den Auftrag gegeben hat.«

»Sprechen Sie vom Tod Ihres Mannes, Signora?«

Sie nickte.

Für die versteckten Mikrophone, die alles aufnahmen, was in diesem Raum gesprochen wurde, fragte Brunetti noch einmal nach: »Glauben Sie, Bonaventura könnte für den Tod Ihres Mannes verantwortlich sein?«

»Ich glaube nicht...«, begann sie, änderte dann aber ihre Meinung und flüsterte: »Ja«, aber vielleicht zu leise für die Mikrophone.

»Warum glauben Sie, daß er damit zu tun hatte?« fragte Brunetti.

Sie rutschte verlegen auf ihrem Stuhl herum, und er sah sie eine Bewegung machen, die er schon seit vier Jahrzehnten immer wieder bei Frauen beobachtete: Sie erhob sich halb und zog ihren Rock unter sich glatt, damit er nicht knitterte. Dann setzte sie sich wieder hin und preßte Knie und Knöchel zusammen.

Einen Augenblick schien es, als hoffte sie, die Geste werde als Antwort genügen, darum wiederholte Brunetti: »Warum glauben Sie, daß er damit zu tun hatte?«

»Sie hatten Streit«, rückte sie zögernd heraus.

»Worüber?«

»Geschäftliches.«

»Könnten Sie das bitte genauer erklären, Signora? Um was für Geschäfte ging es?«

Sie schüttelte mehrmals hintereinander den Kopf, um ihre Unwissenheit zu beteuern. Schließlich sagte sie: »Mein Mann hat mir nie etwas über seine Geschäfte erzählt. Er hat gesagt, das brauchte ich nicht zu wissen.«

Wieder mußte Brunetti sich fragen, wie oft er das wohl schon gehört hatte und wie oft diese Antwort nur dazu gedient hatte, Schuld zu verschleiern. Aber er glaubte, daß diese plumpe Frau ihm die Wahrheit sagte, fand es durchaus glaubhaft, daß ihr Mann sich nicht veranlaßt gesehen hatte, sie an seinem Berufsleben teilhaben zu lassen. Er sah den Mann wieder vor sich, den er in Pattas Amtszimmer kennengelernt hatte: vornehm, sprachgewandt, man konnte sogar sagen: aalglatt. Wie sonderbar, sich ihn an der Seite dieser kleinen Frau mit dem gefärbten Haar und dem strengen Kostüm vorzustellen. Er blickte kurz auf ihre Füße und sah, daß sie Schuhe mit kräftigen Absätzen trug, aber vorn so spitz zulaufend, daß es schon beim Ansehen weh tat. An ihrem linken Fuß hatte sich ein Überbein ins Leder gedrückt und stand vor wie die Kuppe von einem Ei. War die Ehe das letzte aller Geheimnisse?

»Wann haben sie gestritten, Signora?«

»Immerzu. Besonders im letzten Monat. Ich glaube, es war etwas passiert, was Paolo wütend machte. Sie waren nie so richtig gut miteinander ausgekommen, aber der Familie und dem Geschäft zuliebe haben sie es mehr schlecht als recht miteinander ausgehalten.«

»Hat sich im letzten Monat etwas Bestimmtes ereignet?« fragte er.

»Ich glaube, es gab wieder eine Auseinandersetzung«, sagte sie so leise, daß Brunetti erneut an die Leute dachte, die das Band hinterher abhören sollten.

»Eine Auseinandersetzung zwischen den beiden, Ihrem Mann und Ihrem Bruder?«

»Ja.« Sie nickte wiederholt.

»Warum glauben Sie das, Signora?«

»Paolo und er hatten sich in unserer Wohnung getroffen. Das war zwei Abende vorher.«

»Vor was, Signora?«

»Bevor mein Mann... umgebracht wurde.«

»Aha. Und warum glauben Sie, daß es eine Auseinandersetzung gab? Haben Sie etwas davon gehört?«

»O nein«, sagte sie rasch und sah zu ihm auf, als wunderte sie sich über den bloßen Gedanken, daß es im Hause Mitri jemals hätte laut zugehen können. »Ich habe es daran gemerkt, wie Paolo sich verhielt, als er nach ihrem Gespräch heraufkam.«

»Hat er da etwas gesagt?«

»Nur, daß er unfähig sei.«

»Sprach er da von Ihrem Bruder?«

»Ja.«

»Noch etwas?«

»Er sagte, Sandro wäre auf dem besten Weg, die Fabrik zu ruinieren, das ganze Geschäft zu ruinieren.«

»Wissen Sie, von welcher Fabrik er da sprach, Signora?«

»Ich dachte, er meinte die Fabrik hier, in Castelfranco.«

»Und wieso sollte Ihr Mann sich dafür interessieren?«

»Es steckte Geld darin.«

»Sein Geld?«

Sie schüttelte den Kopf. »Nein.«

»Wessen Geld, Signora?«

Sie antwortete nicht sofort, sondern überlegte, wie sie es am besten erklären sollte. »Es war mein Geld«, sagte sie schließlich.

»Ihres, Signora?«

»Ja. Ich habe viel Geld mit in die Ehe gebracht. Aber es ging alles auf meinen Namen, verstehen Sie. Das Testament unseres Vaters«, fügte sie mit einer unbestimmten Bewegung der rechten Hand hinzu. »Paolo hat mir immer bei den Entscheidungen geholfen, was ich damit machen sollte. Und als Sandro sagte, er wolle die Fabrik kaufen, haben mir beide geraten, darein zu investieren. Das war vor einem Jahr, vielleicht auch vor zweien.« Sie unterbrach sich, als sie sah, wie Brunetti auf diese ungenauen Angaben reagierte. »Es tut mir leid, aber ich kümmere mich nicht so sehr um diese Sachen. Paolo hat gesagt, ich soll irgendwelche Papiere unterschreiben, und der Mann bei der Bank hat mir erklärt, worum es ging. Aber ich habe wohl nie genau verstanden, wofür das Geld sein sollte.« Sie verstummte und strich sich über den Rock. »Es floß in Sandros Fabrik, aber da es mein Geld war, hat Paolo es immer auch als seines angesehen.«

»Haben Sie eine Vorstellung, wieviel Sie in diese Fabrik investiert haben, Signora?« Sie sah Brunetti an wie ein Schulmädchen, das gleich in Tränen ausbrechen würde, weil ihm die Hauptstadt von Kanada nicht mehr einfiel, darum ergänzte er: »Ich meine, nur eine ungefähre Vorstellung. Wir brauchen die genaue Summe nicht zu wissen.« Das stimmte; man würde das alles später feststellen.

»Ich glaube, so an die drei- bis vierhundert Millionen Lire«, antwortete sie.

»Danke, das genügt«, sagte Brunetti, dann fragte er: »Hat Ihr Mann an diesem Abend noch etwas gesagt, nach dem Gespräch mit Ihrem Bruder?«

»Nun...« Sie verstummte, und Brunetti hatte den Eindruck, daß sie sich zu erinnern versuchte. »Er hat gesagt, die Fabrik mache Verlust. So wie er redete, hatte ich das Gefühl, er hätte heimlich auch selbst Geld hineingesteckt.«

»Außer dem Ihren?«

»Ja. Nur mit einer entsprechenden Notiz von Paolo. Nichts Offizielles.« Als Brunetti nichts sagte, fuhr sie fort: »Ich glaube, Paolo wollte mehr darüber mitreden, wie dort gearbeitet wurde.«

»Konnten Sie den Worten Ihres Mannes entnehmen, was er zu tun gedachte?«

»O nein.« Sie war sichtlich erstaunt über diese Frage. »Er hat mir so etwas nie gesagt.« Brunetti fragte sich, was er ihr wohl überhaupt je gesagt hatte, hielt es aber für besser, nicht danach zu fragen. »Anschließend ist er in sein Zimmer gegangen, und am Tag darauf hat er nicht mehr davon gesprochen, so daß ich dachte, oder hoffte, er und Sandro hätten sich geeinigt.«

Brunetti sprang sofort auf ›sein Zimmer‹ an – sicher nicht der Stoff, aus dem glückliche Ehen sind. Er bemühte sich um einen sanften Ton. »Bitte verzeihen Sie mir die Frage, Signora, aber würden Sie mir sagen, wie die Beziehung zwischen Ihnen und Ihrem Mann war?«

»Unsere Beziehung?«

»Sie sagten, er sei in ›sein Zimmer‹ gegangen, Signora«, antwortete Brunetti nachsichtig.

»Ah«, entfuhr es ihr ganz unwillkürlich.

Brunetti wartete. Schließlich sagte er: »Signora, er ist nicht mehr, ich finde also, Sie können es mir ruhig sagen.«

Sie blickte zu ihm herüber, und er sah Tränen in ihre Augen steigen. »Er hatte andere Frauen«, flüsterte sie. »Seit Jahren immer wieder andere Frauen. Einmal bin ich ihm nachgegangen und habe vor ihrem Haus gewartet, im Regen, bis er herauskam.« Jetzt liefen ihr die Tränen übers Gesicht, aber sie achtete nicht darauf. Sie tropften langsam auf ihre Bluse und hinterließen lange ovale Flecken darauf. »Einmal habe ich ihn auch von einem Detektiv beobachten lassen. Und ich habe angefangen, seine Telefongespräche zu belauschen. Manchmal habe ich das Band zurückgespult, um ihn mit anderen Frauen reden zu hören. Dieselben Worte, die er früher zu mir gesagt hatte.« Die Tränen erstickten ihre Stimme, und sie schwieg lange, aber Brunetti zwang sich, nichts zu sagen. Endlich sprach sie weiter: »Ich habe ihn von ganzem Herzen geliebt. Von dem Tag an, als ich ihn zum erstenmal sah. Wenn Sandro das getan hat...« Ihre Augen füllten sich wieder mit Tränen, aber diesmal wischte sie sich mit beiden Händen darüber. »Dann will ich, daß Sie es erfahren, und ich will, daß er bestraft wird. Darum wollte ich mit Sandro sprechen.« Sie verstummte wieder und senkte den Blick. »Werden Sie kommen und mir berichten, was er zu Ihnen gesagt hat?« fragte sie, den Blick noch immer auf ihren Händen, die jetzt still in ihrem Schoß lagen.

»Ich glaube, das kann ich erst, wenn alles vorbei ist, Signora. Aber dann komme ich.«

»Danke«, sagte sie und sah kurz zu ihm her, dann wieder nach unten. Plötzlich stand sie auf und ging zur Tür. Brunetti war vor ihr da und öffnete sie. Er trat zur Seite, um ihr den Vortritt zu lassen. »Dann fahre ich jetzt nach Hause«, sagte sie, und bevor er etwas darauf antworten konnte, war sie zur Tür hinaus und ging den Korridor hinunter zum Ausgang der Questura.

26

Brunetti ging wieder zum Platz des Beamten, dessen Telefon er schon einmal benutzt hatte, und ohne diesmal erst um Erlaubnis zu fragen, rief er noch einmal Signorina Elettra an. Kaum vernahm sie seine Stimme, sagte sie ihm, der Laborant sei schon unterwegs zur Leichenhalle von Castelfranco, um die Gewebeproben zu holen. Dann bat sie ihn, ihr eine Faxnummer zu nennen. Er legte den Hörer hin und ging zur Anmeldung, wo er sich von dem diensthabenden Sergente die Nummer aufschreiben ließ. Nachdem er sie an Signorina Elettra durchgegeben hatte, fiel ihm ein, daß er Paola heute vormittag nicht angerufen hatte, und er wählte seine eigene Nummer. Als sich niemand meldete, sprach er auf den Anrufbeantworter, daß er in Castelfranco aufgehalten werde, aber am späten Nachmittag zurückkomme.

Anschließend setzte er sich und legte den Kopf in die Hände. Etwas später hörte er jemanden sagen: »Entschuldigung, Commissario, aber das hier ist eben für Sie gekommen.«

Er blickte auf und sah einen jungen Polizisten vor dem Schreibtisch stehen, den er in Beschlag genommen hatte. In der linken Hand hielt er unverkennbar die gerollten Blätter einer Faxmitteilung, und es waren nicht wenige.

Brunetti versuchte zu lächeln und streckte die Hand nach den Papieren aus, legte sie vor sich auf den Tisch und glättete sie mit der Handkante, so gut es ging. Er überflog die

Spalten und war froh, daß Signorina Elettra die Gespräche, die zwischen den jeweiligen Anschlüssen geführt worden waren, immer mit einem Sternchen gekennzeichnet hatte. Dann sortierte er die Blätter auf drei verschiedene Stapel: Palmieri, Bonaventura, Mitri.

In den letzten zehn Tagen vor dem Mord an Mitri hatte es wiederholt Gespräche zwischen Palmieris Handy und dem Anschluß von Interfar gegeben, eines von sieben Minuten Dauer. Am Tag vor dem Verbrechen war um 21.27 Uhr von Bonaventuras Privatnummer auf Mitris Privatnummer angerufen worden. Das Gespräch hatte zwei Minuten gedauert. Am Abend des Mordes war fast genau um dieselbe Zeit ein fünfzehn Sekunden langer Anruf von Mitris zu Bonaventuras Privatnummer erfolgt. Danach waren noch drei Gespräche von der Fabrik zu Palmieris Handy und einige zwischen Bonaventuras und Mitris Privatanschlüssen verzeichnet.

Brunetti schob die Blätter zusammen und ging auf den Korridor. Als er in das kleine Zimmer gelassen wurde, in dem er zuletzt mit Bonaventura gesprochen hatte, sah er ihn einem dunkelhaarigen Mann gegenübersitzen, der neben sich auf dem Tisch eine dünne lederne Aktentasche liegen hatte, vor sich aufgeschlagen ein dazu passendes Notizbuch. Der Mann drehte sich um, und Brunetti erkannte Piero Candiani, einen Strafverteidiger aus Padua. Candiani trug eine randlose Brille; in den dunklen Augen dahinter fand Brunetti auf eine – besonders bei einem Anwalt – verblüffende Weise Intelligenz und Direktheit vereint.

Candiani erhob sich und gab ihm die Hand. »Commissario Brunetti«, sagte er nur knapp.

»Avvocato.« Brunetti nickte zu Bonaventura hinüber, der sich nicht die Mühe gemacht hatte aufzustehen.

Candiani zog den übrigen Stuhl unter dem Tisch hervor und blieb stehen, bis Brunetti Platz genommen hatte. Dann sagte er ohne Einleitung und mit einer lässigen Gebärde zur Decke hin: »Ich nehme an, daß unser Gespräch von jetzt an aufgezeichnet wird.«

»Ja«, bestätigte Brunetti, dann nannte er, um Zeit zu sparen, laut und deutlich Datum und Uhrzeit sowie alle drei Namen.

»Wie ich höre, haben Sie schon mit meinem Mandanten gesprochen«, begann Candiani.

»Richtig. Ich habe ihn nach bestimmten Arzneimittellieferungen gefragt, die von Interfar in andere Länder gegangen sind.«

»Geht es da um EU-Bestimmungen?« fragte Candiani.

»Nein.«

»Worum dann?«

Brunetti warf einen Blick zu Bonaventura hinüber, der jetzt mit übereinandergeschlagenen Beinen dasaß, einen Arm über der Stuhllehne.

»Es geht um Sendungen in Länder der dritten Welt.«

Candiani schrieb etwas in sein Notizbuch. Ohne den Kopf zu heben, fragte er: »Und welches Interesse hat die Polizei an diesen Sendungen?«

»Wie es aussieht, enthielten viele von ihnen Medikamente, die nicht mehr gut waren. Das heißt, ihre Verfallsdaten waren überschritten, in anderen Fällen waren wirkungslose Inhaltsstoffe darin, die so manipuliert waren, daß sie aussahen wie die echten Medikamente.«

»Ich verstehe.« Candiani blätterte eine Seite um. »Und auf was für Beweise stützen Sie diese Vorwürfe?«

»Auf einen Komplizen.«

»Einen Komplizen?« fragte Candiani mit kaum verhohlener Skepsis. »Und darf ich fragen, wer dieser Komplize ist?« Beim zweiten Mal betonte er das Wort so, daß seine Zweifel noch weniger zu überhören waren.

»Der Werkmeister der Fabrik.«

Candiani warf einen Blick zu seinem Mandanten, und Bonaventura zuckte die Achseln, was Ratlosigkeit oder Unwissenheit bedeuten sollte. Er preßte die Lippen zusammen und tat die Möglichkeit mit einem kurzen Augenzwinkern ab. »Und dazu möchten Sie Signor Bonaventura befragen?«

»Ja.«

»Das ist alles?« Candiani sah von seinen Notizen auf.

»Nein. Ich möchte Signor Bonaventura auch fragen, was er über den Mord an seinem Schwager weiß.«

Bei diesen Worten geruhte Bonaventura, so etwas wie ein erstauntes Gesicht zu machen, aber er schwieg nach wie vor.

»Warum das?« Candianis Kopf war wieder über sein Notizbuch gebeugt.

»Weil wir inzwischen die Möglichkeit untersuchen, daß er etwas mit Signor Mitris Tod zu tun haben könnte.«

»Damit zu tun, inwiefern?«

»Genau das möchte ich gern von Signor Bonaventura hören«, sagte Brunetti.

Candiani sah zu seinem Mandanten hinüber. »Möchten Sie die Fragen des Commissario beantworten?«

»Ich wüßte nicht, wie ich das könnte«, sagte Bonaventura, »aber natürlich bin ich bereit, ihm zu helfen, soweit es mir möglich ist.«

Candiani drehte sich zu Brunetti um. »Wenn Sie also meinen Mandanten befragen wollen, Commissario, schlage ich vor, Sie fangen damit an.«

»Ich möchte wissen«, begann Brunetti, jetzt unmittelbar an Bonaventura gewandt, »was Sie mit Ruggiero Palmieri zu tun hatten, beziehungsweise Michele de Luca, wie er sich nannte, während er für Ihre Firma arbeitete.«

»Der Fahrer?«

»Ja.«

»Wie ich schon sagte, Commissario, ich habe ihn gelegentlich in der Fabrik herumlaufen sehen. Aber er war nur ein Fahrer. Vielleicht habe ich das eine oder andere Mal ein paar Worte mit ihm gewechselt, aber weiter nichts.« Bonaventura erkundigte sich nicht, warum Brunetti das fragte.

»Sie hatten also nichts mit ihm zu tun außer gelegentlichen Begegnungen auf dem Betriebsgelände?«

»Nein«, antwortete Bonaventura. »Wie gesagt: Er war ein Fahrer.«

»Sie haben ihm nie Geld gegeben?« fragte Brunetti, der hoffte, daß man Bonaventuras Fingerabdrücke auf den Geldscheinen aus Palmieris Brieftasche finden würde.

»Natürlich nicht.«

»Dann haben Sie ihn also, außer in Ihrer Fabrik, nie gesehen oder mit ihm gesprochen?«

»Das habe ich Ihnen doch eben gesagt.« Bonaventura machte aus seiner Verärgerung kein Hehl.

Brunetti wandte sich an Candiani. »Ich glaube, das ist alles, was ich im Moment von Ihrem Mandanten wissen will.«

Beide Männer waren davon offensichtlich überrascht, aber Candiani reagierte als erster. Er stand auf und klappte sein Notizbuch zu. »Dann können wir also gehen?« fragte er, wobei er über den Tisch griff und seine Aktentasche nahm. Gucci, wie Brunetti bemerkte.

»Das glaube ich nicht.«

»Wie bitte?« fragte Candiani und legte alles in jahrzehntelanger Gerichtspraxis eingeübte Erstaunen in seine Stimme. »Und warum nicht?«

»Ich denke, die Polizei von Castelfranco hat gegen Signor Bonaventura einige Straftatbestände vorzubringen.«

»Und die wären?« wollte Candiani wissen.

»Widerstand gegen die Staatsgewalt, Behinderung polizeilicher Ermittlungen, Verkehrsgefährdung mit Todesfolge, um nur einige zu nennen.«

»Ich war nicht am Steuer«, sprach Bonaventura wütend dazwischen.

Brunetti, der gerade Candiani angesehen hatte, als der andere sprach, sah ein kaum merkliches Zucken um die Augen des Anwalts, entweder vor Überraschung oder etwas Unerfreulicherem, das konnte er nicht feststellen.

Candiani steckte sein Notizbuch in die Aktentasche und machte sie zu. »Ich würde mich gern vergewissern, daß dies eine Entscheidung der Polizei von Castelfranco ist, Commissario«, sagte er. Und wie um jedes Mißtrauen, das aus diesen Worten gesprochen haben könnte, abzuschwächen, fügte er hinzu: »Eine bloße Formalität, versteht sich.«

»Versteht sich«, wiederholte Brunetti und stand ebenfalls auf.

Brunetti klopfte an die Scheibe, um die Wache auf dem Korridor zu rufen. Bonaventura blieb da, und die beiden anderen gingen zu Bonino, der Brunettis Behauptung bestätigte, daß die Polizei von Castelfranco in der Tat einige schwerwiegende Anschuldigungen gegen Bonaventura erhob.

Ein Uniformierter begleitete Candiani zurück zum Verhörzimmer, damit der seinem Mandanten Bescheid sagen und sich von ihm verabschieden konnte. Brunetti blieb bei Bonino.

»Haben Sie alles mitbekommen?« fragte Brunetti.

Bonino nickte. »Unsere Abhöranlage ist ganz neu. Sie nimmt noch das leiseste Flüstern auf, sogar schweres Atmen. Ja, wir haben alles.«

»Auch bevor ich dazukam?«

»Nein. Wir dürfen die Anlage nur einschalten, wenn ein Polizeibeamter mit im Raum ist. Anwaltsprivileg.«

»Ist das wahr?« fragte Brunetti, ohne sein Erstaunen kaschieren zu können.

»Ja«, sagte Bonino. »Letztes Jahr haben wir einen Prozeß verloren, weil die Verteidigung beweisen konnte, daß wir mitgehört hatten, was der Verdächtige mit seinem Anwalt besprach. Daraufhin hat der Questore angeordnet, daß es keine Ausnahmen geben darf. Nichts wird eingeschaltet, solange kein Polizist dabei ist.«

Brunetti nickte, dann fragte er: »Können Sie seine Fingerabdrücke nehmen, wenn sein Anwalt fort ist?«

»Wegen der Geldscheine?«

Brunetti nickte stumm.

»Schon geschehen«, sagte Bonino mit einem leichten Lächeln. »Ganz inoffiziell. Er hat sich heute vormittag ein Glas Mineralwasser bringen lassen, und wir haben drei gute Abdrücke davon nehmen können.«

»Und?« fragte Brunetti.

»Unser Mann im Labor sagt, sie passen. Mindestens zwei der Abdrücke sind auf einigen der Geldscheine aus Palmieris Brieftasche.«

»Ich werde mich auch bei seiner Bank erkundigen«, sagte Brunetti. »Diese Fünfhunderttausend-Lire-Scheine sind noch nicht lange im Umlauf. Die meisten Leute nehmen sie gar nicht, weil sie so schwer zu wechseln sind. Ich weiß nicht, ob die Nummern registriert sind, aber wenn...«

»Er hat Candiani, vergessen Sie das nicht«, sagte Bonino.

»Kennen Sie ihn?«

»Jeder im Veneto kennt ihn.«

»Aber wir haben die Telefonate mit einem Mann, den er angeblich nicht kennt, und wir haben die Fingerabdrücke«, beharrte Brunetti.

»Trotzdem, er hat Candiani.«

27

Und nie hatte eine Prophezeiung sich als wahrer erwiesen. Die Bank in Venedig hatte eine Liste mit den Nummern der Fünfhunderttausend-Lire-Scheine, die an dem Tag ausgegeben worden waren, an dem Bonaventura fünfzehn Millionen in bar abhob, und die Nummern der Scheine, die sie in Palmieris Brieftasche gefunden hatten, waren dabei. Jeglicher Zweifel daran, daß es sich um dieselben Banknoten handelte, wurde durch das Vorhandensein von Bonaventuras Fingerabdrücken ausgeräumt.

Candiani erklärte in Bonaventuras Namen, daß daran gar nichts merkwürdig sei. Sein Mandant habe das Geld abgehoben, um seinem Schwager Paolo Mitri ein persönliches Darlehen zurückzuzahlen, und er habe Mitri das Geld am Tag nach der Abhebung in bar übergeben, dem Tag von dessen Ermordung. Die von Palmieri stammenden Hautpartikel unter Mitris Fingernägeln sorgten für völlige Klarheit: Palmieri habe Mitri ausgeraubt und zuvor diesen Zettel geschrieben, um jeden Verdacht von sich abzulenken. Bei diesem Raub habe er Mitri entweder versehentlich oder vorsätzlich umgebracht.

Mit den Anrufen machte Candiani kurzen Prozeß, indem er darauf hinwies, daß die Firma Interfar einen Zentralanschluß habe, so daß alle Gespräche, die von einer der Nebenstellen aus geführt wurden, unter ebendieser Nummer registriert worden seien. Es könne also jeder Mitarbeiter von jedem beliebigen Apparat aus bei Palmieri angerufen haben, und umgekehrt habe dieser in der Fabrik anrufen können, um beispielsweise die Verzögerung einer Auslieferung zu melden.

Bonaventura, auf den Anruf angesprochen, der am Mordabend von Mitris Privatanschluß aus an ihn zu Hause gegangen war, erinnerte sich, daß Mitri ihn an diesem Abend angerufen habe, um ihn und seine Frau für die darauffolgende Woche zum Abendessen einzuladen. Darauf hingewiesen, daß dieses Gespräch nur fünfzehn Sekunden gedauert hatte, erinnerte Bonaventura sich weiter, daß Mitri gesagt habe, er müsse sich kurz fassen, weil es an seiner Wohnungstür geläutet habe. Er drückte sein Entsetzen darüber aus, daß es sich dabei wohl um Mitris Mörder gehandelt haben müsse.

Sowohl Bonaventura als auch Sandi hatten Zeit genug gehabt, sich eine Erklärung für ihren Fluchtversuch aus der Fabrik auszudenken. Sandi behauptete, er habe Bonaventuras Warnung, daß die Polizei da sei, als Aufforderung zur Flucht verstanden, und Bonaventura sei selbst als erster in den Wagen gesprungen. Bonaventura wiederum behauptete, von Sandi mit vorgehaltener Pistole zum Einsteigen gezwungen worden zu sein. Der dritte Mann wollte nichts gesehen haben.

In der Frage der Arzneimittellieferungen tat Candiani sich weit schwerer damit, die Unterstellungen der Strafverfolgungsbehörden zurückzuweisen. Sandi wiederholte seine Aussage und erweiterte sie mit den Namen und Adressen der Nachtschichtarbeiter, die eigens kamen, um die gefälschten Medikamente abzufüllen und zu verpacken. Da diese Leute ihren Lohn in bar erhielten, gab es dafür keine

Bankbelege, aber Sandi legte ihre Arbeitszeitkarten mit Namen und Unterschriften vor. Außerdem übergab er der Polizei eine ausführliche Aufstellung früherer Sendungen mit Datum, Inhalt und Bestimmungsorten.

An diesem Punkt griff das Gesundheitsministerium ein. Die Firma Interfar wurde geschlossen, ihre Gebäude wurden versiegelt, und Inspektoren öffneten und untersuchten die Schächtelchen, Fläschchen und Tuben. Alle im Hauptgebäude der Fabrik befindlichen Medikamente entpuppten sich als genau das, was auf den Packungen stand, aber in einem Nebenlager fanden sich kistenweise Sachen, die sich bei der Untersuchung als medizinisch wertlos erwiesen. Drei Kisten waren mit Plastikfläschchen gefüllt, die als Hustenmittel deklariert waren. Doch bei der Analyse zeigte sich, daß sie ein Gemisch aus Zucker, Wasser und Frostschutzmittel enthielten, ein Gebräu, das jeden, der es einnahm, krank machen oder gar töten konnte.

Andere Kisten enthielten Hunderte von Packungen mit Medikamenten, deren Verfallsdatum längst abgelaufen war; in wieder anderen befanden sich Verbandsmull und chirurgisches Nahtmaterial, deren Verpackungen bei Berührung zerfielen, so lange hatten sie unbenutzt in irgendwelchen Lagern herumgelegen. Sandi legte die Lieferscheine und Frachtpapiere für diese Kisten vor, die für Länder bestimmt waren, in denen Hunger, Krieg und Pest hausten, sowie Preisverzeichnisse für die internationalen Hilfsorganisationen, die das Zeug so bereitwillig an die notleidenden Armen verteilten.

Brunetti, von dem Fall abgezogen durch einen ausdrücklichen Befehl Pattas, der seinerseits einem Befehl aus dem

Gesundheitsministerium gehorchte, verfolgte die weiteren Ermittlungen in der Zeitung. Bonaventura gestand eine gewisse Beteiligung am Verkauf gefälschter Medikamente, behauptete aber, dieser sei von Mitri geplant und er von seinem Schwager dazu angestiftet worden. Beim Kauf von Interfar habe er einen großen Teil der Mitarbeiter jener Fabrik übernommen, die Mitri habe verkaufen müssen, und diese hätten Verderbtheit und Korruption mitgebracht. Er, Bonaventura, habe sich nicht imstande gesehen, dem Einhalt zu gebieten. Er habe bei Mitri protestiert, doch da habe sein Schwager gedroht, sein Privatdarlehen und das Geld seiner Frau aus dem Unternehmen zu ziehen, und das wäre mit Sicherheit Bonaventuras finanzieller Ruin gewesen. Opfer seiner eigenen Schwäche und hilflos angesichts Mitris größerer Finanzkraft, habe Bonaventura keine andere Wahl gehabt, als mit Produktion und Verkauf der gefälschten Medikamente weiterzumachen. Jede Gegenwehr hätte Bankrott und Schande bedeutet.

Aus allem, was er gelesen hatte, schloß Brunetti, daß Bonaventura, sollte sein Fall überhaupt je vor Gericht kommen, höchstens zu einer Geldstrafe verurteilt würde, und nicht einmal zu einer besonders hohen, da an den Aufklebern des Gesundheitsministeriums nie direkt manipuliert worden war. Brunetti hatte keine Ahnung, gegen welches Gesetz der Verkauf abgelaufener Medikamente verstieß, vor allem wenn sie in einem anderen Land verkauft wurden. Klarer war das Gesetz im Hinblick auf die Fälschung von Arzneimitteln, aber auch hier wurde die Sache dadurch kompliziert, daß die Sachen nicht in Italien verkauft oder in Umlauf gebracht worden waren. Doch das alles schob er als sinnlose Spekulation beiseite. Bonaventuras Verbrechen hieß Mord, nicht Manipulation an Medikamentenpackungen: Mord an Mitri und Mord an allen, die an den von ihm verkauften Arzneimitteln gestorben waren.

Mit dieser Meinung stand Brunetti allein. Die Zeitungen waren jetzt voll davon überzeugt, daß Palmieri den Mord an Mitri begangen hatte, allerdings wurde nirgendwo die ursprüngliche These widerrufen, daß der Mörder ein Fanatiker gewesen sei, der durch Paolas Aktionen aufgehetzt und zum Mord angestachelt worden war. Der Untersuchungsrichter hatte inzwischen entschieden, keine Anklage gegen Paola zu erheben, und der Fall wurde in den staatlichen Archiven abgelegt.

Ein paar Tage nachdem Bonaventura aus der Untersuchungshaft entlassen und unter Hausarrest gestellt worden war, saß Brunetti in seinem Wohnzimmer, ganz vertieft in Arrians Bericht über Alexanders Feldzüge, als das Telefon klingelte. Er hob den Kopf und lauschte, ob Paola in ihrem Arbeitszimmer abnahm. Als es nach dem dritten Klingeln aufhörte, widmete er sich wieder seinem Buch und Alexanders Bedürfnis, seine Freunde vor sich auf dem Bauch kriechen zu sehen, als wäre er ein Gott. Der Zauber seiner Lektüre entführte ihn schnell wieder an jene fernen Orte in jener fernen Zeit.

»Es ist für dich«, hörte er Paolas Stimme von hinten. »Eine Frau.«

»Hm?« machte Brunetti und sah auf, aber so ganz war er noch nicht wieder im Wohnzimmer oder überhaupt in der Gegenwart.

»Eine Frau«, wiederholte Paola von der Tür her.

»Wer?« fragte Brunetti, er steckte einen alten Bootsfahrschein als Lesezeichen in das Buch und legte es neben sich.

Gerade wollte er aufstehen, als Paola antwortete: »Keine Ahnung. Ich belausche doch deine Gespräche nicht.«

Brunetti erstarrte in der Bewegung, vornübergebeugt wie ein alter Mann mit Rückenbeschwerden. »*Madre di Dio*«, entfuhr es ihm. Er stand auf und starrte Paola an, die an der Tür stehenblieb und ihn befremdet musterte.

»Was ist los, Guido? Hast du Rückenschmerzen?«

»Nein, nein. Es geht mir gut. Aber ich glaube, ich hab's. Ich habe ihn.« Er ging zum Garderobenschrank und nahm seinen Mantel heraus.

»Was hast du vor?« fragte Paola, als sie das sah.

»Ich muß fort«, antwortete er ohne nähere Erklärung.

»Und was soll ich dieser Frau sagen?«

»Sag ihr, ich bin nicht zu Hause«, antwortete er, und eine Sekunde später stimmte das auch.

Signora Mitri öffnete ihm die Tür. Sie trug kein Make-up, und an ihrem Scheitel sah man den grauen Haaransatz. Sie hatte ein unvorteilhaftes braunes Kleid an und schien, seit er sie zuletzt gesehen hatte, noch korpulenter geworden zu sein. Als er auf sie zuging und ihr die Hand gab, roch er etwas Süßliches in ihrem Atem – Wermut oder Marsala.

»Sind Sie gekommen, um es mir zu sagen?« fragte sie, als sie sich im Wohnzimmer an einem niedrigen Tischchen gegenübersaßen, auf dem drei benutzte Gläser und eine leere Wermutflasche standen.

»Nein, Signora, ich kann Ihnen leider nichts sagen.«

Sie schloß enttäuscht die Augen und krampfte die Hände

ineinander. Nach ein paar Sekunden sah sie wieder zu ihm herüber und sagte leise: »Ich hatte gehofft...«

»Haben Sie die Zeitungen gelesen, Signora?«

Sie brauchte nicht zu fragen, was er meinte. Stumm schüttelte sie den Kopf.

»Ich muß etwas von Ihnen wissen, Signora«, sagte Brunetti. »Sie müssen mir etwas erklären.«

»Was?« fragte sie ohne großes Interesse.

»Bei unserem letzten Gespräch sagten Sie mir, Sie hätten die Telefongespräche Ihres Mannes belauscht.« Als sie nicht zu erkennen gab, daß sie ihn überhaupt gehört hatte, fügte er hinzu: »Seine Gespräche mit anderen Frauen.«

Wie er schon befürchtet hatte, flossen wieder die Tränen. Sie tropften ihr von den Wangen hinunter auf den dicken Stoff ihres Kleides. Sie nickte.

»Signora, würden Sie mir sagen, wie Sie das gemacht haben?«

Sie blickte auf, die Augen verständnislos zusammengekniffen.

»Wie haben Sie seine Gespräche belauscht?«

Sie schüttelte den Kopf.

»Wie haben Sie es gemacht, Signora?« Sie antwortete noch immer nicht, und Brunetti sprach weiter. »Es ist wichtig, Signora. Ich muß das wissen.«

Er sah ihr Gesicht vor Verlegenheit rot anlaufen. Er hatte schon allzu vielen Leuten gesagt, sie könnten mit ihm reden wie mit einem Priester, ihre Geheimnisse seien bei ihm sicher aufgehoben, aber er wußte selbst, wie wenig das stimmte, darum versuchte er gar nicht erst, sie davon zu überzeugen. Vielmehr wartete er nur.

Schließlich sagte sie: »Der Detektiv. Er hat etwas an das Telefon in meinem Zimmer angeschlossen.«

»Einen Kassettenrecorder?« fragte Brunetti.

Sie nickte, und ihr Gesicht wurde noch röter.

»Ist er noch da?«

Sie nickte wieder.

»Könnten Sie ihn mir holen, Signora?« Sie schien ihn nicht gehört zu haben, also wiederholte er: »Könnten Sie ihn mir holen? Oder mir sagen, wo ich ihn finde?«

Sie legte eine Hand über ihre Augen, aber die Tränen quollen weiter darunter hervor.

Brunetti wartete. Endlich zeigte sie mit der anderen Hand über ihre Schulter in den hinteren Teil der Wohnung. Schnell, bevor sie es sich noch anders überlegen konnte, stand Brunetti auf und verließ das Zimmer. Er ging über den Flur, vorbei an einer Küche auf der einen und einem Eßzimmer auf der anderen Seite. Ganz hinten blickte er durch eine offene Tür in ein Zimmer und sah den Stummen Diener eines Mannes an der Wand stehen. Er öffnete die Tür gegenüber und fand sich im Traumzimmer eines jungen Mädchens wieder: Weiße Chiffonrüschen säumten das Bett und den Frisiertisch, eine Wand bestand ganz aus Spiegeln.

Neben dem Bett stand ein kunstvoller Telefonapparat aus Messing, dessen Hörer auf einem großen, eckigen Kasten lag; die Wählscheibe erinnerte an vergangene Zeiten. Er ging hin, kniete sich auf den Boden und schob die Chiffonwolken beiseite. Zwei Kabel führten von dem Kasten weg, eines zur Telefondose in der Wand, das andere zu einem kleinen schwarzen Kassettenrecorder, der kaum größer war als ein Walkman. Brunetti kannte dieses Gerät, denn er hatte es schon selbst benutzt, wenn er mit Verdächtigen sprach: stimmaktiviert und von einer Tonqualität, die bei so einem kleinen Ding erstaunlich war.

Er löste den Anschluß und ging mit dem Gerät ins Wohnzimmer zurück. Als er dort wieder eintrat, hatte sie noch immer die Hand vor den Augen, aber sie sah auf, als sie ihn hörte.

Er stellte den Recorder vor sie auf den Tisch. »Ist das der Kassettenrecorder, Signora?« fragte er.

Sie nickte.

»Darf ich mir anhören, was darauf ist?«

Im Fernsehen hatte er einmal eine Sendung darüber gesehen, wie Schlangen ihr Opfer buchstäblich hypnotisieren konnten. Während sie jetzt langsam den Kopf hin und her bewegte und genau verfolgte, wie er sich über das Gerät beugte, mußte er daran denken, und ihm wurde unbehaglich.

Sie nickte zustimmend, und wieder folgte ihr Kopf seinen Bewegungen, als er zuerst die Rückspultaste und dann, nachdem das Band zurückgelaufen war, auf Start drückte.

Gemeinsam hörten sie zu, wie jetzt andere Stimmen, darunter die eines Toten, den Raum füllten. Mitri sprach mit einem alten Schulfreund und verabredete sich mit ihm zum Essen; Signora Mitri bestellte neue Vorhänge; Signor Mitri rief eine Frau an und sagte ihr, wie sehr er darauf brenne, sie wiederzusehen. Dabei wandte Signora Mitri schamhaft das Gesicht ab, und wieder kamen die Tränen.

Es folgten Minuten mit immer der gleichen Art von Gesprächen, eines banaler und belangloser als das andere. Und nichts erschien, nun, da er in den Armen des Todes lag, von geringerer Bedeutung zu sein als Signor Mitris in Worte gefaßte Leidenschaft. Dann hörten sie Bonaventuras Stimme; er fragte Mitri, ob er sich am nächsten Abend die Zeit nehmen könne, ein paar Unterlagen durchzusehen. Als Mitri bejahte, sagte Bonaventura, dann werde er gegen neun vorbeikommen oder vielleicht einen der Fahrer mit den Papieren schicken. Und dann kam er, der Anruf, den er sich so sehnlich erhofft hatte. Das Telefon klingelte zweimal, und Bonaventura meldete sich mit einem nervösen *Sì?*. Dann tönte die Stimme eines anderen Toten durchs Zimmer: »Ich bin's. Es ist erledigt.«

»Bestimmt?«

»Ja. Ich bin noch hier.«

Die Stille, die darauf folgte, war Ausdruck von Bonaventuras Schrecken über solche Unbesonnenheit. »Verschwinde. Sofort.«

»Wann sehen wir uns?«

»Morgen. In meinem Büro. Dann gebe ich dir den Rest.« Darauf hörten beide nur noch, wie aufgelegt wurde.

Brunetti drückte auf Stop. Als er zu Signora Mitri hinübersah, war alles Gefühl aus ihrer Miene gewichen, die Tränen vergessen. »Ihr Bruder?«

Gleich einem Bombenopfer konnte sie nichts weiter tun als stumm und mit weitaufgerissenen Augen nicken.

Brunetti erhob sich, nahm den Recorder an sich und steckte ihn in die Tasche. »Ich finde keine Worte, um Ihnen zu sagen, wie leid mir das alles tut, Signora«, sagte er.

28

Brunetti ging nach Hause. Der kleine Kassettenrecorder wog schwerer in seiner Tasche als jede Pistole oder irgendein anderes Instrument des Todes, das er je getragen hatte. Er zog ihn körperlich nach unten, und die Nachrichten, die darauf waren, lasteten auf seinem Gemüt. Wie leicht hatte Bonaventura den Tod seines Schwagers betreiben können! Nur ein Anruf und die Mitteilung, ein Fahrer werde vorbeikommen und ihm irgendwelche Papiere bringen, die Mitri lesen solle. Und der ahnungslose Mitri hatte seinen Mörder eingelassen, ihm vielleicht die Papiere aus der Hand genommen und sich umgedreht, um sie auf einen Tisch zu legen. Damit hatte er Palmieri die Gelegenheit gegeben, die er brauchte, um den todbringenden Draht über Mitris Kopf zu werfen und ihn um seinen Hals zusammenzuziehen.

Für einen Mann von Palmieris Kraft und Übung mußte das eine Sache von Sekunden gewesen sein, dann hatte er vielleicht noch eine Minute gebraucht, um die Enden festzuziehen und so zu halten, bis Mitri sein Leben ausgehaucht hatte. Die Hautfetzen unter Mitris Fingernägeln waren ein Zeichen von Gegenwehr, aber das war aussichtslos gewesen von dem Augenblick an, als Bonaventura ihn angerufen hatte, um ihm die Zustellung der Unterlagen anzukündigen, oder schon von dem Augenblick an, als Bonaventura, wann und aus welchen Gründen auch immer, beschlossen hatte, sich den Mann vom Hals zu schaffen, der seine Fabrik und ihre schmutzigen Geschäfte in Gefahr brachte.

Brunetti wußte selbst nicht mehr, wie oft er schon gesagt hatte, daß es wenige menschliche Schlechtigkeiten gebe, die ihn noch überraschen könnten, und doch taten sie es jedesmal wieder, wenn sie ihm vor die Augen kamen. Er hatte erlebt, daß Menschen für ein paar tausend Lire oder für ein paar Millionen Dollar umgebracht wurden, aber unabhängig von der Höhe der Summe konnte er das nie begreifen, denn es setzte einen Preis für Menschenleben fest und erklärte den Erwerb von Reichtum zu einem höheren Gut – eine Grundannahme, die ihm nie einleuchtete. Und er konnte, wie er sich jetzt wieder sagen mußte, auch nie verstehen, wie jemand so etwas fertigbrachte. Er konnte noch relativ leicht verstehen, warum es einer tat – die Motive lagen auf der Hand und waren so klar wie vielgestaltig: Habsucht, Begierde, Eifersucht. Aber wie brachte einer es über sich, so etwas wirklich zu tun? Da verließ ihn seine Vorstellungskraft; ein solches Tun war zu abgründig, seine Folgen gingen über alles hinaus, was er noch nachempfinden konnte.

In diesem Zustand der Verstörung kam er zu Hause an. Als Paola ihn hörte, kam sie aus ihrem Zimmer, und als sie auf ihn zuging, sah sie den Ausdruck in seinem Gesicht und sagte nur: »Ich mache uns einen Tee.«

Er hängte seinen Mantel fort, ging ins Bad und wusch sich Gesicht und Hände. Dabei betrachtete er sich im Spiegel und fragte sich, wie er solches Wissen in sich herumtragen konnte, ohne daß es sich in seinem Gesicht zeigte. Ein Gedicht fiel ihm ein, das Paola ihm einmal vorgelesen hatte, etwas darüber, wie die Welt auf Katastrophen blickte und nicht davon erschüttert wurde. Die Hunde gingen, wie der

Dichter seiner Erinnerung nach geschrieben hatte, weiter ihren hündischen Geschäften nach. Und er den seinen.

In der Küche stand mitten auf dem Tisch die Teekanne seiner Großmutter auf einem Bastuntersetzer, daneben zwei große Becher und links davon ein Honigtopf. Er setzte sich, und Paola goß den aromatischen Tee ein.

»Ist Lindenblüte recht?« fragte sie, während sie den Deckel vom Honig nahm und einen großen Löffel davon in seinen Becher tat. Er nickte, und sie schob ihm den Becher, noch mit dem Löffel darin, über den Tisch. Er rührte lange in seinem Tee, angetan von dem Duft und dem Dampf, der ihm in die Nase stieg.

Ohne Überleitung sagte er: »Er hat jemanden geschickt, ihn umzubringen, und nach der Tat hat der Mörder ihn von Mitris Wohnung aus angerufen.« Paola sagte nichts, sondern vollführte dasselbe Ritual mit dem Honig – für sie nur etwas weniger – bei ihrem Teebecher. Während sie rührte, fuhr Brunetti fort: »Seine – Mitris – Frau hat seine Telefongespräche mit anderen Frauen aufgezeichnet.« Er blies auf seinen Tee und trank einen kleinen Schluck. Nachdem er den Becher wieder abgesetzt hatte, sprach er weiter: »Der Anruf ist auch auf dem Band; der von dem Mörder zu Bonaventura. Der sagt darauf, er wolle ihm am nächsten Tag das restliche Geld geben.«

Paola rührte weiter, als hätte sie ganz vergessen, daß sie trinken wollte. Als sie merkte, daß Brunetti nichts weiter zu sagen hatte, fragte sie: »Reicht das? Um ihn zu verurteilen?«

Brunetti nickte. »Ich hoffe es. Ich glaube es. Man müßte von dem Tonband einen Stimmabdruck nehmen können. Es ist ein hochmodernes Gerät.«

»Und das Gespräch?«

»Ist unmißverständlich.«

»Das hoffe ich«, sagte sie, immer noch ihren Tee umrührend.

Brunetti fragte sich, wer von ihnen es wohl zuerst sagen würde. Er blickte zu ihr hinüber, sah ihr Haar wie zwei helle Flügel ihr Gesicht umrahmen, und gerührt von dem Anblick sagte er: »Du hattest also nichts damit zu tun.«

Sie schwieg.

»Gar nichts«, wiederholte er.

Diesmal hob sie die Schultern, sprach aber noch immer nicht.

Er griff über den Tisch und nahm ihr sanft den Löffel aus der Hand, legte ihn auf die Bastmatte und nahm ihre Hand in die seine. Als sie noch immer nicht reagierte, sagte er in beschwörendem Ton: »Paola, du hattest nicht das allermindeste mit der Sache zu tun. Er hätte ihn so oder so umgebracht.«

»Aber ich habe ihm eine Möglichkeit verschafft, es leichter tun zu können.«

»Du meinst den Zettel?«

»Ja.«

»Er hätte sich etwas anderes zunutze gemacht, etwas anderes getan.«

»Aber nun hat er es so gemacht.« Ihre Stimme war fest. »Wenn ich ihnen nicht diese Möglichkeit eröffnet hätte, wäre er womöglich noch am Leben.«

»Das weißt du nicht.«

»Nein, und ich werde es auch nie wissen. Genau das halte

ich nicht aus, daß ich es nie wissen werde. Und darum werde ich mich immer schuldig fühlen.«

Er schwieg lange, bevor er den Mut fand, sie zu fragen: »Würdest du es immer noch tun?« Da sie nicht antwortete, er es aber wissen mußte, ergänzte er: »Würdest du immer noch den Stein werfen?«

Sie dachte lange darüber nach, während ihre Hand reglos in der seinen ruhte. Schließlich sagte sie: »Wenn ich nur wüßte, was ich damals wußte, ja, dann würde ich es immer noch tun.«

Als er keine Antwort gab, drehte sie ihre Hand in der seinen um und drückte sie fragend. Er senkte den Blick, dann sah er zu ihr auf.

Seine Stimme klang ganz ruhig, als er fragte: »Brauchst du meine Billigung?«

Sie schüttelte den Kopf.

»Die kann ich dir nämlich nicht geben«, sagte er, nicht ohne eine Spur von Traurigkeit. »Aber ich kann dir sagen, daß du an dem, was mit ihm passiert ist, nicht schuldig bist.«

Sie dachte eine Zeitlang darüber nach. »Ach, Guido, du willst so gern alle Mühsal von der Welt nehmen, nicht wahr?«

Er nahm mit seiner freien Hand den Teebecher und trank noch einen Schluck. »Das kann ich nicht.«

»Aber du willst es, ja?«

Darüber dachte nun er lange nach, und schließlich sagte er, als müßte er eine Schwäche eingestehen: »Ja.«

Da lächelte sie und drückte noch einmal seine Hand. »Das Wollen ist genug, glaube ich.«

Donna Leon
im Diogenes Verlag

Venezianisches Finale
Commissario Brunettis erster Fall
Roman. Aus dem Amerikanischen von
Monika Elwenspoek

Skandal in Venedigs Opernhaus ›La Fenice‹: In der Pause vor dem letzten Akt der ›Traviata‹ wird der deutsche Stardirigent Helmut Wellauer tot aufgefunden. In seiner Garderobe riecht es unverkennbar nach Bittermandel – Zyankali. Ein großer Verlust für die Musikwelt und ein heikler Fall für Commissario Guido Brunetti. Dessen Ermittlungen bringen Dinge an den Tag, wonach einige Leute allen Grund gehabt hätten, den Maestro unter die Erde zu bringen. Der Commissario entdeckt nach und nach einen wahren Teufelskreis aus Ressentiments, Verworfenheit und Rache. Sein Empfinden für Recht und Unrecht wird auf eine harte Probe gestellt.

»Mit ihrem ersten, preisgekrönten Kriminalroman *Venezianisches Finale* weckt die aus New Jersey kommende Wahlitalienerin Donna Leon großen Appetit nach mehr aus ihrer Feder. Die Verfasserin krönt ihre Detailkenntnisse und ihre geistreichen Italien-Einblicke wie en passant mit dem Gespür und der klugen Lakonie amerikanischer Crime-Ladies.«
Wiesbadener Tagblatt

Endstation Venedig
Commissario Brunettis zweiter Fall
Roman. Deutsch von Monika Elwenspoek

Ein neuer Fall für Commissario Brunetti: Die aufgedunsene Leiche eines kräftigen jungen Mannes schwimmt in einem stinkenden Kanal in Venedig. Und zum Himmel stinken auch die Machenschaften,

die sich hinter diesem Tod verbergen: Mafia, amerikanisches Militär und der italienische Machtapparat sind gleichermaßen verwickelt. Ja gibt es Verbindungen zur Drogenszene? Einen Giftmüllskandal?
Eine harte Nuß für Brunetti, der sich nicht unterkriegen läßt: Venedig durchstreifend und seine Connections nutzend, ermittelt er ebenso sympathisch wie unkonventionell.

»Aus Brunetti könnte mit der Zeit ein Nachfolger für Simenons Maigret werden.« *Radio Bremen*

Venezianische Scharade
Commissario Brunettis dritter Fall
Roman. Deutsch von Monika Elwenspoek

Eigentlich wollte Brunetti ja mit seiner Familie in die Berge fahren, statt den brütendheißen August in Venedig zu verbringen. Doch dann wird beim Schlachthof vor Mestre die Leiche eines Mannes in Frauenkleidern gefunden. Ein Transvestit? Wird Streitigkeiten mit seinen Freiern gehabt haben – so die allgemeine Meinung, auch bei Teilen der Polizei. Brunetti jedoch schaut genauer hin. Stammt der Tote überhaupt aus der Transvestitenszene? Der Commissario lernt bei seinen Ermittlungen in einem Milieu, das auch den meisten Lesern weniger bekannt sein dürfte und darum nur um so spannender ist, weniger schnell zu urteilen, als die ach so ehrenwerten Normalbürger es tun.

»Weitermachen, Guido Brunetti, und weiterschreiben, Donna Leon!« *NDR, Hamburg*

Vendetta
Commissario Brunettis vierter Fall
Roman. Deutsch von Monika Elwenspoek

Wer telefoniert von einer Bar aus in Venedigs Industrievorort Mestre mit Osteuropa, Ecuador und Thailand? Und warum finden sich ein paar der angewählten

Nummern ohne Namen in den Adreßbüchern von zwei Männern, die binnen einer Woche sterben? Fragen, die niemand stellen würde, wären nicht acht rumänische Frauen verunglückt, die nach Italien eingeschmuggelt werden sollten. Kurz darauf wird die Leiche eines Anwalts entdeckt, der in Kreisen einflußreicher Banker und Industrieller verkehrte.
Gerne stehen dem Commissario Tochter Chiara, Richter Beniamin und die Sekretärin seines Chefs zur Seite, wenn es darum geht, Machenschaften auf die Schliche zu kommen und Tätern das Handwerk zu legen, die sich an unschuldigen Opfern vergreifen.

»*Vendetta* ist ein ebenso faszinierender wie letztlich erschreckender Fall für den mutigen und warmherzigen Guido Brunetti.«
Publishers Weekly, New York

Acqua alta
Commissario Brunettis fünfter Fall
Roman. Deutsch von Monika Elwenspoek

Als die amerikanische Archäologin Brett Lynch im Flur ihrer Wohnung in Venedig von zwei Männern zusammengeschlagen wird, regt sich außer Brunetti kaum jemand auf. Schließlich ist Lynch nicht nur Ausländerin, sondern auch noch mit einer Operndiva liiert. Als zwei Tage später jedoch der renommierte Museumsdirektor Dottor Semenzato ermordet aufgefunden wird, ist ganz Venedig entsetzt. Brunetti hält das Zusammentreffen der Angriffe auf Semenzato und Brett Lynch nicht für zufällig, waren doch beide mit derselben Sache beschäftigt: einer gefeierten Ausstellung chinesischer Kunst. Der Commissario ermittelt – und nicht nur die Spannung steigt, sondern auch der Wasserpegel in Venedig. Eine packende Geschichte über die geheime Verbindung zwischen hehrer Kunst und nackter Korruption.

»Von Venedig eingenommen, doch ohne seine pragmatische Klarsicht zu verlieren, ist Brunetti genau der richtige Polizist für diese Stadt. Möge er noch lange durch ihre Calli streifen – oder auch waten.«
The Sunday Times, London

Sanft entschlafen
Commissario Brunettis sechster Fall
Roman. Deutsch von Monika Elwenspoek

Commissario Brunetti hat nicht viel zu tun, als sein Chef im Urlaub ist und die Lagunenstadt erst allmählich aus dem Winterschlaf erwacht. Doch da beginnen die Machenschaften der Kirche sein Berufs- und Privatleben zu überschatten: Suor Immacolata, die schöne Sizilianerin und aufopfernde Pflegerin von Brunettis Mutter, ist nach dem unerwarteten Tod von fünf Patienten aus ihrem Orden ausgetreten. Sie hegt einen schrecklichen Verdacht. Brunetti zieht in Kirchen und Krankenhäusern Erkundungen ein, sucht die Erben der Verstorbenen auf, findet sich jedoch alsbald in einem Spiegelkabinett aus Irrwitz, Glauben und Scheinheiligkeit wieder.

Nobiltà
Commissario Brunettis siebter Fall
Roman. Deutsch von Monika Elwenspoek

Brunetti hatte Entführung schon immer als das scheußlichste aller Verbrechen angesehen, nicht nur, weil er zwei Kinder hatte, sondern weil es eine Schande für die Menschheit war, wenn ein willkürlicher Preis auf ein Leben gesetzt wurde.
Als der Sohn der Adelsfamilie Lorenzoni entführt wurde, hätte sein Vater liebend gerne das Lösegeld bezahlt. Doch die Entführer und ihre Geisel verschwanden spurlos. Der Fund eines Skeletts in einem abgelegenen Dolomitendorf hätte der Schlußstrich unter

dem aufsehenerregenden Entführungsfall sein können. Doch Brunetti will es dabei nicht belassen.

»Nobiltà beweist erneut, daß Donna Leon literarisch von Venedig Besitz ergriffen hat. Der Roman zeigt sie auf dem Höhepunkt ihres Könnens.«
The Independent on Sunday, London

Latin Lover
Von Männern und Frauen
Deutsch von Monika Elwenspoek

Bestseller-Autorin und Commissario-Brunetti-Schöpferin Donna Leon einmal anders: In den Kolumnen und Zeitungsartikeln für *Emma*, *Vogue* und die *Weltwoche* wirft sie Fragen auf und geht sie in der ihr eigenen direkten Art an, ohne die Angst, als politically incorrect zu gelten.

»Donna Leons Stärke sind sensible, ungeheuer farbige Sozialporträts, Nahaufnahmen einer in Teilen verkrusteten, mitleidlosen Gesellschaft.«
Der Spiegel, Hamburg

Eine Amerikanerin in Venedig
Geschichten aus dem Alltag
Deutsch von Monika Elwenspoek

Kolumnen und Zeitungsartikel, geschrieben für *Die Weltwoche*, *Material* und das *Zeit-Magazin*.

Wir befinden uns in der Wohnung von Donna Leon. Nicht nur vom Fenster aus, auch durch die Wände hindurch nimmt sie ihre Nachbarn wahr; meistens jedoch tauscht sie sich direkt mit ihnen aus. Dabei wird sie nicht nur in die Geheimnisse der italienischen Küche und in das Familienleben eingeweiht, sondern sie wird auch Zeugin vieler italienischer Mißstände, gegen die sie ankämpft, als wäre sie Commissario Brunetti in Person.

Amélie Nothomb
im Diogenes Verlag

Die Reinheit des Mörders
Roman. Aus dem Französischen von
Wolfgang Krege

»Ein intellektueller Schlagabtausch zwischen einem monströsen Zyniker und Frauenhasser und einer gescheiten Frau. Beide treiben die Frage nach dem Sinn des Daseins, der Liebe und der Literatur bis zum Äußersten.« *Ellen Pomikalko/Brigitte, Hamburg*

»Erstaunlich, wie profund und abgründig Amélie Nothomb erzählt.« *Die Weltwoche, Zürich*

Liebessabotage
Roman. Deutsch von Wolfgang Krege

In keinem Geschichtsbuch der Welt wird er erwähnt: der Weltkrieg, der von 1972 bis 1975 in San Li Tun, dem Diplomatenghetto von Peking, tobte. Und doch hat er stattgefunden. Während sich Diplomateneltern aus aller Welt um internationalen Frieden bemühen, spielen ihre Kinder Krieg – aus Langeweile. Bis die siebenjährige Heldin der wunderschönen Elena begegnet und sich unsterblich verliebt. Durch die zehnjährige Italienerin eröffnet sich ihr ein neuer Kriegsschauplatz. Elena wird ihr trojanischer Krieg, ihre Liebessabotage.

»Brillant formuliert. Man fragt sich, woher dieses erst siebenundzwanzig Jahre alte Genie so viel Weisheit, so viel Reife, so viel Sprachstil nimmt. *Liebessabotage* ist gleichermaßen humorvoll wie grausam. Ein mehr als würdiger Nachfolgeroman.« *Marie-Claire, München*

»Gäbe es eine Bestsellerliste für freche Enthüllungsliteratur, Nothombs *Liebessabotage* stände ganz oben.« *Brigitte, Hamburg*

Der Professor
Roman. Deutsch von Wolfgang Krege

Das Ehepaar Hazel hat sich einen Traum erfüllt: für den friedlichen Lebensabend das kleine Häuschen auf dem Land, glyzinienumrankt, in schöner Abgeschiedenheit. Auf Sichtweite nur noch das Häuschen des einzigen Nachbarn. So sollte dem Glück im Verborgenen nichts mehr im Wege stehen – bis zu dem Tag, an dem sich dieser Nachbar zum Kaffee einlädt. Zunächst nichts Ungewöhnliches. Doch er kommt wieder. Schlag vier steht Palamède Bernardin nun täglich vor der Tür. Und läßt sich weder mit Tricks noch mit deutlichen Hinweisen abwimmeln. Ein Alptraum beginnt sich einzunisten.
Émile Hazel, ehemaliger Lehrer und Altphilologe, ist am Ende seiner Geduld. Schmerzhaft wird ihm bewußt, daß sich sechsundsechzig Jahre zivilisierter Höflichkeit nicht einfach abschütteln lassen. Wirklich nicht?
Ein Psychothriller, der Alptraum, Endzeitstimmung und schlagfertigen Witz zu einem atemberaubenden Lesegenuß vereint.

»Ein vollendet komponiertes Meisterwerk. Es beginnt wie eine Zeichnung von Sempé, es geht weiter wie ein Roman von Stephen King, um schließlich zu enden wie ein Stück von Beckett.«
Pierre Assouline/Lire, Paris

»Blendend erdacht, kunstvoll konstruiert und glänzend erzählt.«
Wolfgang Hausmann/Norddeutscher Rundfunk, Hannover

Venedig
im Diogenes Verlag

- **Joan Aiken**
Angst und Bangen
Roman. Aus dem Englischen von Renate Orth-Guttmann

- **Alfred Andersch**
Die Rote
Roman

- **Paul Flora**
Die welke Pracht
Venezianische Bilder und Geschichten. Mit einem Essay des Autors

- **Patricia Highsmith**
Venedig kann sehr kalt sein
Roman. Aus dem Amerikanischen von Anne Uhde

- **Donna Leon**
Venezianisches Finale
Commissario Brunettis erster Fall. Roman. Aus dem Amerikanischen von Monika Elwenspoek

Endstation Venedig
Commissario Brunettis zweiter Fall. Roman. Deutsch von Monika Elwenspoek

Venezianische Scharade
Commissario Brunettis dritter Fall. Roman. Deutsch von Monika Elwenspoek

Vendetta
Commissario Brunettis vierter Fall. Roman. Deutsch von Monika Elwenspoek

Acqua alta
Commissario Brunettis fünfter Fall. Roman. Deutsch von Monika Elwenspoek

Sanft entschlafen
Commissario Brunettis sechster Fall. Roman. Deutsch von Monika Elwenspoek

Nobiltà
Commissario Brunettis siebter Fall. Roman. Deutsch von Monika Elwenspoek

- **Ian McEwan**
Der Trost von Fremden
Roman. Aus dem Englischen von Michael Walter

- **William Shakespeare**
Der Kaufmann von Venedig
und andere Komödien. In der Übersetzung von Schlegel/Tieck. Herausgegeben von Hans Matter, Illustrationen von Johann Heinrich Füßli

Othello
und andere Tragödien. In der Übersetzung von Schlegel/Tieck. Herausgegeben von Hans Matter, Illustrationen von Johann Heinrich Füßli

- **Georges Simenon**
Der Zug aus Venedig
Roman. Aus dem Französischen von Liselotte Julius

- **Muriel Spark**
Hoheitsrechte
Roman. Aus dem Englischen von Mechtild Sandberg

- **Silvio Toddi**
Einmal Venedig und zurück
Eine Liebesgeschichte für Optimisten. Aus dem Italienischen von Lisa Rüdiger

- **Viktorija Tokarjewa**
Sentimentale Reise
Erzählungen. Aus dem Russischen von Angelika Schneider

- **Das große Märchenbuch**
Die Diebe in der Schatzkammer des Dogen von Venedig und weitere 99 der schönsten Märchen aus Europa. Gesammelt von Christian Strich. Mit über 600 Bildern von Tatjana Hauptmann